바람들이 마을에서 띄우는 편지

바람들이 마을에서 띄우는 편지

조우신 지음

개미

'바람들이' 마을에서 띄우는 편지

　강원도 어느 산간 계곡과 충청도 어느 평화스런 마을에서 친구들과 재잘거리며 수다를 떨고 흐르던 물줄기가 양수리에서 어깨동무를 하면서 한강이 되어 서울 시민의 젖줄 역할을 다하고는 서해에서 자취를 감춥니다.

　그 강 남쪽의 한 기슭에 '바람들이 마을風納洞'이라는 곳이 있습니다. 이 마을은 불과 2~30여 년 전만 해도 건물은 별로 없고 간선도로만 휑하니 뻗어 있는 허허 벌판이나 다름 없는 곳이었습니다. 동쪽은 천호마을千戸洞이라고 하여 그 이름대로 많은 서민들이 옹기종기 모여 살고 있었고, 서쪽은 뽕밭蠶室을 개발하여 만든 현대식 건물이 도시의 경계를 짓고 있었습니다. 찾는 이 바람뿐이어서 '바람들이' 마을이라고 이름이 지어졌는지 모릅니다.

25여 년 전 바로 이곳에 우리나라 의료계에 큰 획을 그은 지금의 '서울아산병원'의 전신인 '서울중앙병원'이 세워졌습니다. 내 나이 마흔에서부터 이곳에서 근무를 했으니 중년 이후 삶의 애환이 깃들어 있는 곳입니다.

생로병사와 희로애락을 모두 보듬고 있는 병원이라는 곳에서 20여 년 동안 일어난 사연을 글로 옮기려면 만리장성을 쌓고도 남을 것입니다. 걷지 못하는 할머니를 수술로 걷게 해 주었던 보람도 많았고 예기치 않은 합병증이 발생하여 환자가 겪는 고통을 지켜보는 아픔도 맛 보았습니다. 말도 안되는 생떼를 쓰며 행패를 부릴 때는 화가 치밀어 올라도 꾹 참아야 했고 현대의학의 힘으로는 어쩔 수 없이 생을 마감해야 하는 모습에 가슴이 아프기도 했습니다.

틈틈이 병원에서 느낀 생각과 사연들을 만리장성의 한 귀퉁이에 낙서를 해놓았습니다. 이 낙서는 시시콜콜하다고 느낄지 몰라도 평범한 사람들의 삶의 이야기여서 많은 사람들이 공감할 만한 사연도 있을 것입니다.

이제 얼마 안 있으면 정년이 되어 이곳을 떠난다고 생각하니 바람이 들듯 이곳에 찾아온 게 엊그제 같은데 젊은 날은 이미 저만치서 손짓하고 있습니다. 그사이 미운 정 고운 정이 흠뻑 들었는데 헤어져야 한다니 몸과 마음이 바람에 날리어 허공에 흩어져 버리듯 허허로움이 온몸을 엄습해 오고 있습니다.

항상 든든한 버팀돌이 되었던 친구들, 비록 학문적으로는 내가 가르쳐 주었지만 대신에 젊게 사는 방법을 나에게 가르쳐 주었던 제자들, 어렵고 힘들었던 일을 서로 도와가며 헤쳐 나갔던 동료들에게 문득 편지를 쓰고 싶어졌습니다. 편지처럼 정겹던 추억들을 가득 담을 수 있는 그릇은 없기 때문입니다.

  자주 만나 친하게 지냈던 분들은 물론이고 같이 지낼 때는 그저 무
덤덤하게 지나쳤거나 때론 원수처럼 미워했던 사람도 막상 떨어져
오랫동안 보지 못하면 보고 싶고 그리울 때가 있을 것입니다. 그땐
편지를 하나씩 꺼내 들고 잔잔한 미소를 머금고 다시 볼 것입니다.

2013년 가을
한강이 내려다보이는 연구실에서
조우신

차례

1부
아가, 그동안 수고 많았다

3부
비와 나

처음으로 맏며느리의 손을 꼭 잡으시고는
한마디 말씀을 하셨다

1부

아가,
그동안 수고 많았다

외할아버지를 위한 노래

장인어른에게 나의 큰딸은 말 그대로 금지옥엽이었다. 비록 외손녀이긴 해도 당신의 첫 손주인데다가 딸아이의 붙임성이 맞아 떨어져 눈에 넣어도 아프지 않는 보물이었다. 어릴 적 어쩌다 외할아버지 집에서 자기로 되어 있는 주말에는 집 안에서 기다리지를 못하고 밖에서 서성거리며 손녀딸을 기다리셨다. "왜 밖에 나와 계세요?" 하고 물으면 "응. 밖에 좀 볼일이 있어서 그래." 하시곤 했지만 그건 한시라도 빨리 보고 싶은 마음이 몸을 방 안에 붙들어 주질 못하였던 것이었다. 그렇지 않고서야 볼일이 있으시다는 분이 만나자마자 만사 다 제쳐놓고 손녀딸 하자는 대로 할 수 있겠는가? 이건 나의 딸을 사랑한 한 가지 예에 불과하다.

이 남다른 사랑에 10여 명이나 되는 다른 손주들은 시샘만을 할 수 없었는데 다른 손주들이 그 덕을 많이 보았기 때문이었다. 온갖 구실을 만들어 용돈을 주셨으니 그 다음부터는 형평의 원칙에 맞추려 그러한 구실이 모든 손주들에게 적용될 수밖에 없었던 것이다. 졸업과 입학은 물론이고 시험을 보고 나면 고생했다고 주고, 방학을 할 때도 필요하면 쓰라고 주고…….

그러시던 장인이 얼마 전에 돌아가셨다. 임종을 앞두고 온 가족이 모여 돌아가시는 분 앞에서 한마디씩을 하고 있었다. 큰딸의 차례가 되었을 때 딸아이는 갑자기 울면서 노래를 부르기 시작하였다. "따따따 따따따 주먹 손으로 따따따 따따따 나팔붑니다. 우리들은 어린 음악대 동네 안에 제일 가지요" 이 노래는 어렸을 적 외할아버지와 함께 자주 불렀다던 노래 중의 하나다. 외할아버지 옆에 누워 도란도란 이야기를 하다 잠이 올 때쯤이면 손녀딸이 어떻게 나오나 알아 볼 심산으로 "이젠 자자. 불은 누가 끌까?" 하시면 아주 당연한 듯이 "할아버지가 꺼" 하였단다. 그런 대꾸에도 즐거운 마음으로 불을 끄고 오신 외할아버지는 그냥 자기가 못내 아쉬워 "우리 노래 하나 부를까?" 하시면 "그래!" "무슨 노래 부를까?" "어린 음악대" 하면서 불렀던 일종의 자장가였다.

참 경쾌한 노래이건만 병실이 더욱 숙연해졌다. 손녀딸이 자라면서 함께 불렀던 이 노래는 돌이켜보면 외할아버지와 외손녀간의 사랑의 노래였다. 이 손녀딸은 돌아가시는 외할아버지의 마지막 순간에 자신의 사랑을 확인시켜드리고 싶었던 것이었다. 의식이 있으셨는지 모르나 이 노래를 들으시면서 감았던 눈을 잠시 떴다가 다시 감으셨다. 노래가 끝나고 손녀딸은 외할아버지 손을 꼭 잡고 흐느꼈다.

"할아버지 사랑해요. 절대로 안 잊을게요."

귀거래사

난 참 무심한 사람임에 틀림이 없는 것 같다. 그렇지 않고서야 매부가 입원한 지 일 년가량 되었는데도 바쁘다는 핑계로 한 번도 문병을 가지 않을 수가 있겠는가?

나의 둘째 매부는 치매 병원에 입원해 계신다. 치매 병원은 병원으로 생각하지 않는데다가 대개는 찾아가기도 힘든 먼 곳에 있고, 한 번 입원하면 오래 계실거라는 생각에 차일피일 미루게 되기 십상이다. 아니 그것보다는 찾아가도 잘 알아보지 못할 터인데 가서 무슨 소용이 있겠느냐는 얄팍한 심리가 깔려 있을 것이다.

지난번 형님이 문병을 다녀오시고는 허탈한 듯 말씀하셨다. "사람이 그렇게 달라질 수 있을까?" 치매란 그를 알고 있는 모든 사람을 서글프게 만든다. 비록 모습은 크게 변하지 않아도 분명 다른 사람으로 변하여 지금까지의 모든 인간관계가 단절되어 버리기 때문이다.

나의 매부는 소위 명문 학교만 골라서 나온 수재이셨다. 중앙 일간지의 주필까지 지내시면서 논조가 명쾌한 총기 있는 분이셨다. 술을 매우 사랑하셔서인지 모르나 몇 해 전부터 이해할 수 없는 행동을 보이시더니만, 가족들이 견딜 수가 없는 것은 둘째치고라도 혼자 놓아둘 수가 없어 병원 신세를 지기에 이르렀다.

"날 알아보지도 못하고 횡설수설하시더라. 그런데 다른 것은 몰라도 집 전화번호와 사시던 곳은 정확히 기억하시더라" 어쩌면 매부는 부당하게 감금당하고 있다고 생각하실지 모른다. 내가 여기에서 풀려나면 반드시 집에 돌아가야 한다는 집념이 없고서는 불가능한 일이다.

많은 사람이 비정상이라고 치부해서 그렇지 정작 치매에 걸린 사람은 다른 사람들이 모두 비정상적이라고 생각할 것이다. 말이 병원이라고 하지만 자유롭게 바깥 출입을 할 수도 없는 곳, 가끔씩 찾아오는 가족과의 만남, 주위를 둘러 봐도 자기만 빼 놓고는 모두 얼빠진 사람들만 모여 있는 곳. 이곳에서 매부는 오로지 단절되지 않은 자신의 과거와의 만남으로 하루하루를 보내고 계신 것이다. 그사이 별다른 굴곡 없이 지내온 나는 과거의 매부만을 기억하고 싶지 현재의 모습은 상상하기도 싫다. 단지 차이는 매부는 자신이 변하지 않았다고 생각하는 것이고 나는 변해도 너무 변했다고 생각할 뿐이다.

치매 병원에서 풀려나면 몸이 집으로 돌아가야 한다는 집념이 몸보다는 정신이 치매에서 벗어나야 한다는 집념으로 바뀌기를 바라지만 그건 부질 없는 희망일 것이다.

세월이 지나 늙어간다는 것이 허허롭다. 치매에 걸려 사람이 변한

다는 것 또한 허허롭다. 막상 닥칠 때에는 그렇게 부대끼고 험난했던
기나긴 나날도 시간이 지나 뒤돌아 보면 한순간에 불과하다고 느껴
지는 허허로움이 인생일진데 나의 매부는 지금 또 다른 인생을 찾아
어디를 헤매고 있는 것일까?

세뱃돈의 의미

어릴 적에는 설날이 무척 기다려졌다. 새 옷도 입고 맛있는 음식을 먹는 것 외에도 여러 사람들이 모여 집안이 흥청거리는 것만으로 신이 났다. 그러나 무엇보다 좋았던 것은 세뱃돈이 생겨서였다.

친구들과 우루루 몰려 다니며 잘 모르는 어른에게까지도 세배를 드렸다. 절을 하면 덕담을 해주셨지만 솔직히 덕담보다는 돈이나 많이 주셨으면 하는 바람이었다. 덕담을 하시는 동안 무릎을 꿇고 앉아 있는 것이 힘들었지만 그보다는 그 시간에 다른 데를 돌아야 수입이 더 생길 터이니 조바심이 나기도 하였다.

세뱃돈이라야 요즘 가치로 따지면 아마 천 원 정도일 것 같다. 그도 그럴 것이 시골에서는 돈이 많지 않은 데다 동네 아이들이 우루루 몰려오니 그 이상을 주기도 힘들었을 것이다.

중학생이 되자 이제는 다 컸다며 절만 받으시고는 시치미를 뚝 떼는 분이 한두 분씩 늘어나더니만 고등학생 때부터는 아예 기대조차 할 수가 없었다. 그러니 설날이 점차 무의미하게 여겨져 인사드리는 것도 꼭 다녀야 하는 가까운 친척 집에만 들르게 되었다.

　직장을 다니고 결혼을 하자 상황은 역전되었다. 받는 입장에서 주는 입장이 된 것이다. 부부생활에서 결혼 첫 해가 중요하다는 것은 세뱃돈에서도 여실히 드러났다. 우리집에서는 내가 육 남매 중 다섯 번째이니 친조카들의 숫자가 만만치 않았지만 처갓집에서는 아내가 큰딸이어서 처조카들이 없었다. 그때만 해도 조카들의 나이가 어려 한 사람당 만 원이면 해결되어 호기롭게 내 주머니에서 척척 내 주는 실수를 저지르고 말았는데 이런 행태가 아직까지 이어져 아내의 주머니에서는 세뱃돈이 나오질 않는다.

　중년이 되자 조카들의 나이가 들어가고 처갓집 조카들도 생긴 터에 분위기가 이상하게 흘러가 대학을 졸업하고 결혼을 할 때까지 세뱃돈을 줘야 하는 세상으로 변해 버렸다. 대학생들에게 만 원을 주기에는 손이 민망하여 그렇게 할 수도 없었다. 나가는 돈이 만만치 않아 아내에게 넌지시 눈치를 주며 도움을 요청했지만 어림없는 소리는 하지 말라는 투였다. 그러니 설날이 다가오면 은근히 신경이 쓰이기 시작했다. 세뱃돈은 결국 용돈에서 해결해야 했으니 그나마 2월 달이 28일까지밖에 없다는 사실이 고마웠다.

　나는 세뱃돈도 조금 받은 데다가 고등학교 때부터는 한 푼도 못 받았는데 이제 와서 이렇게 시달린다 생각하니 억울한 마음이 들었지만 내가 우리 애들에게 용돈을 불려서 주는 셈이라 생각하면 그리 아깝지는 않았다. 대개 주고받는 세뱃돈의 액수가 비슷한데 나는 딸이 셋이어서 한 명분만큼 이익을 보기 때문이었다.

그러다가 언제부턴가 부모님께 과외로 손주들의 세뱃돈까지 챙겨 드려야 한다는 사실을 깨닫게 되었다. 사랑하는 손주들에게 일 년에 한 번씩이나마 할아버지의 체면을 세워드려야겠다는 생각이 들어서였다. 용돈 가지고 세뱃돈을 주시려면 아무래도 액수가 작아질 수밖에 없으니 부모님의 마음이 편치 못 하셨을 것이었다. 부모님의 세뱃돈은 작전을 미리 잘 세워서 이 돈은 아내와 반분하여 부담하기로 하였다.

조카들이 성장하여 결혼을 하고 외국에 공부하러 나가자 세뱃돈을 받을 사람이 점점 줄어들었다. 처음에는 돈을 절약할 수 있다고 좋아했지만 마냥 즐거워만 할 일은 아니었다. 공돈이 생겨서 좋아하는 환한 얼굴이 하나 둘씩 보이지 않자 그제야 세뱃돈이 베품과 나눔의 아름다운 관습이라는 것을 서서히 깨닫게 된 것이다.

평상시에는 조카들과 만날 기회가 많지 않을 뿐 아니라 만나서 명분도 없이 몇 만 원씩 줄 수도 없는 노릇이었다. 하루에 그 많은 사람들에게 적은 돈으로 즐거움을 주었으니 얼마나 흐뭇한 일이었던가? 십시일반으로 한 사람이 조금씩 주어도 받는 사람에게는 목돈이 되니 짧은 시간에 여러 사람에게 베풀 수 있는 좋은 기회였던 것이다.

앞으로 일이십 년 후에는 나도 자식들에게서 세뱃돈을 받을 수 있을까? 차라리 그렇게 되기보다는 생활이 넉넉하여 죽을 때까지 손주들뿐만 아니라 자식들까지 듬뿍듬뿍 세뱃돈을 안겨 주는 할아버지가 되고 싶다. 그렇게만 된다면 나는 우리 부모님께 드렸지만 받지 못한다며 억울해 하지 않을 것이다. 세뱃돈은 역시 주어야 제맛이니까.

아가, 그동안 수고 많았다

돌아가신 어머니는 시집을 와서 무척 고생을 많이 하셨다. 그러나 어찌보면 이 고생은 당신이 사서 하신 것이라고 볼 수 있다. 어머니가 쓰신 글을 보면 모르는 분들은 원래 우리집이 찢어지게 가난한 집안이라고 생각할지 모르나 할아버지는 금만 평야에서 내로라하는 부농이셨다. 시골에서 논이 30마지기만 되어도 중농으로 간주되던 시대에 한때에는 논 4~500마지기를 가지고 계셨다. 집에는 창고가 두 개나 있었고 머슴도 두 명이나 두었으며 추수 때 탈곡 작업을 하기 위해 마당에 쌓아 놓은 나락은 어린 눈에 마치 큰 언덕과도 같았다.

둘째 누이가 아팠을 때 시어머니 말씀에 따라 병치레를 했다가 하마터면 자식을 잃을 뻔했던 어머니는 이러다간 내 새끼 다 죽이겠다는 구실을 내세워 분가를 하셨다. 일제시대에 5대 종갓집 맏며느리가 시부모를 모시지 않고 따로 나와서 산다는 것은 그 시대의 관습으로 보면 도저히 용납될 수 없는 일이었고 특히 할아버지의 입장에서 보면 집안이 망조가 들 청천벽력이었다.

분가를 하고 나서부터 아버지도 할아버지로부터 자식의 대접을 제대로 받지 못하였으니 어머니가 며느리 대접을 받지 못한 것은 너무나 당연한 일이었다. 제사 때 찾아 뵈어도 손주들은 다정하게 대해 주셨으나 맏며느리인 어머니를 보고는 "홍" 한마디만 하시고는 거들떠 보지도 않으셨다.

그래도 쫓아내지 않고 딴 여자를 들어앉히고 살지도 않으셨으니 아버지는 어머니를 무척이나 사랑하셨나보다. 아니면 엄격한 할아버지의 유교를 바탕으로 한 철학 때문이었을 수 있다. 똑똑하신 할아버지는 소위 정실부인에서 나온 자식만이 진짜 자식이라고 생각하고 배가 다른 자식이 생기면 문제가 많다는 것을 알고 계셨다. 그래서인지 몰라도 어머니는 할아버지를 원망하지는 않으셨다. 오히려 사리가 분명하신 분이라며 며느리로 인정하지 않으려는 시아버님이 섭섭하기는 해도 가슴속에는 항상 아버님으로 남아 계셨다.

아무런 재정 지원을 받지 못한데다 아버지는 부농의 아들이라 독립적으로 생활을 꾸려나갈 준비도 없으셨고 또 그럴 마음도 별로 없으셨으니 살림이 엉망일 수밖에 없었다. 엄하신 당신의 아버님을 뵐 면목도 없는 터에 저것 때문에 나도 이 고생을 하고 있다고 어머니 원망도 많이 하셨을 것이다.

며느리는 도저히 용서할 수 없었지만 할아버지는 당신의 핏줄인 손주들에 대한 걱정은 떠나지를 않았다. 혹시 가난 때문에 교육도 제대로 받지 못하고 잘못되지 않을까 하여 조마조마하셨다. 그래서 맏

손주인 형만이라도 잘 키울 욕심으로 어릴 때부터 당신께서 키우셨다. 지엄하신 시아버지의 명이기도 했지만 그렇게 하면 한입이라도 줄일 수 있다는 생각에 어머니는 눈에 넣어도 아프지 않을 어린 아들과 떨어져 살아야 했다.

우리네 어머니들은 자식을 위해서라면 목숨을 건다. 어머니는 교육열이 보통이 아니셔서 자식들의 교육을 위해서라면 아무리 거칠고 힘든 일도 마다하지 않으셨다. 또 그래야만 분가를 한 명분이 섰을 것이다.

1950~60년대에 여자 혼자의 힘으로 먹고 사는 것을 꾸려 나가기도 힘들었을 터인데 육 남매를 모두 서울에 유학을 보낼 정도로 지성이셨으니 그 고생은 말과 글로써는 도저히 표현할 수가 없다. 보따리 장사는 기본이고 돈이 되는 일이면 천 리 길도 찾아 가셨다. 잘사는 여고 동창들을 찾아가 옷감을 팔기도 하셨고, 졸부의 마누라에게 자존심을 다 버리고 고개를 숙이기도 하셨다. 계의 왕주 노릇을 하면서 이 돈을 끌어 저쪽에다 메우느라 항상 머릿속이 지끈지끈하셨다. 자취를 하는 자식들에게 손수 담은 김치를 먹이겠다며 열차 객실 안을 온통 김치 냄새로 진동시켜 놓고도 부끄러워하지 않고 당당하셨다.

다행히 자식들이 이렇게 고생하시는 어머니의 뜻을 잘 따라 부모님 속을 썩이지 않고 학교도 모두 명문 대학을 졸업하였다. 이것이 어머니에게 고생을 하시면서도 보람을 느끼게 하여 굳은일을 계속할 수 있게 한 가장 원천적인 힘을 제공하였을 것이다.

할아버지는 당신의 손주가 올바르게 성장해가는 것을 보시고는 저 당찬 년이 자식 하나는 잘 키우고 있구나 하고 생각은 하셨지만 그래도 어머님을 평생 며느리로 받아들이지 않겠다는 다짐은 변하지 않으셨다. 그러나 오랜 병환 끝에 생이 얼마 남지 않았음을 직감한 할아버지는 지금까지 당신을 지탱하여 주었던 화려하게 포장된 체면을 떨쳐 버리고 가장 순수하고 진실된 모습으로 돌아가고 싶으셨던 모양이다. 육신에 앞서 마음이 먼저 자연으로 귀의하여 있었던 것이다.

그리고는 생전에 며느리와 어렵게 뒤엉켜 있던 매듭은 풀어 주고 가야겠다는 생각으로 어머니를 부르셨다. 갑작스러운 부르심에 이번에는 또 어떤 야단을 맞을지 몰라 불안한 마음으로 시아버지를 찾아 뵈었을 때 병석에 누워계신 할아버지는 처음으로 맏며느리의 손을 꼭 잡으시고는 "아가, 그동안 수고가 많았다" 라는 말 한마디를 남기시고는 며칠 후 눈을 감으셨다.

라이벌

시골에 계시는 이순재 할머니가 또 오이절임을 보내오셨다. 이순재 할머니라고 부르면 당신도 섭섭하실 것이고 나 또한 거북스럽다. 그저 어머니라고 부르는 것이 더 나은데 그도 그럴 것이 그분은 돌아가신 어머니의 친구이시고 또 내 친구의 어머니이시기 때문이다. 여기서는 나의 어머니와 쉽게 구분이 되기 위하여 이렇게 부를 뿐이다.

어머니와 이순재 할머니는 전주여고 동기 동창생이다. 학교를 졸업하고 두 분이 똑같이 김제로 시집을 왔는데 나의 어머니는 소위 지주한테, 할머니는 의사에게 시집을 왔다. 이때부터 두 분은 친구이면서 라이벌로 60여 년이 넘게 지내 오셨다. 아이를 낳는 것을 조절할 수 없던 시기라 공교롭게도 두 분의 자식들도 아들과 딸만 다를 뿐 나이가 같아서 학교도 똑같은 시기에 들어가게 되니 자식들을 통한 불꽃 튀는 대리 경쟁이 평생을 지속하였다.

자기의 자식이 공부를 잘하여 더 좋은 학교에 가는 것을 지상의 목표로 삼아서 조용한 시골 마을에 치맛바람을 일으키신 장본인들이라고 할 수 있다. 그런데 그 자식들이 여섯 명씩이나 되었으니 한순간도 끓는 마음을 삭일 수가 없었다.

의사는 그대로 풍족한 삶을 유지할 수 있었지만 부모님과 분가하여 재정 지원을 받지 못하는 마당에 육 남매를 모두 서울로 유학 보내는 일은 버거운 일이었음에도 어머니는 이를 악물고 이겨내셨다. 하늘이 무너져도 친구에게 질 수 없다는 오기가 크게 작용하였을 것이다. 그 덕분에 양가의 자식들은 모두 이른바 명문 대학을 졸업하였는데 조그마한 마을에서 이렇게 되는 것이 흔한 일은 아니었다.

옛 기억을 되살리면 두 분은 친구지간이면서 원수인 것 같았고, 또 원수인 것 같았는데 천연덕스럽게 이야기도 곧잘 나누시곤 하셨다. 나와 내 친구 종명이도 어쩔 수 없이 그 경쟁의 소용돌이 속으로 휘말릴 수밖에 없었다. 영어 실력이 그리 부족하지도 않았는데 친구가 과외를 받는다고 하면 넉넉치 못한 살림에 나도 기어이 거기에 끼어 있어야 했다. 한번은 전주에서 수학경시대회가 열리기로 하였는데 친구는 명단에 있었고 나는 누락되어 있었다.

다음날 어머니가 학교에 오셔서 내가 누락된 근거를 대라며 학교를 발칵 뒤집어 놓으시고는 기어이 나를 학교 대표가 아닌 개인 자격으로 시험을 보게 하셨다.

자식들이 많다 보니 엎치락뒤치락도 있었으나 모두가 잘 풀리어 승부는 무승부인 셈이었다. 다만 할머니에게 아쉬운 점이 있었다면 자식들 중에 하나만이라도 의사가 되어 대를 이어가기를 바랬지만 자식들은 의사가 적성에 안 맞는다고 해서 대를 이어가지 못하여 못내 섭섭해 하셨고 대신 내가 의사가 되는 바람에 가끔은 어머니를 부러워하셨다.

서울로 올라온 지 40여 년 동안 무심한 탓에 그사이 뵌 적이 고작두어 번에 불과하다. 어머니를 장지에 모시던 날, 가는 길에 집앞에서 잠깐 멈추어 달라는 기별을 받고 차를 길가에 세웠다. 친구의 마지막 가는 모습을 보고 싶었을 할머니는 왕년의 패기만만하던 모습은 사라지고 울 기력마저 없는 초췌한 노인으로 변해 있었다. "오래 건강하게 사십시오"하며 작별 인사를 드리자 "몸이 여기저기 아파서 나도 이제 언제 갈 줄 모른다"하시며 눈가에 이슬이 맺히셨다.

장례를 치르고 어느 날 시골에서 소포가 와 받아 보니 김치와 된장이었다. 시골에서 손수 담그신 것이라며 할머니가 보내셨으나 이전까지 그런 일이 없었기에 정말 뜻밖의 선물이었다. 몸도 편찮으실텐데 하며 그저 고마운 마음으로 별다른 생각 없이 온 가족이 맛있게 먹었다.

그런데 며칠 후 또다시 '나라스께'라는 오이절임을 보내 오신 것이다. 음식에 대해서 잘 몰라 정확한 이름인지 알수 없지만 보통보다 큰 오이를 술찌꺼기 같은 곳에 담가서 만든 일종의 오이절임으로 이것은 내가 어렸을 때 아주 맛있게 먹던 밑반찬이었다. 돌이켜 보면 이런 반찬은 시골에서 흔하지 않았는데 친구가 해 먹으니까 우리집에서도 덩달아 장만하였을지 모른다. 두 번째 소포를 받자 콧등이 시큰거려 왔다. 할머니는 먼저 간 친구가 사무치도록 보고 싶을 때 나에게 당신이 손수 드시는 음식을 보내 주신다는 생각이 들었기 때문이다.

라이벌이란 같이 경쟁을 할 때는 저것만 없으면 신경 쓸 일이 없어서 세상 살기가 편해지고 혼자 떵떵거릴 수 있을 거라며 미워하지만 냉정히 생각해 보면 자기 발전의 원동력이며 삶의 의지를 불태우게 하는 연료라고 할 수 있다. 한편으로 최소한도 라이벌만큼은 되어야 한다는 의식이 오래 작용하다보면 라이벌은 자기 자신의 또 다른 모습이라고 볼 수 있다.

할머니는 당신의 분신이 이미 땅에 묻히어 허탈하고 삶의 의지가 반감되었을 것이다. 그리고 그 옛날 서로 아옹다옹하며 보냈던 젊은 날을 회상하고 그 밉던 라이벌이 새록새록 정겨운 모습으로 다가올 때 보고 싶은 마음을 달래주기 위하여 나에게 그리움을 보내 주신 것이리라.

술

술은 인류의 역사와 함께 했을 것이다. 그러기에 술은 우리의 생활과 뗄 수가 없는 필요악일지 모른다. 술을 좋아하는 사람은 왜 악이냐고 묻고 술을 싫어하는 사람은 왜 꼭 필요한 것이냐고 반문할 수도 있다.

나를 처음 보는 사람은 체격이 크고 얼굴도 넓적하여 두주불사일 거라고 짐작을 하지만 실은 술을 거의 못하는 축에 들어간다. 주량으로 말하면 맥주 한 병, 소주 반병, 양주 두 잔이면 벌써 얼굴이 불그레지면서 취기가 올라온다. 그것도 내 친구들의 말을 빌리면 요즘 많이 늘어서 그렇다고 한다.

내가 술을 주량 이상으로 마시면 금방 졸음이 오던지 더 마시면 못 견뎌서 구토를 하곤 했다. 그러니 술의 맛을 알 리가 없어 아주 고급 술 몇 개를 빼 놓고는 그 맛이 그 맛이다. 그것도 고급 술은 비싸니까 좋을 것이라는 선입감 때문일지 모른다. 그저 소주는 쓰지 않고, 맥주는 밋밋하지 않고, 중국 술은 너무 독하지 않고, 포도주는 너무 달지 않고, 양주는 역겹지 않으면 그만이다.

외과의라면 대체로 술을 잘 마시기로 정평이 나 있다. 그런 정형외과에 입문을 하면서 무지한 곤혹을 치렀다. 이럴 때마다 나는 술을 못 마시는 것에 대하여 조상 탓을 많이 했다. '남들은 그렇게 많이 마시고도 끄떡 없는데 나는 왜 술 못 먹는 남자로 태어나게 하셨나요.'

그러니 전공의 시절 술에 얽힌 애환은 이루 헤아릴 수 없이 많다. 과에서 회식을 할 때는 비밀스레 부탁을 하여 자리 밑에 냉면 그릇을 준비해 놓고는 마시는 척하다가 따라 놓곤 하였는데 부과장이 그걸 보시고는 "피보다 진한 술을 버려!" 하며 꾸중을 하신 기억도 난다.

서릿발 같은 선배들에게 야단을 수십 번 맞고 나서야 '쟤는 술 마시면 조는 애'라고 낙인을 찍고 용서를 해 주었다. 비록 술을 강권하지 않아도 고역은 계속되었는데 그래도 자리는 지키고 있어야 했기 때문이었다. 술을 즐기는 사람은 마시는 즐거움이라도 있지만 그걸 멍하니 바라보고 이제나저제나 술자리가 끝나기를 바라는 심정은 아무도 이해를 못한다. 아무 쓸모 없는 이야기를 반복적으로 듣는 것도 고통스러웠지만 그보다도 더 듣기 싫은 말은 술이 바닥나서 일어날 희망이 보일 때 "아줌마! 여기 술 한 병 더 줘요"였다. 취했으면 술이 남아도 일어서기를 바랬지만 술꾼들은 절대로 그런 법이 없다. 마치 먹는 것을 좋아하는 사람이 배가 불러도 남기는 음식이 아까워 먹어 치우는 것처럼……

선배 한 분은 술을 너무너무 좋아했다. 당직을 하다보면 가끔 파출소에서 선생님이 술 먹고 통금위반을 했다는 전화가 걸려 오곤 했다. 그러면 5천 원짜리 두 장을 준비하여 (1977년 당시 5천 원이면 큰돈이었다) 한 장은 앰뷸런스 기사에게 주고 한 장은 파출소에 야참 값을 지불하고 빼내 왔다. 병원에 돌아오면 또 술을 사가지고 오라고 하여 할 일은 많은데 술도 못 먹으니 미칠 노릇이었다.

수련 동기 중에 한 명도 거의 매일 술을 마셨는데 꼭 밤 11시 50분까지 마시다가 총알택시를 타고 집에 돌아가는 일이 다반사였다. 아침에 출근하면 거의 빈사상태인데 저녁이 되면 정신이 말뚱말뚱하길래 왜 그러냐고 물으니 술 마실 생각을 하니 정신이 바짝 든다고 대답을 하였다.

결혼을 정하고 처갓집에 초대를 받아 갔을 때 어떤 사람이 사위로 들어오나 알기 위하여 친척분들이 여럿 모이셨다. 그분들이 주는 술을 거절할 수도 없어서 넙죽넙죽 받아 먹다 보니 양주를 한 병 조금 못되게 마셔 버렸다. 나의 주량으로 보면 엄청난 사건이었는데 집을 나서고 200m도 못가서 체면 불고하고 담벼락에 기대어 자고 말았다. 결혼 후 본색을 드러내자 장인어른이 "아니 어떻게 된 거야? 그날은 술을 그렇게 잘 마셔 은근히 걱정을 많이 했는데……"라고 하셨다.

수련을 받을 때는 규율이 하도 엄하여 선배들이 마시라면 무조건 마셔야 하는 의사라는 직업이 힘들다고 느껴졌으나 수련을 마치고 나니 오히려 더 편한 세상으로 변해 버렸다. 다른 직업 같으면 접대를 하기 위해 술자리를 할 경우가 많겠으나 의사는 접대차 술을 마실 필요는 거의 없기 때문이다.

요즘은 시대가 변하여 술 못 마시는 것을 오히려 자랑스럽게 여긴다. 술 마시는 문화가 발달하여 마실 만큼만 권하니 어떻게 술 마시는 것을 피할까 고민할 필요도 없어졌다. 사람이 좀 무미건조해서 그렇지 난 필름이 끊긴 적도 기껏 한두 번이고 그 이튿날 일어나서 술 냄새가 난 적은 있지만 부대낀 적은 별로 없다.

술 못 마시는 것의 장점은 음주운전을 하지 않는다는 것이다. 술이 깨는 느낌을 알 뿐만 아니라 술이 깨어도 얼굴이 빨개서 단속을 당할까 봐 못한다. 또 회식에서 술을 강권하지 않으니까 회식의 분위기가 부드럽다. 물론 건강에도 좋고 주사라는 것이 있을 수 없다.

단점은 술을 잘 마시는 사람과 어울리는 기회가 적고 안주를 많이 축을 낸다는 것이다. 또 조금만 마셔도 대리운전을 시켜야 하니 대리운전비가 많이 든다는 것이나 이는 반드시 단점이라고 할 수는 없을 것이다.

술은 자주 마시게 되면 술을 분해하는 효소의 생성이 촉진되어 아무리 못 마시는 사람도 조금씩은 주량이 늘어난다고 하지만 그것 보다는 나에게는 분위기가 더 중요한 것 같다.

오늘은 오랫동안 나를 도와 주었던 수술방 간호사의 송별연을 벌였다. 처음부터 다른 때와는 달리 술이 술술 잘 넘어가니 왜 그런지 나도 모를 일이다.

아마도 섭섭함이 아닐까?

사람 구경하기

병가를 내어 두어 달 쉬는 동안 아침저녁에 아파트 단지를 걷는 운동을 하게 되었다. 아침은 일삼아서 나가고 저녁에는 시원한 밤바람과 친구하러 나간다.

점심 식사 후도 운동을 하는 것이 좋겠지만 더운 날씨에 땀을 뻘뻘 흘리면서까지 운동을 하고 싶은 마음은 없다. 한 바퀴 도는데 약 500미터 정도여서 보통은 두 바퀴를 돌고 기분이 좋으면 세 바퀴를 도는데 이정도면 충분한 운동량이 되는 셈이다.

걷기가 끝나면 벤치에 앉아 쉬면서 사람들을 구경하는 재미를 붙이게 되었다. 시간을 정해서 나가면 거의 매일 같은 사람들을 만나게 된다. 물론 아침에 만나는 사람과 저녁에 만나는 사람이 다르다.

나의 아침 걷기는 8시부터 시작하여 약 20분간에 걸쳐하고 벤치에서 쉬는 시간은 30여 분이 되니 운동하는 시간보다 쉬는 시간이 많다. 쉬는 시간을 늘리기 위해 어느 한 사람을 지정하여 그 사람이 두 바퀴 또는 세 바퀴 돌 때까지 쉬기로 작정하기도 한다. 그것도 아쉬우면 가끔 한 바퀴씩을 연장하기도 하는데 어떤 때는 그 사람의 운동이 끝나 영영 안 나타나기도 한다.

아침에 만나는 사람 중 가장 인상 깊은 분은 여든 살쯤 되어 보이는 할아버지다. 왕년에 한가닥 하신 분 같이 점잖게 늙으셨는데 고집이 많아 보이신다. 뒤에서 보면 고개를 항상 한 시 방향으로 기울이고 걷는 모습도 기계처럼 언제나 한결같다. 코너를 돌 때도 모퉁이까지 가서 직각으로 도는 버릇이 있어 처음에는 나와 다른 방향으로 가는 줄 알았다. 항상 입은 다물어 있고 눈에는 표정이 없어 집에서도 그렇게 생활하나 궁금하다.

환갑이 넘어 보이는 사람이 절뚝거리며 걷고 있다. 정형외과 의사의 눈으로 볼 때 아마 양쪽 고관절에 문제가 있는 사람처럼 오리걸음으로 걷는다. 보행의 속도는 나보다 훨씬 느리지만 걷는 거리는 나보다 멀어 보통 서너 바퀴 이상을 도니 아마 이 사람의 운동시간은 한 시간쯤 될 것 같다. 한 걸음 한 걸음이 힘겨워 보이지만 걷는 일이야말로 건강을 유지하는 유일한 수단이라고 믿고 온 정성을 다 쏟는다.

오십이 못되어 보이는 젊은 사람도 있다. 그 사람 사정도 모르면서 직장이 없는 사람처럼 생각되어 괜히 안쓰러운 마음이 든다. 그 시간에 운동을 한다해도 꼭 직장이 없으라는 법도 없고 늦게 출근하거나 출근을 안 해도 만사가 잘 돌아갈 만큼 팔자가 핀 사람일지 모른다. 젊어서인지 몰라도 한 가지 목표를 향해 쉴 틈 없이 달려가는 사람 같기도 하고 한이 맺혀 걷는 것 같기도 하다.

등교 시간이 되면 오 분도 틀리지 않고 학생들이 맑은 하늘에 별들이 쏟아지듯 순식간에 우르르 나타나기 시작한다. 학생들은 친구가 곁에 있어도 각자의 핸드폰을 만지작거리면서 걷는다. 참 신기하기도 하다. 얼마 안 있으면 이 괴물 장남감과의 이별의 시간이 다가오기에 한순간이라도 같이 하고 싶은 모양이다.

아침 시간에는 사람만 운동하는 것은 아니다. 개들도 덩달아 주인을 따라 나선다. 주인들은 운동도 하며 자기 애완견의 용변처리를 위해 나오는 듯싶다. 몇몇 개들은 한데 어우러져 노는데 사람들끼리 먼저 알고 개들이 사귀었는지, 개들이 서로 좋아 하니까 사람들이 가까워졌는지 알 수가 없다. 한 놈은 헤어질 때 항상 앙탈을 부리고 머리와 몸뚱이의 방향이 달라 목뼈가 부러지지 않나 걱정이 된다. 자기가 좋아하는 암컷이 있는 모양이다.

개의 말이 나왔으니 아주 얌체 같은 사람도 있다. 쉰 살쯤 되어 보이는 남자가 항상 골프채를 하나 들고 다녔고 그 뒤를 개가 졸졸 따라 다녔다. 나는 산책이 끝나면 어느 한적한 공간에서 골프 연습을 하는 줄 알았다. 그런데 그 골프채의 용도는 엉뚱하였다. 개가 용변을 보자 그 골프채로 변을 화단으로 밀어 넣는 것이었다. 이를테면 골프채는 용변처리용이었던 것이다. 그 행동을 나한테 들키자 멈칫하였으나 이내 아무 일도 없었다는 듯 태연히 사라졌다.

저녁에 걷는 사람은 아침과는 조금 다르다. 여자들이 많고 가끔은 가족끼리 걷기도 한다. 젊은 여자들은 한결같이 귀에 이어폰을 끼고 팔을 니은(ㄴ)자로 높이 처들며 발뒤꿈치로 땅이 꺼져라 하고 속보로 걷는다. 하도 진지하여 어쩌다 부딪히기라도 하면 큰 봉변을 당할 것이다. 간혹 젊은 남자들도 보이는데 이들은 대개 걷기보다는 뛰기를 좋아하고 이 더위에 땀복까지 입고 뛰는 사람도 있다.

나이가 조금 든 중년이 되면 나이만큼이나 걷는데 여유가 있다. 어쩌면 운동도 하고 삶을 즐기려는 모습이다. 중년이 넘어서면 대개는 부부간이나 딸과 함께 걷는 모습을 흔히 본다. 아마 남편 혼자 산책을 나간다면 아내가 따라 나서거나 아내가 남편을 재촉하며 같이 나오는 것 같다. 딸은 아들보다 붙임성이 있어서 종종 함께 산책을 하지만 아들은 십중팔구 그때까지 집에 안들어 왔거나 혹시 집에 있다고 해도 시간을 딴데다 쓸 것이다. 이렇게 가족끼리 산책을 나온 사람들이 제일 부럽다. 이들은 걷는 것도 즐길 줄 알고 살아가는 맛도 즐길 줄 아는 사람들이기 때문이다.

이렇게 사람들을 구경하다 보면 3~40분은 훌쩍 지나간다. 비록 인사는 나누지 않았지만 여러 번 마주치다 보니 모두 반가운 얼굴들이다. 행여 보이던 얼굴이 안 보이면 무슨 일이 일어나지 않았나 걱정이 된다. 그러나 그들도 나와 같은 생각을 가지고 있는지는 미지수이다. 그 많은 사람 중에 '나'라는 존재가 나타나지 않는다고 이상하게 생각하는 사람은 없을 것 같다.

오늘은 새벽부터 비가 내리기 시작한다. 장마가 시작되었다고 한다. 점점 달구어지는 대지를 촉촉이 식혀 주어 좋기는 하지만 조금은 아쉽다. 그동안 쏠쏠히 즐겨왔던 사람 구경하는 재미를 중단하라는 하늘의 뜻이니 어쩔 도리가 없다.

놀고먹는 상팔자

그저 시간이 흐르는 대로 몸을 맡겨 놓을 수 있으면 상팔자일 줄 알았는데 막상 경험을 해보니 그렇지만은 않은 것 같다. 직장생활 40여 년 동안, 아니 학교를 다니기 시작한 때부터 치면 50년이 넘는 동안 휴가나 방학을 빼고 나면 평생을 빡빡하게 짜여진 일정 속에 지내왔다. 이런 생활이 나이 쉰이 넘어가면 조금은 나아질 줄 알았는데 복에 겨운 소리인 줄 몰라도 오히려 점점 더 바빠지는 것이었다.

그러다 처음으로 본의 아니게 시간적 여유를 가지게 되었다. 허리가 아파 수술을 받는 바람에 두어 달 병가를 갖게 된 것이다. 엄밀히 따지면 병가란 그저 쉬는 것이 아니다. 몸조리를 잘 하라는 기간이다. 몸이 아프니 멀리 여행을 갈 수도 없고 집에서 지내며 힘든 일은 할 수가 없어서 활동의 제한이 따를 수밖에 없다. 시간을 내 마음대로 요리를 할 수가 없는 것이다. 그러니 집에서 빈둥빈둥하는 시간이 많아져 머릿속만 잡생각으로 가득 차게 되었다.

아침에 출근 준비하느라 서두르지 않아도 된다는 것이 가장 큰 매력이었다. 허둥대며 세면을 하고 옷을 갈아입던 시간에 그저 눈만 껌벅거리고 텔레비전 리모콘 버튼만 눌러도 되었으니 말이다. 전날 밤늦게까지 잠을 안 자도 되고 새벽에 방영되는 스포츠 중계를 아무런 부담없이 볼 수가 있었다. 출근을 하게되면 전날 밤 좋아하는 스포츠 중계를 못 보거나, 행여 잠자는 시간을 놓쳐 버리면 출근 시간 전에 깨어야 한다는 강박증에 불면의 밤을 보낸 적이 많았다.

가장 큰 문제는 세 끼 식사를 무엇으로 하고 하루를 어떻게 보내냐는 것이었다. 식사는 해주는 대로 먹는 것이기는 하지만 세 끼를 집에서 먹다 보면 약간 눈칫밥을 먹는 기분이다. 그래서 아내가 해 주는 음식은 무조건 좋다고 건성으로 대답을 하지만 솔직히 입에 맞지 않는 음식이 많다. 아침을 늦게 먹으니 점심 먹는 시간까지가 짧아 식욕이 떨어지고 가끔 저녁에는 외식을 하지만 멀리 가는 것이 부담이 되고 의자에 앉을 수 있는 곳으로 가야 하니 이 또한 제한이 많다. 평소에 회식이 많아 여러 가지 음식을 먹다보니 집에서 끼니 때마다 해 주는 음식이 단조롭게 여겨졌으나 그래도 집에서 해 주는 식사가 질리지 않아서 좋았다.

또 다른 문제는 하루종일 무얼 하느냐였다. 근무를 할 때에도 무얼 할까 고민을 하였는데 이때에는 할 일이 많았지만 우선 순위를 어떻게 하느냐가 관건이었다. 그러나 할 일이 없어서 오늘 무슨 소일거리로 하루를 보내느냐는 것은 쉽지가 않았다. 하루 이틀은 얼렁뚱땅 보낼 수 있었지만 한두 달은 차원이 달랐다. 문병을 오신 분들 중에 쉬는 동안 독서를 하라며 책을 선물하는 사람도 있었으나 몸이 불편하니 이마저도 귀찮아지는 것이었다.

아침 식사를 하고 나서 운동을 한답시고 동네를 몇 바퀴 돌고 몸을 씻고 나면 할 일이 없어서 한동안은 멍하게 지내야만 했다. 침대에서 뒹굴다가 텔레비전을 보고 그러다 보면 잠이 들다 깨다를 반복하였다. 잠이 깨면 축축한 땀이 어깨쭉지를 타고 흘러 내리니 침대에 오래 누워 있을 수도 없었다.

그렇게 며칠을 지내다 보니 정말 이렇게 시간을 보내야 하느냐는 한심한 생각이 들기 시작했다. 불과 한두 달 전만 해도 일에 시달리며 일만하다가 하루가 지난 적이 많았으니 당연한 걱정이 아닐 수 없었다.

몇 해 전 명퇴를 한 친구와 저녁 식사를 할 기회를 가졌다. 나의 답답함을 이야기했더니 그 친구는 "처음이니까 그렇지 노는 것에 맛들기 시작하면 그것도 재미있다. 너 백수가 과로사한다는 말 들어 봤어?" 끔찍한 소리다. 의학이 발달되어 평균 수명이 늘어나 앞으로 몇 십 년을 더 살지 모르는 마당에 아무리 편안하고 재미있게 지낸다 해도 20년 이상을 할 일 없이 보낸다는 것은 축복이 아니라 재앙일 수밖에 없을 것이다. 놀고먹는 것이 상팔자는 아닌 것이다.

명예 회복

"여보, 오늘은 무슨 일 없어?"

수술 후 어느 정도 회복이 되어 몸을 가누기가 편해지자 아내는 은근히 저녁에 나갈 일이 없느냐고 묻는다. 우스갯소리로 남편이 하루에 집에서 한 끼도 안 먹으면 '영식님', 한 끼 먹으면 '일식 씨', 두 끼 먹으면 '이식이', 세 끼 다 먹으면 '삼식이 놈'이라고 부른다고 한다. 요즘 주부들이 그만큼 하루 세 끼 수발을 드는 것이 싫다는 소리다.

수술을 받기 전 정상근무를 할 때는 나는 보통은 '일식 씨'였고 일주일에 한두 번 정도는 '이식이'로 집에서 어느 정도 대우를 받아온 셈이다. 아침은 꼭 챙겨 주어서 먹었고 점심은 병원 식당을 이용하고 저녁은 회식이 많아서 집에서 먹는 일이 거의 없었기 때문이다. 저녁

때 아내가 가끔 저녁 먹고 오냐고 묻는데 이것은 집에 와서 같이 식사하자는 뜻이 아니라 저녁 준비를 하지 않았으면 좋겠다는 희망사항을 전화 목소리를 통해서 느낄 수 있다. 이 나이에 저녁을 먹고 온다고 해서 허튼 일을 벌이지 않을 것이고 일찍 들어와 봤자 서로가 하는 일이 다르고 즐겨 보는 텔레비전 프로도 다르니 거들작거리기만 할 뿐이다.

그런데 수술을 받고 병가를 보내는 동안 나는 '이식이'와 '삼식이 놈'으로 전락해 버리고 말았다. 하루 세 끼 식사를 모두 준비하려니 가슴이 탁 막혀 올 것이다. 그래서 틈틈이 아내는 혹시 저녁 식사 약속이 있나 알아보려 내 스마트폰의 일정표를 훔쳐보는 버릇이 생겼다.

병가를 하는 동안 처음에 아내는 구혼이라며 같이 지내는 것을 반겨하는 것 같았다. 그러나 시간이 갈수록 귀찮아 지는 모양이었다. 결혼 생활 35년 동안 남편이 출근을 하면 아내는 자유로운 생활을 해 왔다. 물론 애들을 키우느라 바쁘게 지냈겠지만 어쨌든 시간을 자기 마음대로 사용할 수 있었다. 낮잠을 자기도 하고 식사도 하고 싶을 때 하면 그만이었다. 그런데 갑자기 나와 같이 시간을 공유해야 하니 지금까지의 생활의 패턴이 달라지고 만 것이다. 더군다나 내가 허리 수술을 받아서 당분간 허리 구부리는 일을 할 수 없어 몸을 씻겨주고 양말까지 신겨 주어야 하는 상전을 모시려니 짜증이 날만도 하였다. 몸을 씻겨 주는 것도 처음에는 정성이 가득하더니만 날이 갈수록 설렁설렁이고 끼니 때만 되면 귀찮아 하는 모습이 역력하였다.

서로 사랑하는 사람끼리도 삼 년이 지나면 좋은 감정을 일으키는 호르몬은 사라지고 서로가 멀리 하려는 호르몬이 나온다는 생물학적 보고가 있다. 사실인지는 몰라도 우리 주위를 둘러보면 일리가 있는 말이다. 사랑도 지겨울 때가 있는 법인데 결혼 3년도 아닌 35년이 지난 마당에 하루종일 부부가 같이 지낸다는 것은 생각만 해도 아찔하다.

나는 그나마 한시적으로 쉬고 있으니 다행이라 할 수 있다. 만일 하던 일을 그만 두고 집에서 쉬는 신세가 되면 어떻게 될까? 일찍 명퇴를 하여 집에서 쉬고 있는 친구들의 모습이 눈에 떠오른다.

이런 문제는 돈이 많다고 해서 해결될 일은 아닌 것 같다. 돈이 많으면 지내기는 좀 편하겠지만 허구한 날 부부가 서로 얼굴을 맞대고 지내는 불편함은 마찬가지일 것이다.

지금은 눈치껏 저녁에 일거리를 만들어 가끔 외식을 하고 오니 그나마 '삼식이 놈'에서 '이식이'로 신분 상승을 하였으니 다행이라 할 것이다.

옛날 우리 부모님들 세대는 삼시 세끼를 집에서 해결하는 것을 당연한 것으로 받아들여져 점심 식사도 직장을 다니는 사람들은 도시락을 싸가지고 다니셨다. 그러나 이제는 세상이 바뀌어 졌다. 그러니 빨리 일터로 나가 '이식이'에서 '일식 씨'로 명예 회복을 해야겠다.

나이가 들면 두려운 것

아주 친하지는 않더라도 만나면 그저 마음이 편한 친구 두 명의 부인이 우울증에 걸렸었다. 한 친구는 미국에 근무했었는데 로스앤젤레스 공항에서 전화를 걸어 한국 도착시간이 언제이니 바로 그 분야의 선생님 진료를 받게 해 달라고 했다. 또한 친구도 아내의 우울증 때문에 불쑥불쑥 전화를 걸어 외래 예약을 여러 번 부탁했다. 자신들은 물론이고 가족 모두가 우울증에 빠질 지경이고 직장 생활은 엉망이 되어 버렸다고 한다.

한국전쟁 전후에 태어난 우리 세대는 비록 전쟁을 직접 경험하진 않았지만 급격한 소용돌이 속을 헤쳐 나온 사람들이다. 정치적으로는 4·19혁명, 5·16 쿠데타, 유신 그리고 광주민주화운동을 겪었다. 경제적으로는 보릿고개를 넘길 때 끼니를 거르기도 했고, IMF때는 많은 사람들이 명예퇴직이라는 미명하에 일자리를 잃게 되었다. 가정적으로는 울타리가 있던 단독주택에서 살다 울타리는 없고 방마다 철저히 격리된 아파트로 바뀌었다. 교통 수단이 크게 달라져 전국이 하루 생활권이 되었고 컴퓨터의 등장은 하루가 다르게 노년층을 바보로 만들고 있다.

그러나 무엇보다 정신적인 면에서는 충격에 가깝다고 할 수 있다. 전통적인 유교사상은 진흙 속에서 진주를 찾을 만큼 흔적도 없이 사라져 도덕성이 땅에 떨어져 버린 지 오래다. 가정은 붕괴되고 오직 돈만이 지상 최고의 가치로 자리 잡게 되었다. 이러다 보니 기존의 가치관이 허무하게 무너져 버려 이런 혼돈을 잘 견디지 못하면 우울증이 걸리기가 십상이다.

친구들의 이야기를 듣다 보니 불현듯 남의 일이 아닐지 모른다는 생각이 들었다. 의사라고 하지만 정신과라고 하면 이젠 문외한이나 다름없다. 다만 한 가지, 모든 병은 예방이 최선이고 우울증의 예방은 명랑하게 해주면 되지 싶었다.

그 후 나는 아내가 눈치채지 않게 많은 노력을 했다. 집에서는 가능한 짜증을 내지 않았고, 지겨운 쇼핑도 즐거운 마음으로 다니는 척했고, 영화도 심심찮게 보았으며, 주말에는 거의 빼놓지 않고 외식을 하다시피 했다. 그렇게 몇 년을 하다보니 아이쇼핑을 하는 방법도 터득하게 되었고, 영화에도 재미를 붙였으며, 식도락에 더욱 심취할 수 있게 되었다.

우울증도 때가 있는 법이어서 위험한 시기를 슬기롭게 헤쳐 나갔다는 생각이 든다. 요즘 아내가 거실에서 텔레비젼을 보다가 거실이 떠나갈 정도로 박장대소를 하는 것을 보면 안심이 된다.

그러는 사이 나는 다시는 돌이킬 수 없는 공처가가 되고 말았다. 한번 발을 그렇게 들여놓았으니 빠져나오는 것은 생각도 못하게 된 것이다. 물론 이렇게 하지 않았어도 아내가 우울증에 걸렸을 가능성은 높지 않다. 그래도 만에 하나 아내가 우울증이 걸려 온 집안이 정신병동이 되는 것보다 훨씬 낫다는 생각으로 위안을 삼았다.

　그런데 얼마 전부터 밤마다 부시럭거리는 소리가 나 잠에서 깨어 보면 아내가 무엇인가를 열심히 찾는 횟수가 잦아지기 시작했다. 잠자는데 제발 방해 좀 하지 말라고 핀잔을 주곤 했는데 어느 날 아내는 치매가 오는 것 같다는 섬뜩한 말을 하는 것이었다. 중요한 것을 어디다 두었는지 모르고 또 없어진 것 같다는 것이다. 건망증은 치매의 시초라며 걱정이 이만저만이 아니었다.

　돌아가신 어머니가 치매를 앓으신 경험이 있어 치매에 대하여 너무나 잘 알고 있다. 치매는 우울증보다 증상이 심한데다가 예방하는 방법도 모르니 어찌 눈앞이 캄캄하지 않겠는가? 한동안 위로도 해주며 근심만 하고 지내다가 문득 나 자신을 돌아보게 되었다.

　누가 누굴 걱정하고 있는 것인가? 책상 정리를 한답시고 버릴 것과 보관할 것을 분류하다 보면 쓰레기는 턱하니 책상 위에 가지런히 놓여 있고 중요 서류는 쓰레기통에 처박혀 있다. 이것은 집에 가지고 가야지 하며 문밖에 나설 때까지 생각해 놓고는 운전대를 잡고서야 연구실에 두고 온 것이 생각난다. 중요한 서류를 어디다 꽁꽁 숨겨 놓고 그걸 찾느라고 한 시간여를 서랍이란 서랍을 다 열고 닫고 하며 발칵 뒤집어 놓는다. 모자를 쓰고 나갔다가 날씨가 춥지 않으면 어디다 내동댕이 치고 오기 일쑤이고, 캐비넷 비밀번호를 입력해 놓고 방문이 안 열린다고 화를 내기도 한다.

나의 건망증이 아내보다 훨씬 심한 것이다. 차이가 있다면 아내는 한 가지에 집착하면 그것이 해결될 때까지 집요하게 물고 늘어진다는 점이다. 그러니 여러 번 찾는 것 같아도 결국은 하나를 찾아 헤매는 것이다. 나도 물론 처음에는 그랬다. 그러나 잃어 버리고 잊어 먹는 일이 많아지니까 그걸 끝가지 찾다가는 아무 일도 할 수 없어서 성질을 죽이는 방법을 배웠을 뿐이다.

건망증이 심해지면서 스스로 다짐을 하게 되었는데 너무 조급하게 서두르지 말자는 것이었다. 잃어버린 물건은 우연한 기회에 어디에선가 발견이 될 것이고 잊어버린 생각도 언젠가는 나의 머리로 돌아올 것이다. 물론 적절한 시기를 놓쳐 아무런 쓸모가 없어질 수 있지만 다시 찾았다는 기쁨을 갖고 살기로 하였다. 그랬더니만 의외로 건망증을 나이가 들면 어쩔 수 없이 찾아오는 현상으로 받아들이고 마음이 평안해지는 것이었다. 그래도 다행인 것은 아직까지는 중요한 일은 신통하게도 사전에 대부분 기억이 나서 일을 하는데 큰 차질이 빚어진 적은 없다.

품위를 유지하며 오래 산다는 것은 축복일 수 있지만 자식들에게 부담이 되며 오래 산다는 것은 재앙이다. 의학이 발달하면서 인간의 수명이 연장된 것을 마냥 좋아할 수만은 없다. 죽음보다 두려운 것은 치매에 걸려 가족들을 불안하게 하거나 아무런 의식도 없이 산소호흡기로 생명을 연장해가는 것이다. 이런 상황이 벌어졌을 때 나의 의사와는 상관없이 목숨을 연명시키기 위하여 의료진은 기를 쓰고 노력을 할 것 같아 두렵다.

치매와 건망증의 차이는 자기 인식이 있고 없느냐에 따라 달려있다. 스스로가 문제가 있다고 느끼면 건망증이지만 본인은 전혀 문제가 없다고 생각하는데 이상한 행동이 나타나면 치매인 것이다. 이렇게 나의 건망증이 심각한데도 나는 전혀 이상이 없는 양 아내 걱정만 하고 있었으니 내가 바로 치매의 초기인지 모른다.

"여보! 치매가 온다면 아마 내가 당신보다 먼저 올 것 같아! 당신이 우울증이 올까 봐 노심초사했었는데 언젠가는 당신이 나한테 보은을 해야 할 것 같소!"

사랑하는 제자들

사람이 살아가는 재미 중의 하나가 가르치는 것이라고 했다. 내가 1984년부터 가르치는 업에 종사하기 시작했으니 벌써 30년이 가까워 진다.

그동안 많은 제자를 배출하였다. 대학에서 가르친 제자를 빼고라도 배출해 낸 전공의만도 7~80여 명에 이르고 소위 펠로우라고 하여 1년 내내 내 밑에서 무릎 수술을 배운 제자도 2~30명에 이른다.

이렇게 제자가 많다 보니 별의별 제자가 다 있다. 보통은 일선에서 지역 주민의 건강을 책임지며 성실히 자기 할 일을 다하고 있어 대견스럽다. 그러나 가르친 대로 따르지 않아 스승을 욕되게 하고 심지어는 사제지간의 예의에 거슬리게 행동하는 제자라고 부르기도 민망한 제자도 있다.

이 제자들 중에 일 년 동안 나에게 펠로우를 한 제자들을 중심으로 '아우회'라는 모임이 있다. 서로 아우처럼 사랑하라는 뜻이 함축되어 있지만 굳이 풀이하면 '아산병원'의 '아'자와 '우신'의 '우'자를 합성해서 만든 말이다. 앞으로 정년퇴임을 하게 되면 '우아회'로 이름을 바꾸라고 농담 삼아 이야기 한다. 물론 두 글자가 합쳐진 것은 같지만 몇 년이 지나면 제자들의 나이도 지긋해질 터이니 그때부터는 우아하게 지내라는 뜻에서이다.

나는 제자들과 공식적으로 일 년에 네 번의 만남을 가진다. 스승의 날, 새로 온 펠로우의 집도식, 내가 주최하는 심포지엄 때, 그리고 설날 후 신년 하례식 때이다. 신년 하례식을 제외하고는 아우회를 중심으로 2~30명이 모이고 신년 하례식 때는 모두에게 개방하니 60여 명이 우리집에 모이게 된다. 이외에도 무슨 일만 있으면 서로 의기가 투합하여 끼리끼리 연락을 하고 나를 초대한다. 이런 만남을 통해 선후배간 우의를 다지니 스승으로서 흐뭇하지 않을 수 없다.

스승의 날 모임은 기쁘기 그지 없다. 요즘 세상에 제자들이 스승을 위해 잔치를 차려 주는 예는 극히 드물다. 아무것을 먹지 않아도 배가 부르다. 이때는 아내와 같이 나가는데 아내에게 선물까지 해주니 아내의 입이 저절로 벌어진다.

펠로우의 집도식은 일 년 동안 무릎 수술을 배우러 온 선생의 수술 집도를 기념하여 모이는 날이다. 대개 7월경에 하는데 내 생일과 거의 겹쳐 함께 치룬다. 이날은 새로운 펠로우 선생의 '아우회' 신고식이기도 하여 펠로우는 인사불성으로 만취 상태가 된다. 그러나 보통 알고 있는 신고식처럼 강제성은 없어서 불상사는 일어나지 않는다. 스스로가 흥에 겨워 취하는 것이다. 이는 내가 술 때문에 고생한 적이 많아서 강제로 술을 먹이는 것은 절대로 금지하기 때문이기도 하다. 선배들은 십시일반 돈을 모아 이다음에 학회에 참석할 때 쓰라고 후배에게 장학금도 마련해 준다.

제자들과 내가 가장 좋아하는 날은 신년 하례식이다. 벌써 15년 동안이나 이어져 오는 우리 과의 전통이 되어 버렸다. 요즘 신세대들은 설날에 번거롭게 세배를 드리러 가는 것이 귀찮기도 하겠지만 거꾸로 생각하면 인사를 드릴 선생님이 없다는 것도 서글픈 일이다. 어느 선생님을 딱 정해서 찾아 갈 분도 없고 혼자 세배를 드리는 것도 쑥스럽다. 그럴 때 초대를 해주고 여러 동문이 모인다면 그것만큼 좋을 수 없을 것이다.

신년 하례식을 시작하게 된 동기는 설날 연휴 때 제자들이 드문드문 인사를 오는 바람에 연휴를 편히 쉴 수가 없었다. 그래서 제자들의 마음을 달래주기도 할 겸 겸사겸사해서 시작하였다. 처음에는 제자들이 적어서 2~30명이 참가하였는데 이제는 전국 각지에서 온 60여 명의 제자가 우리집을 빼곡히 메운다.

오랫동안 지속하다보니 그동안 쌓아올린 신년 하례식을 치루는 비법이 많이 쌓였다. 날짜나 시간은 설날 다음 주 토요일 저녁 6시로 정해졌으니 다들 그렇게 알고 시간을 비워 놓는다. 이 날짜가 가장 좋은 것은 설이 지난 지 2주가 되지 않아 세배를 받기에 어색하지 않고 지방에서 올라오는 교통도 막히지 않기 때문이다. 끝나는 시간을 새벽 한 시로 하니 행여 아홉 시쯤 오려는 제자가 판이 끝났을까 걱정을 안 하고 와도 된다.

처음에는 가락시장에서 생선회를 뜨려고 두어 시간을 추위에 벌벌 떨면서 기다리기도 했고 아내는 갈비찜이라도 해야 한다며 전날부터 들통에 갈비를 끓이기 시작했다. 그러나 손님이 많아지니 도저히 그렇게 할 수가 없었다. 이제는 음식 장만을 내가 자주 이용하는 일식집에서 차려오고 갈 때는 설거지까지 하고 간다. 설거지가 끝나고 저녁 아홉 시쯤이 되면 아내와 아이들은 내가 예약해 둔 시내의 호텔에 숙박하러 간다. 아무리 새벽 한 시까지 놀다 간다고 해도 아내가 집에 있으면 제자들이 눈치를 보기 때문이다.

나는 이날 내가 가지고 있는 최고의 술을 내어 놓는다. 제자들도 아마 이런 술은 일 년에 한 번씩밖에 먹지 않을 것이다. 기분이 좋으니 아끼고 싶은 마음이 없다. 제자들은 흥에 겨워 술잔을 기울이며 선후배끼리 담소를 나누니 바라보는 나의 가슴이 뿌듯하지 않을 수 없다.

내가 허리 수술을 받고 입원해 있는 동안 전국 각지에서 정말로 많은 제자들이 병문안을 와 주었다. 한꺼번에 몰려들면 피곤해 할까봐 끼리끼리 일정을 조정하여 찾아주는 세심함도 보여 주었다. 제자들은 진정한 마음으로 걱정을 해주고 빠른 쾌차를 기원하였다. 이런 고마움 덕택에 아무런 합병증 없이 빨리 나았다고 생각한다. 그러고 보면 나는 제자 복이 참 많은 사람이다.

평소에도 느꼈지만 가르쳐준 보람이 크다는 것을 가슴속 깊이 간직하고 싶다. 이름을 일일이 거명할 수 없는 많은 제자들에게 한마디하고 싶다. "사랑한다! 제자들아!"

동창회

젊었을 때는 동창회를 한다고 하면 그저 한 귀로 흘려보냈다. 바쁘다 보니 친구들끼리 한가히 모여서 신변 잡담이나 덕담을 늘어 놓을 시간이 아깝기 때문이었다.

그러나 나이가 들어가면서 점점 옛 친구들이 보고 싶어져 동창회가 열린다고 하면 웬만한 약속은 취소하고 그날을 기다리게 된다. 물론 아직도 일에 치여 눈을 돌리지 못하는 동창도 있지만 대개 50대가 지나면 어느 정도 시간적인 여유가 생기는 데다가 이 나이에 새로운 친구를 사귀기도 쉽지가 않다. 그래서 옛날에는 200여 명이 졸업했어도 열 명 정도도 모이지 않아 동창회가 유야무야되어 버렸지만 요즘은 30여 명은 족히 넘어 제법 흥청거린다.

처음에는 누가 누군지를 몰라 서먹서먹하다가 조금만 지나면 누군지 정확히 모르는 사이라도 친근감이 드는 것이 동창회다. 하기야 초등학교 졸업을 생각하면 벌써 50년이 넘었으니 학교 다닐 때 특별한 인연이 없거나 그사이 한 번도 안 본 동창이라면 아무리 설명해도 알 턱이 없다.

그런데 초등학교, 중학교, 고등학교와 대학 동창회는 여러 가지로 맛이 다르다.

내가 고등학교 때부터 서울로 올라왔기 때문인지 초등학교와 중학교 동창회를 거의 같이 하는 경우가 많다. 이를테면 촌놈들의 모임인데 조그마한 읍 소재지라 속을 빤히 알아 이제는 학교도 구별 없이 같은 나이 또래 친구들이면 다 모인다. 이름도 어느 학교 동창회가 아니고 고향에 있는 산 이름을 따서 부르게 되니 재경향우회가 더 맞다고 할 것이다.

이 모임은 친구들이 정말 제각각이다. 서울에서 내로라하고 출세한 사람이 있는 반면 살아가기가 벅찬 사람도 있으며 고향을 지키면서 열심히 살아가기도 한다. 모든 친구가 부담없이 만나야 하기에 만나는 장소부터 특이하다. 우리가 자주 만나는 곳은 노량진역 6번 출구이다. 여기서 어지간히 모일 때까지 지나가는 사람도 구경을 하며 친구를 기다린다. 어느 정도 성원이 되면 수산시장에서 생선을 사가지고 근처의 요리를 해주는 음식점으로 가서 술 한 잔을 걸치며 옛 이야기를 나눈다. 그렇게 하면 커피값도 들지 않으니 만 원 정도로도 배불리 먹고 실컷 즐기게 된다.

가끔은 여자 동창생과도 함께 모이는데 그때마다 세상이 많이 변했음을 실감하게 된다. 밤이 이슥하면 남자들은 집에 돌아갈 생각부터 하는데 여자 동창들은 왜 그리 빨리 가려고 그러냐며 오히려 핀잔을 준다. 행여 이렇게 늦어도 되냐고 물으면 남편한테 동창회 간다고 했으니 늦게 들어가도 괜찮다고 한다.

나는 이 동창회가 제일 즐겁다. 누가 잘나고 누가 못난 것을 구태여 따질 필요가 없는 순박한 모임이기 때문이다. 만남의 인사부터 구수한 사투리에 정이 배어드니 모처럼 내 마음이 고향으로 돌아갈 수 있다.

고등학교 동창회는 조금 다르다. 거의 모두가 서울에 살아서인지 모르나 은연중 서로를 의식하게 되나 보다. 누가 잘나가고 누가 어려운 처지에 있는지를 조금만 지나면 자연히 알게 되어 있다. 요즘은 일을 하지 않는 사람도 제법 늘어나서 소위 백수가 약 2~30%는 되는 것 같아 굳이 뭐하냐고 물어 보지를 않는다. 나머지 중 절반은 사장이라고 하는데 알고 보면 직원이 한둘이거나 사장만 혼자 있는 경우도 있다. 명퇴를 하고 그냥 놀고 있을 수는 없어서 무언가 해보려고 안간힘을 쓰고 있는 것이다. 그러니 경제에 대해서 민감하고 살아가는 이야기가 대중을 이룬다.

어느 친구는 요즘 경기가 안 좋아 돈을 벌기보다는 까먹는 날이 많다고 한다. 그러면 그만두지 그러냐고 했더니만 조금은 계면쩍은 말투로 "너 어디 놀러 갈려면 돈 들지? 시간을 보내고 즐기기 위해서 돈 쓰면서 일한다고 생각하면 속이 편해" 한다. 그래서 고등학교 동창을 만나는 즐거움 뒤엔 씁쓸한 여운이 남는다.

대학 동창들은 대학의 특성상 거의 모두가 의사인데 유명한 대학 교수에서부터 큰 병원의 원장도 있고 돈을 많이 번 의사도 있는 반면에 그저 평범하게 살아가는 의사들도 있다. 그래도 모두다 어느 정도의 생활은 유지하기 때문에 비교적 괜찮은 음식점에서 만난다. 화제는 나이에 따라 크게 달라져 인생사를 반영하는 듯하다. 수련기간 중에는 환자 이야기를 주로 하다가 한창 젊었을 때는 골프 이야기를 빼놓고는 대화의 축에 끼지를 못했다. 그러더니 이내 자식들의 교육과 혼사 이야기가 나오더니만 이제는 슬그머니 손주 이야기로 넘어갔다.

그러다 보니 세월이 흘러 대학을 졸업한 지도 30년이 되었다. 지난 달에 졸업 30주년 기념으로 동창 및 그 가족 60여 명이 여행을 다녀왔다.

우리의 아들딸들이 태어나기 전에 만나기 시작하였는데 지금은 자식들이 대학을 졸업한 사람도 많으니 세월의 빠름을 실감하였다. 철모르던 학창시절 친구들끼리 "야! 우리가 전부 의사가 되는 거야?" 하고 물은 적이 있다. 이런 친구들이 모두 의사가 된다는 것이 우리들 생각에도 기가 막혔기 때문이다. 그러나 지금은 의료계의 중진으로 하나 하나가 의료계를 이끌어 나가는데 손색이 없는 사람으로 자리 잡고 있다.

며칠을 같이 지내다 보니 스스럼 없이 서로가 매우 친숙해져 버렸다. "우리 이런 여행을 꼭 5년이나 10년마다 하지 말고 매년하자" 즉석 동의에 모두들 박수를 쳤지만 실현성은 희박하다. 그래도 그럴 마음이 있다는 것은 젊은 시절 추억을 공유할 수 있는 동창이기 때문에 가능하리라.

아비의 속타는 마음

나에게는 과년한 딸이 셋이나 있다. 몇 살부터 과년하다고 딱히 말할 수 없으나 실제 나이가 몇 살이던 간에 옛날 같으면 벌써 시집을 가서 애를 키워야 할 나이라는 생각을 가지게 되면 과년하다고 할 것이다.

자식 예쁘지 않다고 생각하는 부모가 없겠지만 셋다 인물도 그만하면 괜찮고 마음도 고와서 웬만한 사내 같으면 탐을 낼 만도 한데 아직 짝을 구하지 못하고 있으니 이제는 큰 걱정거리가 되어 버렸다.

요즘은 아들보다 딸이 더 좋다고 한다. 주위를 살펴보면 확실히 그런 것 같은데 결혼 문제에 있어서만은 그렇지가 않다. 남녀 모두가 결혼 적령기가 있지만 남자는 혼기를 놓쳐도 언젠가는 장가갈 보장이 있으니 그리 서두르지 않아도 되지만 여자는 혼기를 놓치면 정말 큰일이라는 생각이 딸아이를 둔 아비의 심정이다. 여자는 출산을 해야 하기 때문이다. 아무리 잘나고 똑똑해도 가정을 꾸리고 살아가는 것만 못한 것이 인생살이인 것이다. 서른다섯이 넘어도 시집만 잘 갔다는 사람의 이야기를 들으면 우울한 마음이 풀어지다가도 마흔이 되어도 혼자 산다는 이야기를 들으면 속이 타들어 간다.

친구들은 이제 서른이 조금 넘었으니 요즘은 다 그러니 그리 걱정할 것 없다고 위로를 해 주지만 그건 한갓 인사치레에 불과할 뿐이다. 그럴 때마다 중매 좀 서 보라고 부탁을 하지만 부탁을 하는 사람이나 받는 사람이 변죽이 없어서인지 말만 알았다고 하고는 그다음에는 감감무소식이니 재촉하기도 민망스럽다.

세태 탓을 해 본다. 요즘은 서른이 넘어서 결혼을 하는 사람이 많은 편이니 우리 딸아이도 그런 면에서는 적령기라고 할 수 있다. 그러나 아이를 낳고 기르는 것도 때가 있는 법이다. 젊은이들은 그걸 망각하고 있는 것 같다. 이다음 환갑쯤 되어서 자식이 아직 학업을 마치지 못할 수도 있는 것이다. 꽃다운 나이라는 말이 괜히 생겨난 말은 아니다. 특히 여자들은 이 시기가 지나면 주가가 떨어지게 마련인데 왜 만혼이 대세가 되었는지 딸을 가진 아비는 알다가도 모를 일이다.

직장 탓도 해 본다. 번듯한 재벌 기업에 근무하고 있으니 하루하루가 바쁘고 일에 재미를 붙여 결혼에 대한 욕구가 떨어지기도 할 것이다. 차라리 직장을 때려치면 무료한 나날을 보내기 지겨워서 시집이나 가겠다고 나서지 않을까 하는 생각도 가져본다. 그러나 그렇게 할 수도 없다. 어떻게 구한 직장이며 결혼을 하여서도 집안에 틀어 박혀 애나 키우며 살아가는 세상이 아니다. 그보다도 직장이 없으면 조건이 떨어진다고 하니 이도 저도 못할 노릇이다.

아비의 탓도 해 본다. 자식들에게 잘해주니 시집갈 마음이 없는 것 같아 어느 때는 일부러 거리를 두고 퉁명스럽게 대하지만 그것도 얼마 안 가서 사그라지고 만다. 사랑하는 마음을 억지로 누르는 것이 쉬운 일이 아니기 때문이다.

너무 눈이 높아 그러는 것이 아닌가 딸아이 탓도 많이 한다. 어쩌다 선을 보고 오면 은근히 의향을 물어보지만 이유가 그럴싸하다. 행여 잘못된 사람을 만나 이혼이라도 하게 되면 더 큰일이라는 생각에 다그칠 수가 없다. 결혼은 일생에서 가장 중요한 결정인데 그런 사람이라면 차라리 결혼을 안 하는 편이 낫다고 어느새 딸의 편을 들고 만다. 그러다가 그 다음날이 되어서야 딸아이가 아직 시집갈 생각이 없어서 이런저런 핑계를 대는 것 아닌가 하는 의구심이 불쑥불쑥 든다.

죽고 살고 사랑하는 사이가 아니라면 약간 손해를 본다고 생각되는 사람과 이루어지는 것이 혼사인데 아직 우리 아이는 철이 없는 것 같기도 하다. 세월이 지나고 나면 지금 퇴짜를 놓은 사람이 더 좋았다는 생각이 드는 것이 배우자 고르는 일일진데 우리 아이는 아직 그걸 모르는 모양이다. 그놈의 사위는 지금 어디에서 무얼하고 있는지 나타나질 않으니 이젠 장인될 사람의 속을 그만 태웠으면 좋겠다.

며칠 전 친구가 연구실에 들르더니만 눈치도 없이 외손자를 보았다면서 스마트폰에 담겨 있는 사진까지 보여 주며 자랑을 하고 돌아갔다. 복창이 터지는 것을 꾹꾹 참았다.

나는 언제 할아버지가 되어보지?

오월의 햇살이 따사로워도

집안의 경사가 있어 오랜만에 형제자매끼리 저녁을 같이 하게 되었다. 보지 않으면 멀어진다고 요즘은 자주 만나지를 못하니 자리를 파할 때쯤에야 겨우 서먹서먹한 느낌이 가시어 옛 형제간의 우애를 찾을 수 있었다. 부모님이 돌아가신 지 불과 오 년이 안 되었는데도 말이다.

부모님이 살아 계실 때에는 그래도 한두 달에 한 번쯤은 모이던 형제간들이다. 부모님 생신, 어버이날, 명절, 그리고 6남매의 자식들에게 한두 번쯤 대소사가 있게 마련이어서 못해도 일 년에 10여 회는 만났었다. 그러나 부모님이 안계시니 우선 생신 때와 어버이날의 만남이 없어졌고, 명절과 제사 때엔 남자 형제간으로 차례만 지내고 끝이 난다. 집안의 좋은 일도 결혼 같은 큰일이 아니면 전화로 통보를 받고 말로만 축하하게 되었다.

　자식들의 입학과 졸업, 취직 등이 만남의 구실이었고 그 중심에 부모님이 계셨다는 사실을 뒤늦게야 알았다. 당시에는 이럴 때마다 돈이 들어 바쁜 사람들이 너무 자주 만난다고 은근한 불만도 있었지만, 지내고 보니 조카들에게 축하금을 주는 것도 쏠쏠한 재미였다. 자식들의 숫자가 비슷하니 긴 안목으로 보면 모든 형제간에 본전은 하는 셈이고 나같이 자식이 하나 더 많으면 오히려 득이 더 많았다고 할 수 있다. 부모님이 돌아가시고 난 후부터는 조카들에게 생색을 내는 기회도 줄어 들었고 형제간끼리 어울리는 재미가 점차 사라지고 말았다.

　사람은 참 영악한 동물이면서도 멍청하다고 할 수 있다. 살아가면서 염치와 체면을 차리지 않고 자기의 실속만 차리기에 급급하고, 목적을 달성하기 위하여 갖은 꾀를 쥐어 짠다. 가족관계에 있어서도 나와 내 가족만을 생각하여 형제는 물론이고 부모님한테조차 자기에게 도움이 되지 않으면 알면서도 모르는 척 지나치기 일쑤이다. 그러나 돌아가시고 나서야 계셨을 때의 고마움을 느끼고 처지가 바뀌고 나서야 옛날이 좋았다는 생각을 하는 어리석음이 있다. 마치 공기가 탁해지고 나서야 신선한 공기가 얼마나 고마운 줄을 알고 자식을 키워 보고 나서야 나의 부모가 나 때문에 얼마나 마음을 졸였는가를 알게 된다.

　부모님이 살아 계실 때에 선배님의 초상집에 문상을 간 적이 있다. 그때 상주께서 "이제 고아가 되었습니다" 하며 담담하게 말씀하셨다. 조금은 생뚱맞다고 생각했다. 아무 부러울 것이 없는 분이 고아라니…… 그리고 이제까지 부모님의 뒷바라지를 하셨을 터인데 설령 고아가 된들 무슨 문제가 있단 말인가? 허나 부모님이 돌아가신 후 시간이 지날수록 선배의 말이 가슴에 와 닿는다. 아무리 잘 살고 돈이 많다고 하더라도 부모님이 안 계시면 고아인 것이다.

살아가는 데는 문제가 없다 하더라도 어떤 때는 마음을 의지할 곳이 없어 가슴이 비어 있기도 하다. 부모님은 자식이 아무리 잘못해도 내리사랑으로 자식을 보듬어 주신다. 그리고 자식들은 그것이 너무나 당연한 것처럼 고마운 줄은 모르고 지낸다.

계절의 여왕인 오월에 따스한 햇살이 온 세상을 비추어도 부모님이 살아계시지 않으니 아무리 어버이날이 와도 편안하고 포근한 오월을 느낄 수가 없다.

금연 일지

내가 담배를 처음 맛 본 것은 중학교 때 핸드볼 코치 선생님의 심부름 때문이었다. 연습을 구경하던 나에게 담뱃불을 붙여 오라고 했는데 멀리서 불을 붙여 오려니 사이사이에 한 모금씩 빨아야만 했다. 그 후 중학교 졸업 때 친구들의 권유로 호기심에 한 번 피웠다. 매우 쓰고 역겹기도 해서 이런 걸 왜 피우나 했다. 그보다도 들키지 않으려 담배 냄새를 없애기 위해 무진 애를 쓴 기억이 난다.

그 후 전혀 담배에 손을 대지 않다가 재수를 시작하고 나서부터 본격적으로 흡연의 길로 접어 들었다. 대학 입시에 떨어진 것을 확인하고 나서 깊은 좌절에 빠졌다. 처음으로 내 돈으로 담배를 사서 창경궁 돌담길에서 두세 개피를 연거푸 피워댔다. 머리가 핑 돌고 현기증이 났다. 그 후부터 40년이 넘는 동안 담배는 항상 내 곁에 있었다.

물론 감기를 심하게 앓았을 때 가끔 끊기도 했으나 건강이 회복되는 즉시 다시 피워 물었다. 오히려 담배 맛이 돌아오는 것을 보고 건강이 회복된 것을 알 수 있었다. 한 해가 시작될 때에도 가끔 금연을 새해 목표로 삼았지만 지금까지 작심삼일이 고작이었다.

많은 사람들이 담배를 시작하는 동기는 담배 맛을 알기보다는 멋있게 보이기 때문일 것이다. 어렸을 적 시골에서 농부들이 쉬는 시간에 담배를 피는 것을 늘상 보아왔다. 그때 농부들은 봉초라는 말린 담배를 미리 준비한 종이에 침으로 말아가면서 피웠다. 어린 나이에 참 멋있어 보였다. 그 담배에 힘든 인생살이가 다 녹아 있는 것 같았다.

대학 학창시절 다방에서 커피를 한 잔 시켜 놓고 피우는 담배는 그 맛이 기막혔을 뿐만 아니라 담배 연기는 커피에서 모락모락 올라오는 향과 묘하게 어울리면서 지성미를 연출해 냈다. 담배 연기를 가지고 동그란 원을 그리기라도 하면 여자 친구들은 그 모습에 홀딱 반하기도 했다. 사실 지금은 세상이 달라져서 그렇지 그때만 해도 남자는 담배를 어느 정도 필 줄 알아야 매력이 있었다. 그래서 평소에 담배를 안 피우던 사람도 데이트를 할 때는 담배를 준비해 가기도 하였다.

그러나 요즘은 담배 피우는 것을 혐오시하니 흡연자가 설 땅이 없어졌다. 공공장소나 큰 건물에서는 피울 수 없으니 이들이 자기 기호품을 즐길 수 있는 방법은 숨어서 피우거나, 건물 밖을 맴돌며 건물 주위를 담배 쓰레기로 더럽히거나 길을 걸어가며 즐길 수밖에 없다.

집에서도 나의 입지가 좁아졌다. 처음에는 거실에서도 아무런 거리낌 없이 피웠는데 점점 베란다로 밀려 나더니만 요즘은 내 차 안에서도 피우기를 머뭇거린다. 아내가 어쩌다 차를 탈 때마다 냄새가 난다며 바가지를 긁기 때문이다.

담배를 좋아하던 나도 주위에 어린 아이나 환자가 있거나 공간이 한정되어 있는 건물 내 또는 공공장소에서 금연을 하자는데 아무런 이의를 제기하지 않는다. 그러나 공공장소도 아닌 탁 트인 공간에서도 담배를 못 피우게 하고 건물 내에서 흡연실조차 설치하지 못하게 하는 규제는 도저히 납득이 되지 않을 뿐 아니라 화가 나기도 한다. 이는 자기의 주장을 관철하기 위해서 남은 전혀 배려를 하지 않는 이기주의자들의 횡포이다. 담배가 공기를 오염시켜 금지시킨다면 담배보다 훨씬 유해한 가스가 나오는 자동차의 운행을 하지 말게 하고 연탄불도 피우지 말게 해야 할 것이다.

학창시절 유명한 호흡기내과 교수님이 담배가 해롭다는 강의를 하시고 나서 담배를 피워 물곤 하셨다. 그러나 요즘은 그런 교수는 거의 없다. 어쩌다 엘리베이터에서 호흡기내과나 심장내과 교수를 만나면 인사말로 "아직도 담배 피우세요?" 하고 묻는다. 몸에 담배 냄새가 배어 있기 때문이다. 그러면 나는 "아직 죽을 때가 되지 않아서요" 하고 대답한다. 죽을 때까지 담배를 피우겠다는 의지이다.

그런 나에게 허리 수술을 받아야 할 상황이 발생하였다. 수술을 하실 선생님이 금연을 하라고 하시면서 그러지 않으면 수술을 안 해 주실 듯이 협박하였다. 난감하기는 했지만 선생님의 결정에 따르기로 하였다. 수술받을 환자에게는 특히 해롭다는 것을 알기 때문이다. 우선 수술 후 초기에는 가래가 많이 나오는데 흡연이 이걸 악화시키고 기침도 많아져 숨쉬기가 힘들어 진다. 또 혈관 수축 작용으로 인하여 상처 치유가 잘 안 될 소지가 많고 무엇보다 뼈를 붙이는 수술을 해야 하는데 흡연이 이것을 방해한다는 보고가 많다.

그래서 우선 수술 전 한 달과 수술 후 뼈가 붙을 때까지 세 달을 끊기로 작정을 하였다. 처음이 제일 어려웠다. 담배만 보면 피고 싶었고 별로 할 일이 없는 시간에는 나도 모르게 담배를 더듬고 있었다. 그러나 금연 덕에 수술 후 가래도 별로 없고 기침도 훨씬 적어져서 수술 부위의 통증을 쉽게 견딜 수 있었고 상처 치유도 잘 되었다.

사실 나는 소위 뻐끔담배를 피우는 사람이다. 뻐끔담배란 연기를 폐까지 깊게 들이 마시지 않고 입에서 머금고 코를 통해서 나오게 하는 것이다. 약 10%만 깊게 마시게 되는데 그래서 하루에 두 갑을 핀다고 해도 다른 사람의 너댓 개피 피우는 것에 불과하다. 그래도 담배 맛은 정확히 알고 있는데 특히 아침에 일어나서 피우는 첫 담배의 맛에 중독되어 아직까지도 금연을 못했다고 할 수 있다. 그런데 의학적으로는 이게 제일 나쁘다고 한다.

뻐끔담배 덕분에 금단현상은 별로 느끼지 못했다. 담배를 피울 때와 신체적으로 큰 차이가 없었다. 다만 운동을 하고 난 다음 벤치에서 쉬고 있을 때 담배 피러 나온 사람을 보면 금단현상을 느꼈다. 얼마나 맛있을까 하면서 부럽기 그지 없었지만 가까이 다가가지는 않았다. 혹시 연기를 맡으면 불쑥 피고 싶을 것 같아서이다.

라스베가스에서 경험했던 일이 생각이 났다. 그곳에서도 실내에서는 담배를 못 피우게 하여서 식당 밖에 재떨이를 준비해 놓았다. 담배를 피우고 있는데 웬 낯선 여자가 오더니만 말 한마디도 하지 않은 채 한참을 내 곁을 머물고 있는 것이었다. 참 별일이다 싶었는데 떠날 때 하는 말이 "아! 냄새 좋다"였다.

벌써 금연을 한 지 3개월째 되어간다. 아무리 애연가라도 금연을 하니 좋은 점도 많다는 것이 솔직한 고백이다. 주변이 깨끗해졌고 입에서 냄새도 나지 않았다. 담배 불똥이 떨어져 비싼 옷에 구멍을 낼

리도 없고 라이터가 없어 생판 모르는 사람에게 불을 구걸할 필요도 없다.

지금은 담배 냄새를 맡으면 약간 역겨움을 느끼기도 하지만 저 멀리서 담배 피는 모습을 보면 한없이 부럽기도 하다. 깊게 들이 마신 한 모금은 입안 깊게 들어온 여인의 혀만큼이나 감칠맛이 있으니 어찌 부럽지 아니하겠는가?

가족을 비롯하여 나를 사랑하는 많은 사람들이 차제에 담배를 끊으라고 갖은 감언이설로 권유를 한다. 그럴 때마다 나는 확답을 하지 않는다. 무엇보다 금연을 할 수 있을지 확신이 서지 않는데다 확답을 해 놓고 이다음에 이를 지키기 못하는 것보다는 나중에 금연을 실천으로 보여주는 것이 더 나을 것 같기 때문이다.

생긴대로 살아야지

중년이 넘어서부터 머리가 한둘씩 빠지더니만 그 후 십여 년이 지나니 누가 봐도 완연한 대머리가 되었다. 그래도 결혼을 하고 나서 대머리가 되었으니 망정이지 결혼 전에 대머리였으면 아내는 나와 결혼할 생각이 없었을 것이다.

친척들은 아버님을 똑 닮았다고 한다. 생전의 아버님 모습을 생각해 봐도 그렇고 사진을 보아도 그런 것 같다. 대머리는 유전이라기에 이것이 부끄럽다거나 결점이라고 생각하지는 않는다. 그러나 형은 대머리가 아니다. 형은 스스로가 다행이라고 생각할지 모르나 나는 아버님을 닮았으니 오히려 자랑스럽다고 생각한다.

요즘은 의사들도 인상이 좋아야 하고 젊어 보여야 한다는 궤변을 늘어 놓으며 주위에선 약을 써 보라고 하기도 하고 가발을 쓰는 것을 권장한다. 거울을 보면 나는 아직 인상도 좋고 젊게 보인다고 생각하며 이를 단호히 거부한다. 연예인도 아닌데 굳이 억지 춘향을 할 필요는 없는 것이다.

한때는 약을 먹기도 하고 머리에 발라 보기도 하였다. 그러나 그것은 성질 급한 사람이 할 짓이 못 되었다. 육 개월이 지나도 그저 솜털 같은 머리만 나서 언뜻 보기에 전혀 차이가 없었기 때문이다.

우리 병원에는 대머리 삼총사가 있다. 농담 삼아 대머리의 정도는 눈썹 위에서 몇 센티미터까지 머리가 없냐에 따라서 다르다고 하지만 그 많은 직원 중에서 삼총사가 되려면 최소한 앞에서 보아 이마에 머리가 없어야 한다.

그런데 언제부터인가 두 명이 배신을 하기 시작하였다. 가발을 쓰기 시작한 것이다. 나는 그들을 배신자라고 불렀다. 하지만 그들은 그 말에 아랑곳하지 않고 처음에 쓰기가 거북하지만 익숙해지면 훨씬 낫다며 이렇게 좋은 것을 왜 사용하지 않느냐고 오히려 나를 비웃는다. 그럴 때마다 나는 쓰기가 번거롭다에서부터 돈이 없어 못 쓴다는 핑계를 대고 아직도 가발을 쓸 계획이 없다.

이에 맞서 나는 반격을 하며 이 배신자들을 골려 먹는다. 머리를 감을 때 샴푸를 쓰느냐, 부부 관계를 가질 때는 어떻게 하느냐 등이다. 그리고 이름 뒤에다 ABC를 붙여 주었다. ○○○ A는 가발을 썼을 때, ○○○ B는 가발을 안 썼을 때, ○○○ C는 가발을 벗고 샤워를 할 때이다. C가 자연 그대로의 모습이고 B는 사람들이 보통 하고 다니는 모습이고 A는 가식으로 꾸며진 모습이다.

사실 그들이 배신을 시작할 때의 첫 모습은 예전의 촌기는 없어지고 변절자처럼 좀 비굴하게 보였다. 요즘에도 그 배신자들은 가발을 쓴 채 의기양양하게 다닌다. 자꾸 보다 보니 눈에 익어 이제는 옛날과 거의 같은 사람으로 보인다.

가발도 많이 발달하여 진짜 머리 같다. 그중에 한 선생은 흰 머리가 희끗희끗 보였는데 가발도 그와 비슷하게 보이는 가발이다. 그 선생은 가발이 하나는 아닌 듯싶다. 때에 따라 모습이 조금씩 다르기 때문이다.

모자는 가발보다 내 성격에 맞는 것 같아 철 따라 골라서 쓰다 보니 어느새 열 개가 넘었다. 모자를 쓰면 확실히 젊어 보이는지 모자를 선물하는 사람도 많아졌다.

그런데 모자는 여간 불편한 것이 아니다. 조금 크면 바람에 쉽게 벗겨지고 조금 작은 모자는 벗고 나면 이마에 자국이 생긴다. 차를 탈 때는 차의 천장에 걸릴 때도 있다. 모자를 쓰고 음식을 먹으려니 어쩐지 어색하고 벗어 놓으려니 마땅한 자리가 없을 때도 많다. 그나마 음식점을 나올 때 잊어버리지 않으면 다행이다.

어쨌든 좀 멋있어 보이고 젊어 보인다는 말에 현혹되어 모자 쓰는 횟수가 많아졌다. 단점 중에 하나는 나를 몇 번 못 본 사람은 모자를 벗고 나면 한동안 누구인지 몰라 어리둥절해 한다는 것이다. 나도 이런 경험을 한 적이 있는데 우연치 않게 몇 번 본 분과 골프를 치게 되었다. 이분은 평소에도 운동 모자를 쓰고 있어서 그 모습에 익숙해져 있었다. 골프가 끝나고 목욕탕에 들어 갔는데 어디서 많이 본 듯하지만 잘 모르는 분이 천연덕스럽게 말을 걸어오는 것이었다. 처음에는 당황하였으나 이야기를 좀 해보니 바로 조금 전까지 골프를 쳤던 동반자였다.

사람은 항상 자기 합리화에 익숙해져 있다. 가발을 쓰는 사람은 가발을 쓰고, 모자를 선호하는 사람은 모자를 쓰고, 그도 저도 아니면 대머리로 다니지만 모두 다 자기 합리화의 변이 있다. 나는 모자까지는 괜찮지만 가발은 전혀 쓸 생각이 없다. 그 주된 변명은 그저 생긴 대로 살고 싶기 때문이다.

불운인지 행운인지

나는 비교적 해외여행은 많이 다니는 편이다. 학회 참석이 대부분인데 다른 사람에 비해 여행 때 유독 나 한테는 큰 사건이 터져서 깜짝 놀라는 일이 많았으니 불운이라고 할지 모르나 아무 탈 없이 잘 살아 났으니 큰 행운이라고 해야 할 것 같다.

아마 십수 년 전이었을 것이다. 프랑스를 방문한 적이 있었다. 학회 일을 마치고 드골 공항을 출발하여 김포공항에 도착하였다. 도착한 승객들을 예전과는 달리 검색을 철저히 하길래 무슨 일이 일어났는가 싶었다. 나중에 알고 보니 우리 비행기가 이륙한 지 여섯 시간 후에 드골 공항에 폭탄 테러가 일어났다고 한다. 비행기가 여섯 시간 만 늦게 출발하였어도 현장에서 사고를 당했거나 공항에 발이 묶였을 것이다.

로스엔젤레스에 갔을 때 항공사 승무원들이 파업을 했다는 뉴스를 들었다. 일정이 빡빡하게 잡혀진 터라 만일 원래 일정대로 귀국을 하지 못하면 큰 낭패였다. 학회에 참석하는 것도 빠져가면서 항공사에 전화를 수없이 걸었다. 나같은 사람이 많은지 전화는 계속 통화중이었고 어쩌다 통화가 되어 물어보니 어떻게 될지 모른다는 대답뿐이었다.

원래의 일정으로는 한국 시간으로 토요일에 출발하여 일요일에 도착하는 비행기였다. 월요일 외래 진료가 있기에 외래 간호사를 토요일 비상 대기시켜놓고 만일 비행기가 뜨지 못하면 외래 환자를 취소할 요량이었다. 우리의 전 비행기는 결항이었는데 다행이 내가 탈 비행기는 도착했으니 예정대로 운항이 될거라고 하였다. 혹시 시간에 늦으면 취소될까 봐 공항에 네 시간 전에 도착하였다. 공항에는 전 비행기를 못탄 사람들까지 섞여 시장터를 방불케 하였다. 이들 중 하루를 공항에서 기다린 사람도 있었다. 이미 짐을 싸고 나왔으니 숙박할 곳도 마땅치 않았고 행여 빈자리가 나면 어떻게 해 볼 요량으로 죽치고 있었던 것이었다.

탑승을 확인하는 티켓을 손에 쥐고 나서야 안도의 한숨을 쉬고 외래 간호사에게 전화를 걸어 월요일 진료를 볼 수 있으니 집에 가서 쉬라고 하였다. 나중에 알고 보니 우리 뒷 비행기도 결항이 되었다고 했다. 언뜻 보면 아무 일도 아닌 것 같으나 그때 당시에는 매우 상황이 급박하게 느껴졌었다.

병원을 견학하기 위하여 뉴욕행 비행기에 올랐다. 떠날 때쯤 어렴풋이 뉴욕에 정전이 발생했다는 소식을 접했으나 대수롭지 않게 생각하였다. 뉴욕에 도착하니 비행기 문을 안 여는 것이었다. 창밖을 보니 일본 국적의 비행기에서 승객들이 줄을 지어 공항 안으로 들어가고 있었다. 그때까지만 해도 무슨 영문인지 몰랐다. 두어 시간이 지나자 우리 비행기의 문이 열리더니만 미국 출입국 관리소 직원이 우리 승객을 입국 심사대로 인솔하였다. 정전이 되어 임시 전력으로 최소한의 전기를 사용하려 하니 이런 방법밖에 없었던 모양이다. 공항에 나오기로 한 사람은 보이질 않았다. 그도 그럴 것이 예정보다 너댓 시간이 늦어졌기 때문이다.

전화 통화도 잘 되지 않았지만 우여곡절 끝에 만나 숙소로 향하였다. 큰 교차로마다 신호등이 꺼져 교통 경찰이 수신호로 정리를 하고 작은 사거리는 그나마 아무도 도와 주지 않으니 차가 뒤엉켜 버렸다. 그래도 주유소에서 휘발유를 팔지 않아 교통량이 평소보다 줄어든 것이 다행이었다.

숙소에 도착하니 투숙객들이 로비에 자리도 깔지 않은 채 털썩 주저앉아 장사진을 치고 있었다. 요즘 고층 건물은 문을 활짝 열어 놓을 수 없게 만들어서 냉방 장치가 가동이 안되면 더워서 견딜 수가 없다. 8월 한더위 기온이 30도 이상이 되니 객실에 남아 있을 수가 없었던 것이다. 그것보다도 화장실 변기가 작동이 안되는 것도 큰 문제였던 것이다. 음식점은 문을 닫았고 패스트 푸드도 계산기가 작동이 안되니 꼼짝없이 굶어 죽을 판이었다. 안내하는 분의 기지로 차로 30여 분 걸리는 인근 뉴저지 주로 가서 겨우 숙소를 잡고 여장을 풀 수 있었다. 전기가 며칠만 공급이 안되면 세상이 망할 거라는 생각이 들었다.

일본 오이따 대학에서 강의를 해달라고 하기에 아내와 함께 오이따를 갔었다. 오이따는 일본 남쪽 규슈 지방에 있는 도시이다. 2박 3

일의 일정이어서 핸드폰 충전기는 가지고 가지 않았다. 아껴 쓰면 그 기간 동안을 버틸 수 있기에 내가 연락할 일이 있을 때만 켜기로 하였다. 나에게 오는 전화가 별로 없는 데다가 오는 전화가 대부분 부탁 전화이기 때문이었다.

　오후 한 시쯤 도착하여 여장을 풀고 시내 관광을 대충 한 다음 저녁에 교수가 초청한 만찬에 참석하였다. 그런데 그곳에 참석한 한 교수는 얼굴이 사색이 되어 연신 전화를 걸어대고 있었다. 옆자리에 있던 교수가 쓰나미가 왔다고 귀뜸을 해주었으나 그까짓 쓰나미가 별거냐 싶었다. 아이들에게 잘 도착했다는 전화를 하기 위해 전화기를 켠 순간 한꺼번에 그렇게 많은 전화와 문자가 온 건 처음이었다. 딸이 보낸 문자에는 '엄마 아빠 괜찮아요?' 였다. 몇몇 사람들은 여기는 아무일 없다는 말에 안도는 하지만 그래도 걱정스럽다는 대꾸였다. 왜 이렇게 호들갑이냐 하고 점잖게 식사를 마치고 호텔방에 들어와 뉴스를 보는 순간 쓰나미가 엄청난 재해라는 것을 그때야 알았다. 쓰나미는 일본의 동북부 지방에서 일어났고 우리는 남쪽에 있었으니 전혀 감지하지를 못한 것이었다.

　그나마 한자를 배운 것이 큰 도움이 되었다. 일본말을 못 알아 들어도 자막의 한자를 보니 대개는 내용이 이해가 되었다. 안절부절했던 일본 교수는 딸이 동경에 거주하고 있었는데 딸과의 연락이 두절되었으니 그럴 수밖에 없었을 것이다. 그 다음날 물어보니 무사하다는 연락을 받았다고 한다. 나와 함께 초청된 대만 의사도 있었는데 그 의사는 타이페이와 오이따 간에 직항이 없어서 동경을 거쳐서 왔다. 그러나 동경의 공항이 폐쇄되어서 어찌할 바를 몰라 하였다. 다행이 나는 인천공항과 오이따 간의 직항 노선이 있어 일정에 아무런 차질이 없어 무사귀환하였다.

옛날 코미디 영화에서의 대화가 생각이 난다. '전쟁은 죽지만 않으면 해볼 만한 운동이야!' 내가 겪은 사건들은 오래 지나도 기억이 나는 굵직굵직한 사건들이었다. 그런데 그 사건 때마다 현장에 있어서 아찔한 순간이 많았지만 아무 탈 없이 좋은 경험을 하였으니 오히려 행운이라고 생각한다.

남자들의 수다

수다라고 하면 여자들의 전유물처럼 여겨진다. 그래서 여자 서너 명만 모여서 이야기 해도 모두 수다로 치부하기도 한다. 아내가 친구나 동창을 만난다면 으레 늦으려니 한다. 결혼 초에는 이해가 되지 않았다. 그저 만나서 커피를 마시고 식사만 했다는데 대여섯 시간 이상이 걸렸으니 그동안 무슨 할 이야기가 그리 많을까?

인류학자에 의하면 사람들이 공동생활을 하게 된 동기가 말을 하고 싶어서 였다고 한다. 남편이 출근하고 아이들이 학교를 가게 되면 빈집에 혼자 댕그라니 남아 있다. 텔레비전에서 아무리 재미있는 프로를 방영하더라도 말을 하고 싶은 욕구를 충족시킬 수 없다. 때마침 전화라도 걸려오면 이건 구세주나 마찬가지일 것이다. 할 일이 수북이 쌓였음에도 뒷전으로 밀려나게 된다. 옛날에 아낙네들이 집에서 빨래를 할 수 있었는데도 굳이 우물가에 간 것도 그곳에서는 수다를 떨 수 있기 때문이었을 것이다. 행여 누구와 만나기로 약속이 되어 있는 날은 아침부터 신바람이 난다.

그런데 아무 생각없이 지껄이는 수다라도 상대에 따라 다르고 때와 장소가 있는가 보다. 우선 서로 마음이 맞아야 한다. 아무리 수다쟁이라 하더라도 시어머니 앞에서 한두 시간 주저리주저리 늘어 놓는 며느리는 없다.

대개는 직장을 다니지 않거나 다닌다 하더라도 말 상대가 없는 사람에게 수다쟁이가 많다. 평소에 말을 할 기회가 적었기에 한번 말문이 터지면 정신이 없게 된다. 또 이성 간에는 수다를 별로 안 떤다. 남녀 간의 애틋한 마음을 주고받는데 군더더기 말이 거추장스러울 수가 있다. 그러다가 사랑의 감정이 사라지면 잔소리나 바가지의 형태로 바뀌어 진다. 술이라도 한 잔 걸치면 말이 더욱 많아져서 수다라기보다는 다음날에는 기억조차 나지 않는 횡설수설이 되고 만다.

그런데 여자들만 수다를 떨까? 남자들이라고 항상 말을 아끼고 일에 관한 이야기만 하고 지내지는 않을 것이다. 사실 알고 보면 남자들이 여자보다 훨씬 더한 경우도 많다.

벌써 삼십여 년이 지났지만 전공의 시절 우리 과의 선배가 여자 친구를 사귀었다. 그 선배는 집이 지방이어서 숙소가 병원이었다. 데이트가 끝나고 돌아오면 일을 해야 할 후배 전공의를 불러모아 장광설을 늘어 놓곤 하였다. 데이트 시간은 두 시간인데 이야기는 한 시간 더 보태서 세 시간씩이나 되었다. 입고 나온 옷은 데이트 시간에 포함되지 않았을 터인데도 차리고 나온 모습까지 자랑하느라 입에 침이 마르지 않았다. 첫 키스를 했을 때는 그 감정까지 실어 나르는데 이삼십 분으로 부족하였고, 이를 두고두고 우려먹었다. 남이야 좋든 싫든 한바탕 털어 놓지 않으면 직성이 풀리지 았았던 모양이다. 그렇다고 변죽을 울려 줄 수도 없었다. 그러다간 아까운 시간을 더 허비할 터이니까.

매해 설날 다음 주 토요일은 제자들이 우리집으로 모인다. 좁은 집에 오륙십 명이 들이닥쳐 엉덩이와 엉덩이가 딱 붙어서 옴짝달싹도 못할 지경이다. 술 한 잔씩을 걸치고 삼삼오오 이야기를 하는데 하도 말이 많아 마치 공장에서 기계 돌아가는 것처럼 윙윙 하는 소리만 들린다. 가만히 들어보면 한 사람이 끝나기가 무섭게 다른 사람으로 이어지고, 어떤 때는 듣는 사람은 없고 모두 자기 할 말만 하고 있다. 그렇게 해야 속이 풀리는 모양이다.

내용은 그저 한 귀로 흘려 버릴만큼 시시콜콜하지만 인간사의 희노애락이 다 들어있다. 이 세상의 어떤 사건이나 물건도 수다의 대상에서 제외될 수는 없기에 이야깃거리는 무궁무진하다. 마르지 않는 샘처럼 퍼내고 퍼내도 고갈되는 법이 없다.

대학 동창 중에 말 수가 적고 젊잖은 친구가 있었다. 삼십여 년이 지나는 동안 이 친구도 많이 변했는데 그중에 하나가 말이 많아졌다는 점이다.

"야! 너 왜 이렇게 말이 많아졌니?" 하고 묻자

"생각해 봐라. 조그만 병원에 하루종일 틀어 박혀서 몇 안 되는 직원들에게 속을 터 놓겠니, 환자에게 재미있는 말을 하겠니? 여기 와서 너희들 만나 이야기하니 숨통이 다 트인다."

평소에 말이 없는 친구가 자기 병원에서는 꼭 필요한 말만 하니 그럴 만도 하다고 생각되었다. 수다를 괜히 시간만 낭비하며 떠들어대는 쓸데 없는 짓거리로 폄하해 왔지만 사실은 스트레스를 푸는 가장 좋은 방법이라는 것을 알았다.

　나는 어떨까? 요즘 회식자리에 가면 대부분 내가 제일 윗자리라 말을 많이 하게 된다. 아직도 우리나라에서는 윗 사람이 이야기하는데 아랫사람이 끼어드는 것이 금기여서 어떤 때는 나만 말을 하고 다른 사람들은 듣기만 하는 것 같다. 돌아오는 길에 가끔은 반성을 하게 된다. "오늘도 괜한 수다를 늘어 놓았군."

　하지만 항상 점잖고 의젓하게 보이는 나도 가끔씩 수다로 스트레스를 풀 수 있기에 남에게 짜증내지 않고 웃으며 건강하게 살아가고 있는지도 모른다.

수술 전 이런저런 걱정을 하느라 며칠 밤을
뜬눈으로 보내곤 하였다

2부

환자가 되어보니

고부간

병원은 우리네 삶의 애환이 결집된 장소이기도 하다. 그것은 많은 사람이 드나들어서이기도 하지만 가족의 일원이 아파서 입원을 하고 또 수술을 받는다는 것이 일상에서 흔히 경험할 수 있는 일은 아니기 때문이다. 치료가 잘 될지 걱정이 앞서고 간병을 하려면 생활의 리듬이 깨어지며 거기에다 치료비를 걱정하지 않을 수 없다.

이느 날 이틀 후 수술을 받기로 한 환자가 행방불명이 되었다는 보고를 받았다. 치료비를 낼 수 없어서 환자가 슬쩍 사라지는 경우는 있지만 행방불명이라는 표현이 묘했다. 아들에게 물어보니 환자는 어디 있는지 모르는데 곧 돌아오실 것이라며 그 내역을 아는 눈치였다.

대충의 이야기를 들어보니 전날 며느리가 맹장염이 발생하여 응급수술을 받았는데 며느리 때문에 예상치 못한 병원비가 나가는 데다

간병도 하기 힘드니 어머니 수술을 좀 늦추는 것이 어떠냐고 아들이 한마디 했더니만 환자가 분을 참지 못하고 사라진 것이었다. 결혼한 어느 간호사가 이 이야기를 듣고는 그 가정의 지난날과 앞날을 생각하면 가슴이 꽉 막혀 온다고 하였다. 참으로 풀기 어려운 이런 삼각관계가 정도의 차이가 있을 뿐 우리의 가족관계에서 적지 않게 일어나고 있다.

며느리의 입장에서 보면 맹장염을 앓고 싶어서 앓은 것도 아니고 시어머니의 수술에 대하여 한마디도 안 했기 때문에 이 사태에서 비껴나 있는 것 같지만 실제로는 사태의 중심에 있다고 할 것이다. 시어머니가 사라진 것은 그런 말을 한 아들이 미워서 이기도 하지만 원초적으로는 며느리가 미워서인 것이다. 상황이 이렇게 수습을 할 수 없는 상태로 변한 것은 며느리가 잘못해서인지, 아들이 잘못해서인지, 아니면 시어머니 자신이 마음을 열지 못해서인지 알 수는 없다. 분명한 것은 시어머니와 며느리 사이가 평소에 그리 편안치는 않았다는 것이다.

아들은 말을 좀 잘못하긴 했지만 두 사람 사이에 얼마나 힘든 나날을 보냈을까? 아내는 너무 시어머니 편만 든다고 했을 것이고 어머니는 장가 가더니만 어머니를 내팽개친 불효자라고 섭섭함을 토로했을 것이다. 이런 경우 중간에 있는 사람은 아무리 잘해도 본전을 찾을 수가 없다. 자기를 키워준 어머니와 평생을 같이 살아 갈 아내가 서로를 향해서 그칠 줄 모르고 달려 온다면 그 사이에 끼어서 찌부러질 수밖에 없다.

시어머니는 자식하나 믿고 지금까지 고생을 했는데 이제 무릎이 아파서 몇 달 동안 기다려 겨우 수술을 받게 된 판에 하필이면 미운 며느리가 이때 수술을 받아서 당신의 수술을 연기하자는 말을 들으니 그렇게 서운할 수가 없었을 것이다.

결국은 수술을 받지 못하고(환자가 없으니까) 퇴원 수속을 하였는데 아직도 다시 수술을 받으러 나타나지 않은 걸 보면 가족 간의 내분이 장기화되고 있는 모양이다.

입에 침이 마를 정도로 칭찬받는 딸과 그렇게 미운 소리를 듣는 며느리가 알고 보니 같은 사람이라는 우리네 현실이 고부간의 갈등이 우리의 가족 관계를 영원히 풀리지 않는 난제로 남겨 놓고 있는 것이다.

명절 유감

　나이가 들어가도 명절이 오면 마음이 설렌다. 그건 편안함, 만남, 그리고 풍요로움이 한데 어우러져 추억의 마당에서 너울너울 춤을 추기 때문이다.

　설날은 한 해의 시작이라는 의미가 크지만 웃어른에게는 인사를 드리고 아랫사람에게는 세뱃돈을 주니 베품과 나눔의 아주 좋은 기회라 할 수 있다. 떡국을 먹으며 덕담을 나누다 보면 아무리 추운 날이라도 따스하고 훈훈한 기운이 방안에 가득하다.

　추석은 한 해의 수확에 감사하는 의미가 크다. 그 해에 거둬드린 곡식으로 송편을 빚고 햇과일을 먹으며 보름달 아래 술 잔을 기울이면 취흥이 저절로 우러난다.

　그래서 명절 때는 민족의 대이동이 이루어진다. 평소에 두세 시간이면 족히 갈 수 있는 고향이 열 시간이 넘게 걸린다 해도 걱정보다 즐거움이 앞선다. 가족을 만나고 고향 땅을 밟고 싶은 설렘에 지난해 고생했던 기억도 어느새 잊혀지고 만다. 어떠한 어려움도 귀소본능 아래에서는 아무런 문제가 되지 않는다.

그런데 이런 명절의 의미가 점점 퇴색해 가는 것 같아 안타깝다.

바쁘기도 하겠지만 고생스럽고 귀찮아서 그저 돈과 입으로만 때우려고 한다. 전화 한 통으로 못 간다는 양해를 구하고 선물 대신 돈을 송금하고 만다. 차례를 준비하는 것도 손끝 하나 건드리지 않고 차례상을 아예 통째로 사서 조상에게 인사를 드린다. 정성보다는 의무를 다하기에 급급하다.

이런 변화의 저변에는 통신시설의 발달이 큰 몫을 하는 것 같다. 언제라도 고향의 부모님이나 친척과 대화를 할 수 있으니 만나도 반가움이 줄어들었다. 그러나 가장 큰 이유는 우리들 사이에 어느새 물들어 버린 '이지 고잉' 즉 모든 일을 쉽게 처리하려는 태도와 모든 것은 돈으로 해결할 수 있다는 사고방식 때문이다.

삼십오 년 동안 환자를 진료하면서 병원에서도 명절 풍습의 변화가 눈에 띄게 달라졌다. 옛날에는 명절이 오면 병원은 썰렁하였다. 입원이 필요한 경우에는 응급이 아니면 명절 뒤로 미루어 졌다. 조금 아파도 참을 만하면 다짜고짜 보따리를 싸고 고향에 가야만 했다. 그래서 오래 입원하고 있는 장기환자를 정리할 수 있는 때가 명절이었다.

그러나 요즘의 환자들은 명절을 가리지 않는다. 어떤 환자는 오히려 이때에 입원하는 것이 더 좋다고 한다. 헌데 이유가 참 다양하다.

가장 많은 것은 '내 새끼' 형이다. 오가며 하느라 새끼들 고생시키느니 차라리 자기가 새끼들 있는 곳으로 올라 온다는 것이다. 그렇다고 자식들 집에 머무르는 것도 부담스러우니 입원하는 것이 안성맞춤이란다.

그러나 '귀찮아서' 형이 점점 늘어가는 추세이다. 손주가 찾아오면 반갑지만 간다고 하면 더 반갑다고 한다. 음식을 챙기느라 고생을 해야 하고 손주들이 떠들어 대면 정신이 없다. 손주들이 한두 명이 아닐 테니 그럴 만도 하다. 병원에 입원하고 있으면 먹을 것을 준비 안 해도 되고, 손주들이 귀여운 짓을 할 때까지만 머물고 간다는 것이다.

'무관심' 형도 있다. 명절이 뭐 특별한 날이냐는 것이다. 자신의 몸이 중요하지 치료를 위해서라면 명절은 아무런 상관이 없다는 것이다. 이런 형은 대개 크리스마스 때는 마음이 들떠 백화점에서 쇼핑을 즐기느라 정신이 없다.

한술 더 떠 '병가' 형도 있다. 평소에 스케줄이 꽉 찼으니 오래 쉬는 동안 병이나 고치겠다는 것이다. 어찌보면 참 불쌍한 사람들이다.

그러나 가장 가슴 아픈 형은 '쓸쓸' 형이다. 명절 때 이웃집은 흥청거리는데 자기에게는 누가 찾아 오지도 않으니 명절이 더 쓸쓸하다는 것이다. 차라리 병원에 입원하여 여러 사람과 같이 지내는 것이 낫다고 한다.

몇 해 전 추석에 나에게도 이런 환자가 입원하였다. 자식이 하나 있는데 몇 년 전부터 명절 때 전화만 할 뿐 통 얼굴을 볼 수가 없었다고 했다. 그래서 입원이라도 하면 이번 추석에는 얼굴이라도 한번 볼 수 있지 않을까 생각해서 명절에 맞추어 입원을 했단다. 발길이 뜸한 한두 해는 화도 나고 원망도 했지만 별의별 생각이 다 들어 애만 태웠다고 했다. 자식놈이 노숙자가 되었더라도 죽기 전에 한번은 꼭 보고 싶다는 것이다. 퇴원을 하고 얼마 후 외래에 왔을 때 아드님을 만났냐고 물었더니만 눈물이 글썽하였다.

"안부를 묻는 전화가 왔지만 자식놈 걱정할까 봐 입원했다는 말이 안 나오더라고요."

자식들이 잘 살면 어린양이라도 부리고 싶지만 살아가는 것조차 구차하면 안쓰러움만 남는 것이 부모의 심정인가 보다.

우리 주변에는 명절이 왔다고 흥청대고 즐거워하는 사람들이 많지만 그 뒤안에는 삶이 힘들고 쓸쓸하여 가슴 아파하는 사람도 많은가 보다.

고향 친구가 좋다는 게 뭔데

큰 병원에 근무하다 보면 환자 부탁을 참 많이 받게 된다. 아파서 고통받고 있는 사람을 도와주는 것이 덕을 쌓는 일이기는 하지만 어떤 때는 들어 주기 힘든 무모한 부탁을 하여 속상하기도 한다. 오죽하면 장기연수 가는 동료 교수가 이제부터 환자 부탁으로부터 해방되어 좋다고 하겠는가?

그런데 환자 부탁 들어주는 것이 그리 간단하지만은 않다. 치료결과가 나쁘면 중간에서 난처한 입장에 빠지기도 한다. 왜 그런 의사를 소개해줬느냐에서부터 내가 중간에서 중재를 해 주어야 한다고 하기도 하며 매일 전화를 건다. 치료의 결과가 좋아도 문제일 때가 있는데 인사 심부름을 시키려고 하고 치료한 선생님과 식사 시간을 주선해 달라고 졸라댄다. 의사 생활을 오래하다 보면 사실 환자 보호자와 식사하는 일이 제일 부담스럽다. 식사를 하는 동안 보호자는 끊임 없이 환자 이야기를 하고 싶을 터이니 소화가 제대로 될 리가 없다. 차라리 된장찌개와 김치로 집에서 밥을 먹는 것이 훨씬 마음이 편하다.

가장 싫어하는 환자 부탁은 예의를 갖추지 않고 하는 것이다. 참 희한한 것이 사회에서 다른 부탁을 할 때는 이것저것 따져 보고 조심스럽게 하는데 환자 부탁은 너무나 쉽게 하는 경향이 있다. 부탁을 하는 사람은 전화 한 통화면 모든 게 끝나는 줄 알지만 부탁을 받으면 담당 선생님이 아무리 나보다 후배이고 직급이 낮더라도 예의를 갖추어야 한다. 또 전화 통화하기가 매우 힘들다. 다른 직장에서는 회의 시간만 빼놓고는 전화받기가 비교적 쉽지만 의사들은 수술이나 외래 시간에는 근본적으로 통화가 불가능하다. 여러 번 통화를 시도하다가 내가 왜 이런 전화를 해야 하나 생각이 들어 짜증이 나기도 한다.

특히 과시용 부탁을 받을 때는 더 화가 난다. 십여 년 이상 아무 소식이 없던 동창이 자기 딸도 아닌 친구의 딸이 어디가 아픈데 치료를 잘 받게 해달라는 부탁도 한다. 동창의 친구라는 사람도 동창과 친한 사이가 아니고 어쩌다 술자리 한 번 같이 한 사이라는 것을 알면 기가 막힌다. 이런 사람들은 자기가 누굴 알고 있다는 것을 과시하고 싶은 것이다.

들어주지 못할 부탁을 하는 경우도 있다. 치료비를 깎아 달라고도 한다. 개인병원이라면 몰라도 종합병원은 진료와 경영이 분리되어 원천적으로 불가능하다. 이리저리 부탁하여 겨우 입원실을 마련해 주었더니 1인실 말고 다인실로 입원시켜 달라고 한다. 다인실이 없어 어쩔 수 없이 1인실에 잠시 입원해 있는 환자들이 순번을 기다리며 이제나저제나 다인실에 자리가 나기를 눈을 시퍼렇게 뜨고 지켜보는데 다른 사람이 바로 다인실에 입원하면 순번을 어겼다고 난리가 난다.

가장 흔한 부탁은 외래 진료나 수술 날짜를 빨리 잡아 달라는 것이다. 물론 서너 달 후에 잡힌 날짜를 한 달쯤 당겨 줄 수는 있어도 일이 주 이내로 당기는 것은 힘이 든다. 이건 수술하는 선생님의 희생 없이는 불가능하여 아주 각별한 사이가 아니면 부탁을 할 수 없다. 어쩌다 다른 환자의 수술이 취소되어 일찍 일정이 잡히면 그래서 빽이 중요하다며 엉뚱한 소리를 한다. 어떤 사람은 다음 주 수술이 잡혔는데 내일이나 모레로 할 수 있게 해달라고 한다. 이런 부탁은 염치가 없어 입 밖에 꺼낼 수도 없다.

부탁의 정도도 문제인데 하나에서 열까지 모든 것을 다 맡겨 버리려는 사람도 있다. 부탁의 한계는 진료 의사에게 잘 봐달라는 것과 진료와 수술 일자를 조금 앞당겨 주는 선에서 끝이 나는 것이 예의다. 그런데 이런 것은 물론이고 입원실을 잡아주고 특진을 취소해 주고 심지어는 환자 후송하는 일까지 부탁을 하기도 한다. 마치 아랫사람 부리듯 심부름을 시키는 것이다.

환자 부탁을 들어 주고도 마음이 편하지 않을 때도 있다. 좀 어려운 부탁을 들어 주었으면 치료를 해준 선생님에게 체면을 세워 줬으면 하는 경우도 있는데, 부탁을 들어 주면 그 다음부터는 연락을 뚝 끊고 환자가 언제 퇴원한지도 모른다. 남에게 부탁하는 것도 일종의 빚이어서 어떤 때는 보관해 두던 술을 마치 환자가 보낸 양 대신 인사치레를 한 적도 있다. 어떤 사람은 자기와 나를 동급으로 착각하고 담당하는 의료진을 아랫사람 다루듯이 하여 얼굴이 화끈하게 달아오르게 한다.

예의를 지키려면 상황을 보아가며 정도와 눈치껏 해야지 남들에게 욕을 먹지 않는데 이렇게 예의도 없이 무턱대고 부탁을 해놓고 이를 거절하면 이런 사람일수록 다른 사람들에게 출세하더니만 사람 변했다며 험담을 늘어놓기 일쑤이다.

내가 수술을 받고 입원을 하고 있는데 한 통의 전화가 걸려왔다. 대뜸 "나 누구인데 우리 사돈이 췌장암에 걸렸으니 네가 좀 알아서 잘 해 줘라"라고 하였다. 말하는 투로 보아 중학교 동창인 것 같으나 이름도 생소하고 얼굴은 기억조차 나지 않는다. 그래서 나의 상황을 이야기하며 부탁을 들어 주기가 곤란하다고 하였더니만 내가 왜 입원해 있는지는 한마디도 물어 보지 않으면서 계속 부탁을 하는 것이었다. 내 코가 석 자인데 잘 알지도 못하는 동창의 사돈 부탁을 들어 주기가 싫었다. 그렇지만 하도 막무가내기에 그러지 말고 일단 병원에 전화 예약을 하고 난 다음 진료 날짜를 당겨 주겠다고 하였더니 "고향 친구가 좋다는 게 뭔데?"하며 볼멘소리를 하고 전화를 끊었다. 며칠 후 퇴원하여 집에서 요양을 하고 있는데 그 친구에게서 또 전화가 왔다. 그 친구는 나의 병세에 대하여 수인사 한마디도 없이 다짜고짜 "내가 우리 사돈하고 너희 병원 내과 외래에 왔는데 사람을 보내 어떻게 좀 해 주어야 겠다"고 한다.

무얼 어떻게 해 달라는 말인가? 아무리 고향 친구가 정이 간다고 하지만 이 정도가 되면 정이 뚝 떨어지고 속이 상하다 못해 분통이 터진다.

병상 일기

잠자리가 바뀌어서인지 아직 날이 밝지도 않았는데 눈이 떠졌다. 시간을 알기 위해 스마트폰을 켜 보니 새벽 네 시다. 앞이 캄캄하다. 보이지 않아서가 아니라 동이 틀 때까지 어떻게 지내야 할지 캄캄하다. 멀찌감치서 간병인은 깊은 잠에 빠져 있기에 불을 켜고 텔레비전을 보기도 민망하다. 갑옷 같은 몸통 보조기를 착용하고 여러 가지 줄들이 치렁치렁 내 몸에 매달려 있으니 마치 거미줄에 걸려든 곤충처럼 누구의 도움 없이는 여기서 탈출할 수가 없다. 그나마 거미가 나를 잡아먹으러 오지 않는 것만도 다행이다.

이 생각 저 생각을 하다 보니 밖은 서서히 밝아지고 복도에서 카트 끄는 소리가 들린다. 적막을 뚫고 들려오는 이 소리는 하루를 시작하는 소리다. 거의 어김 없이 다섯 시가 되면 카트 소리와 함께 밤새 나의 건강 상태가 어떤가 체크하기 위해 간호사가 들어온다. 너무나 기다리던 순간이다. 아, 이제는 불을 켤 수가 있구나.

반가운 얼굴이다. 아니 반가운 대화이다. 비록 혈압 등 기초활력을 재고 밤새 잘 지냈는지 형식적으로 물어 보는 인사말이지만 그 말이 꿀맛이다. 그래서 사람은 말을 하고 살아가야 하는 모양이다.

간병인이 일어나서 아침 일과를 시작할 준비를 한다. 가장 큰 일은 내 몸을 씻기는 일이다. 밤새 흘린 땀으로 끈적끈적함을 견디기 어려우니 창피를 무릅쓰고 백기투항하는 병사처럼 알몸을 간병인에게 맡긴다. 비록 물로 씻는 것이 아니고 젖은 수건에 비누칠을 하고 닦아 내는 식이지만 이렇게나마 몸을 씻고 새 옷으로 갈아 입으니 날아 갈 것 같이 개운하다. 걸을 수 있으면 항상 걸으라고 하기에 몸을 씻고 나면 통증이 있어도 보행기에 몸을 의지한 채 아침 운동에 나선다. 한 바퀴 두 바퀴 날이 갈수록 늘어나는 재미가 있지만 조금만 많이 걸으면 금방 피로가 몰려온다.

병원에 입원해 보니 사람이 살아가는데 가장 기본적인 활동을 해결하는 것이 큰 문제였다. 먹고 용변을 보고 잠을 자는 것이 의외로 힘이 들었다. 아침부터 무얼 먹을까 걱정이다. 병원에서 주는 식사를 보니 열리려던 입이 저절로 악물어진다. 여러 가지 약을 복용하는데다 운동도 부족하니 식욕이 생길 리 없는데 모든 환자의 입맛에 공통으로 맞추어진 성의 없는 식단이 혀를 자극하지 못하여 숟가락을 입에 집어 넣으려 하면 반사적으로 입이 다물어진다. 그래서 사식을 하겠다고 하였는데 그러다 보니 끼니 때마다 무얼 먹어야 할지 고민이었다.

먹는 거라면 누구보다도 즐겼던 나여서 먹는 일이 이렇게까지 고역일 줄은 몰랐다. 이전에 맛이 있었다고 생각되던 음식을 사오게 하여 먹었지만 만든 자리에서 먹지 않아서인지 전혀 다른 음식을 먹는 기분이었다.

그나마 입맛을 당겨주는 것은 김치였다. 많은 사람들이 김치를 만들어 가져왔는데 역시 우리 민족은 김치를 먹어야만 된다는 것을 입맛이 떨어지고 나서야 깨달았다. 김치를 만들어 준 사람들의 정성 덕에 식욕을 조금씩 찾기 시작했다.

깊은 수면을 할 수 없는 것은 통증 때문이기도 하고 환경이 바뀌어서도 그랬다. 대부분의 시간을 침대에 누워 있으니 언제 깨어 있고 언제 잠이 들었는지 구분이 되지 않았다. 잠들었다 싶었는데 문병객 때문에 깨고, 깨어 있다가도 나도 모르게 잠이 들곤 했는데 그러다 보니 밤에는 깊은 잠을 못들어 한두 번씩 꼭 깼었다. 시계를 보면 밤 열두 시일 때도 있고 새벽 네 시 정도는 비일비재하였다.

용변을 보는 일은 항상 스트레스였다. 허리 수술을 받았기에 힘을 주면 수술 부위가 아파왔고 몸통 보조기를 착용하였으니 여간 불편한게 아니어서 변기에 이삽십 분을 앉아 있어도 신통치 않아 화장실에서 혼자 끙끙대다 그냥 나오기 일쑤였다.

아침 열 시쯤이 되자 아내에게 전화가 왔다. 밤새 안부를 묻는 인사와 함께 오늘은 필요한게 뭐냐며 열두 시쯤 출근하겠단다. 병원에 입원을 하게 되자 아내는 나와 입장이 바뀌어 매일 병원에 출근을 하게 되었다. 처음에는 아침 열 시에 출근하였는데 이젠 꾀가 나서 점점 출근 시간이 늦어진다.

문병객도 참 많이 오셨는데 어떤 때는 매우 반갑고 어떤 때는 귀찮기도 하였다. 그것은 문병객에 따라 다른 것이 아니라 내 몸의 상태에 따라 달랐다. 몸이 피곤하면 빨리 가기를 바라는 경우도 있었고 어떤 때는 심심해서 좀 더 말동무를 해주었으면 하기도 하였다.

아장걸음으로 병원 내 공원으로 산책을 나섰다. 예전에 무심히 지나쳤던 전경이 새로운 모습으로 다가온다. 환자들의 시선은 하나같이 허공을 바라보고 보호자들은 그 시선에 관심이 없다. 아마 서로가 생각하는 것이 다른가 보다. 조금만 밖에 나와도 가슴이 후련해지지만 그리 멀지 않은 길을 돌아가려니 걱정이 앞선다.

이러다 보니 하루해가 지고 저녁이 되면 텔레비전이라는 바보상자에 매달려야만 했다. 다행히 내가 좋아하는 스포츠나 바둑 프로가 방영되면 시간을 죽이기에 십상이었지만 그 마저도 재방송하는 것이 많아서 텔레비전을 켜놓고 잠이 들기 일쑤였다.

어둠이 깔리면 오늘 밤은 푹 잘 수가 있을지 아니면 두세 시에 잠이 깨어 서너 시간을 눈만 깜빡거리며 날밤을 새워야 할지 몰라 두려움이 어둠만큼이나 온몸을 감싼다.

이산가족을 모아서

허리 수술을 받기 위해 두 달 병가를 내게 되었다. 의사란 직업을 가지기 시작한 지 근 40여 년 만에 처음 겪는 일이었다. 어쩔 수 없는 일이기에 당연하게 받아들이려고 하였으나 걸리는 일이 너무 많아 마음이 편할 수가 없었다.

우선 외래 환자와 수술 환자의 일정을 조정해야 하는 일이 보통이 아니었다. 그렇지 않아도 외래가 두세 달, 수술은 반년 밀려 있는 터라 여기에 두세 달 더 연기를 해야 하니 환자들이 받아들이기에 쉽게 납득할 수 있는 일은 아니었다. 그래도 몸이 불편해서 치료를 받아야 한다고 하니 많은 환자들이 양해를 해주고 또 걱정까지 해주는 환자도 있어 고마웠다.

그런데 문제는 이것뿐만이 아니었다. 우리 팀이 해체될 지경에 이른 것이다. 우리 팀은 나를 중심으로 구성되어 있기에 내가 빠지니까 마치 아비 없는 자식처럼 되어 버렸다.

　어느 직장이든 거저 놀게 해주는 직장은 없고 직원들도 일이 없으면 불안해지는 모양이다. 제일 먼저 나에게 일 년 동안 배우러 온 전임의(펠로우)가 배움의 터를 잃었다. 배우기 위해 월급이 적은 것도 참고 나한테 왔는데 스승이 없으니 독학을 해야 할 판이다. 전임의에겐 아까운 시간이 속절없이 흘러가는 것이다. 수술방에서 내 수술을 전담하여 도와주던 간호사도 잘 알지도 모르는 다른 수술에 참여하느라 혼줄이 난다고 한다. 나의 진료 업무를 일일이 챙겨주는 전담 간호사도 모든 일이 제대로 돌아가지 않으니 환자와 전화 상담에 애를 먹고 또 다른 선생님에 배정되었으니 일인이역을 해야 했다. 외래에서 나를 담당했던 간호사도 다른 부서로 팔려 나가야만 했다. 다들 하던 일이 아니어서 서툴러 하루하루가 힘이 드는 모양이다.

　수술 한 달여쯤 지난 후 팀원들과 회식을 하였더니 모두가 언제쯤 근무할 수 있느냐고 물어본다. 완전히 나을 때까지 쉬라는 말 속에도 빨리 출근하기를 바라는 염원이 담겨 있었다. 마치 병아리들이 어미 닭을 졸졸 따라 다니는 느낌을 받았다.

　원래는 수술을 하신 선생님 말씀대로 석 달 정도 쉬려고 하였는데 우선 내가 답답해서도 그렇게 못하겠지만 이산가족을 빨리 모아야겠다는 생각이 들었다. 한 동료 의사는 이 틈에 푹 쉬라고 말하면서 나보고 일종의 일중독에 걸려서 빨리 근무하려 한다고 하지만 나만 바라보는 팀원들을 보니 그렇게 한가한 생각을 할 수가 없었다.

　그런데 이산가족이 여기에 그치는 줄 알았는데 병간호를 하던 간병인이 충격적인 이야기를 하였다. 내가 병가로 쉬는 동안 열다섯 명의 간병인이 실직되었다는 것이었다. 간병인들도 이제는 전문성이 있어 정형외과를 담당하던 분들은 대부분 정형외과 환자를 돌봐주게 되는데 내 환자가 항상 열다섯여 명이 입원해 있었으니 그분들이 나의 병가 기간 동안 일자리를 잃은 셈이라는 것이다. 전혀 생각하지 못했던 또 다른 이산가족이 있었던 것이다.

내가 주위 사람에 많은 영향을 끼칠 거라고 막연히 생각은 하고 있었지만 이 정도로 영향이 클 줄은 몰랐다. 혼자의 몸이 아니라는 것을 절실하게 깨닫고 건강에 더욱 유의해야겠다는 다짐을 하였다.

빨리 이산가족을 다시 모아 환자들은 물론이고 나를 도와 주던 의사와 간호사 선생님들 그리고 내가 평소에 잘 알지 못했던 간병인까지도 모두가 웃는 낯으로 함께 근무할 수 있도록 해야겠다.

환자가 되어보니

　내가 펴낸 첫 번째 수필집의 제목이 『때론 의사도 환자이고 싶다』
였다. 그것은 다분히 환자들의 등쌀에 의사란 직업을 하기 힘들다는
뜻이 내포되어 있다. 하지만 의사도 사람이니까 아프지 말라는 법은
없기에 책을 펴내면서도 내가 환자가 되고 나면 어떨까? 하는 생각
도 들었다.

　그런데 그런 일이 정말 나에게 벌어지고 말았다. 엉덩이가 빠질 것
만 같아 진찰을 받아보니 척추전방전위증으로 인한 척추협착증으로
수술 치료를 받아야 한다는 것이었다. 쉽게 풀이 하면 척추뼈가 앞뒤
로 흔들거려 그때마다 신경이 눌리는 증상이 있기 때문에 흔들거리
는 척추뼈를 고정시키고 눌리는 신경을 풀어주는 수술이 필요하다는
것이다.

환자가 되어보니 첫째는 그렇게 아픈 줄은 몰랐다. 환자가 가끔 엉덩이가 빠질 것 같다고 호소를 하면 그건 허리 때문에 그런거라며 대수롭지 않게 생각을 했었다. 그런데 막상 아파 보니까 이건 장난이 아니었다. 한번 통증이 발생하면 이삼십 미터도 걷기가 힘들어서 도저히 이대로는 살 수가 없을 것 같았다. 진통 소염제를 복용해 보기도 했지만 소용이 없었다. 오죽하면 환자들이 그렇게 두렵고 하기 싫은 수술을 받을려고 할까? 하는 생각이 저절로 났다. 환자들의 통증을 너무 쉽게 생각했었다고 반성을 하게 되었다.

둘째는 수술의 결과에 너무 예민해질 수밖에 없다는 것이다. 수술이 잘못 되거나 심각한 합병증이 발생하면 일생이 바뀔 수도 있기 때문이다. 합병증이란 어느 누구에게도 발생할 수 있으니 나에게도 나타나지 말란 법도 없다. 팔자소관이라고 치부하기엔 너무 억울할 수밖에 없으니 하루에도 몇 번씩 좋은 생각과 나쁜 생각이 내 머릿속을 들락거린다.

정형외과 선생이 정형외과 수술을 받으려 하니 그 불안함은 이루 말할 수 없었다. 수술의 합병증을 하나에서부터 열까지를 속속들이 다 알고 있으니 더욱 그랬다. 마취를 하고 나서 이 세상의 모든 인연과 단절이 될 수 있다는 생각에서부터 수술 도중 신경을 잘못 건드려 반신불구가 되거나 대소변을 가리지 못할 수도 있고, 수술은 잘되었지만 염증이 생기거나 수술 후 과정이 잘못되어 재수술이 필요하거나 증상이 그냥 남아 있을 수도 있을 것이다.

수술 전 이런 걱정을 하느라 며칠 밤을 뜬눈으로 보내곤 하였다. 특히 의사들이 이야기하는 소위 VIP증후군(매우 중요한 사람에게 더 빈번히 발생하는 합병증)이 나에게 나타날까 봐 두려웠다. 내가 받기로 한 수술은 척추 수술 치고는 맹장 수술 같은 간단한 것이었지만 수술을 하실 선생님이 나보다 더 긴장을 하는 것 같았으니 그런 걱정을 안 할 수가 없었다. 실제로 이전에 맹장 수술을 받았을 때 보통 사람은 이틀만 입원하면 되는데 나는 염증이 생겨 보름 동안을 입원한 경험이 있어서 더욱 초조하였다.

셋째는 이런 상태에서 의료진이 환자나 보호자들에게 너무 많은 겁을 주고 있다는 것이다. 아내에게는 간단한 수술이니 너무 걱정하지 말라고 하였는데 수술 동의서에 서명을 하고 와서는 안절부절하는 것이었다. 이렇게 무서운 수술인 줄 몰랐다는 것이다. 수술 중 죽을 수 있다는 이야기에서부터 만에 하나 발생하는 합병증까지 줄줄이 듣고 왔기 때문이었다.

시술이나 수술을 받는 모든 환자나 그 보호자가 이런 정신적 고통을 받는 일은 조금은 개선되어야겠다는 생각이 들었다. 실제로 이런 합병증에 대한 이야기를 듣고 수술을 포기하는 환자는 별로 없다. 고통이 심하거나 병을 고쳐야겠다는 절체절명의 명제가 주어졌을 뿐 아니라 자기에게는 그런 일이 벌어지지 않을 거라고 굳게 믿기 때문이다.

그러나 이런 문제점을 의사들의 탓으로 돌릴 수는 없다. 사전에 이런 설명을 했느냐 안 했느냐에 따라 의사의 과실 범위가 달라지니 사회적으로 이를 해결하지 못하면 환자들이 받는 정신적 고통은 감수할 수밖에 없다. 서로가 서로를 믿지 못하고 모든 문제는 법적으로 해결하여 결국은 돈으로 귀착되니 따지고 보면 돈 때문에 이런 고통을 주고받는 것이다.

마지막으로 의료진이 하느님처럼 보였다. 수술하신 선생님은 물론이고 제자인 전공의까지도 병상에 누워 있으니 구세주 같았고 간호사들도 천사 같았다. 사십여 년 피워온 그 좋아하던 담배도 수술결과에 나쁜 영향을 미친다는 선생님의 말씀에 끊을 수밖에 없었다.

내가 근무하는 병원에 입원을 했으니 내 스스로가 모범 환자가 되어야 겠다는 다짐에 행동을 함부로 할 수 없는 말 못할 어려움도 있었다. 반면에 입원해 있는 동안 의료진이 다른 환자와는 다르게 나한테 신경을 많이 쓰고 더 친절했을 것이니 보통 환자가 겪는 어려움의 절반도 경험하지 못하여 진정한 환자라고 할 수는 없을 것이다. 그렇지만 오늘의 환자로서의 경험이 앞으로 진료를 할 때 환자에게는 많은 도움이 될 것이 틀림없다.

열흘 동안 입원을 하면서 아파서 수술을 받는다는 것이 참으로 힘들다는 것을 깨달았다. 퇴원을 하면서 '의사도 환자는 되지 말아야 겠다.'며 입을 굳게 다물었다.

할머니의 다리

'움직일 수 있어야만 살아 있다고 할 수 있다.' 이 말은 거동을 할 수 없는 환자들이 들으면 매우 섭섭하겠지만 무릎의 관절염을 주로 치료하는 내가 항상 염두에 두고 있는 말이다. 우리가 불편함이 없이 숨을 쉬고 있으니까 공기의 중요함을 모르는 것처럼 사지가 멀쩡하거나 아프지 않은 사람은 자유롭게 돌아 다닐 수 있다는 것이 얼마나 고마운 일인지를 모른다.

관절염 환자는 할아버지 할머니가 대부분이어서 노인들의 사정을 누구보다도 잘 안다고 할 수 있다. 예전의 노인들은 어른으로서 집안에서 군림을 하고 살았지만 요즘은 자식이나 손자에게 용돈을 보태줄 처지가 되지 못하면 천덕꾸러기 대접을 받기 십상이다.

일제치하와 한국전쟁을 거쳐 근대화 과정의 어려운 시기에 온갖 고생을 다하고 있는 재산을 다 쏟아서 자식들을 가르쳐 놓았지만 복지정책은 생색만 낼뿐 실질적인 도움이 안 되는데다가 집안에서조차 홀대를 받으니 설자리가 없어져 버렸다.

이런 노인들이 거동마저 제대로 할 수 없다는 것은 큰 고역이 아닐 수 없다. 따로 떨어져 나와 살면 우선 세끼 식사부터 걱정을 해야 한다. 운동량이 부족하니 식욕도 없을 뿐더러 음식 장만을 하는 것도 힘들어 경제 사정이 괜찮다 하더라도 끼니를 거르는 경우도 다반사다. 자식들과 같이 살면 가끔은 외출도 하여 며느리에게 자유시간도 주어야지 방안에 틀어박혀 있으면 서로가 불편하여 눈치 보기에 바쁘다.

관절염의 치료법은 최근 많은 발전을 하여 아파서 걷지 못하는 노인들에게는 큰 희망이라고 하겠다. 특히 인공관절술을 받으면 비록 뛰어 다닐 수는 없어도 배드민턴이나 수영 및 골프 등은 즐길 수 있게 된다. 이 수술은 비교적 큰 수술이기 때문에 노인들에게는 위험이 따를 수 있다. 예전에는 수술받다가 무슨 일이 나면 어떻게 하냐며 수술을 포기하는 사람이 많았지만 요즘은 나중에 어떻게 될지언정 이렇게는 도저히 못산다며 자식들의 만류를 뿌리치고 수술을 받겠다는 환자도 있다. 얼마나 오래 사느냐 보다 어떻게 사느냐, 즉 삶의 질을 중시하는 정향으로 바뀌었다고 할 수 있다. 노령 인구가 많아진 이유도 있지만 이런 적극적인 사고방식이 널리 퍼져 인공관절술을 받는 환자가 점점 늘어나고 있다.

할아버지 할머니를 진료를 할 때는 구수한 맛을 느낀다. 우선 정이 많고 의리가 있다. 조금만 친절해도 어찌할 줄 모르고 행여 손이라도 잡고 어깨라도 두드리면 감격 그 자체이다. 평소에 말 상대가 적어서인지 말문이 트이면 쓸데없는 말을 많이 하고 한말을 또하고 또하고 하여 짜증이 나기도 하지만 사람 사는 맛을 느끼게 하기에 미워할 수가 없다. 오랜 인생경험을 통해서 만사가 조목조목 따진다고 되는 것도 아니라는 것도 알고, 인간관계가 얼마나 중요한지도 알고, 상대방을 이해할 줄도 아니 싸가지 없는 젊은 애들보다 훨씬 인간미가 있다.

반면에 젊은 환자는 내가 돈내고 치료를 받으니 치료가 잘 되는 것은 당연한 것이고 잘못되면 트집을 잡거나 소송할 준비부터 한다. 그러니 고마운 마음은 애시당초 있지도 않는 경우가 많아서 친절을 베풀고 싶어도 어떤 때는 정이 뚝뚝 떨어지기도 한다.

입원할 때부터 금방 다른 환자와 친구가 되고 퇴원 후에도 이 관계가 지속된다. 전화번호를 알아 놓고는 퇴원 후에도 수시로 전화를 걸어서 자기의 상태와 비교를 한다. 수술의 경과는 나이나 병의 심한 정도, 병을 앓았던 기간, 다른 부위의 질환 유무에 따라 차이가 많으련만 그런 것은 아랑곳하지 않고 가장 좋은 사람과 비교해서 그만 못하면 뭔가 잘못되지 않았나 하며 시무룩해 하기도 한다.

수술이 잘되면 동네방네 자랑을 하고 다녀 그다음부터는 줄줄이 알사탕처럼 친구들이 몰려온다. 친구들도 다 예비 환자들인데 처음에는 겁이나서 수술받기를 주저하다가 수술하고 나서 멀쩡하게 걸어다니는 모습을 보면 그다음은 경쟁적으로 수술을 받으려고 한다. 경로당이나 노인정에 모여서 입에 침이 마르도록 자랑을 하니 이에 넘어가지 않는 사람이 없는 것이다.

수술을 받으면 부수적으로 휘어진 다리도 바르게 고쳐지는데 의외로 다리가 반듯하게 된 것을 더 좋아하는 분이 많다. 할머니에게 각선미가 좋은 것이 무슨 소용일까 하는 생각도 해 보지만 나이가 들어도 예뻐지고 싶은 것은 본능인가 보다.

이 수술만 지금까지 6000여 례 정도를 했으니 내 손을 거쳐서 새 삶을 살게 된 환자가 상당히 되는 셈이다. 대부분은 경과가 좋아 의사로서 보람을 느끼나 때론 그렇지 않은 사람도 있다. 경험이 많다는 것은 실수할 확률이 적다는 것이지 의사도 사람인지라 실수를 전혀 안 한다고 장담할 수는 없는 노릇이다. 모든 과정이 잘 되었어도 병이 잘 낫지 않는 경우도 있고, 치료는 잘 되었지만 환자나 보호자의 기대치가 너무 높아서 불만을 늘어 놓기도 한다.

병을 치료하는 것은 기계를 고치는 것과는 사뭇 다르다. 똑같은 기계는 있을 수 있어도 똑같은 사람은 없으며, 기계는 생각을 하지 못하지만 사람은 생각을 많이 하니 이런 심리적 요인이 병의 예후와 밀접한 관계가 있는 것이다. 이유야 어찌됐든 환자의 예후가 좋지 않거나 환자가 치료에 만족하지 않으면 속도 상하고 시달리기도 한다.

어떤 때는 좀 더 잘 할 수 있었는데 하는 자책도 하지만 불가항력적인 상황도 이해해 주지 않고 결과만 놓고 억지를 부릴 때는 불쑥불쑥 의사란 직업을 때려치고 싶다는 생각이 들기도 한다. 하지만 아파서 걷지도 못하던 할머니가 행복한 미소를 지으며 걸어 나가는 모습 뒤에 내가 있다는 사실이 내가 진료실을 떠나지 못하는 이유일 것이다.

생노병사

내일 수술받을 환자가 갑자기 수술을 안 받겠다고 하니 어떡하면 좋냐며 전공의 선생이 걱정이 되어 전화로 보고를 하였다. 너무 아파서 수술을 빨리 해달라고 졸라서 무리하게 일정을 앞당겨 준 환자였다. 환자가 싫다면 어쩔 수가 없으니 퇴원을 시키라고 하였다.

수술은 환자가 싫다면 할 수가 없다. 관절염의 수술은 생명이 경각에 달려 있는 응급수술이 아니고 편하게 여생을 지낼 수 있게 하는 방편이기 때문에 더더욱 수술을 강요할 수 없는 것이다.

외과의들에게는 가끔 이런 일이 발생한다. 환자는 수술이 잘못되지 않을까 하는 걱정은 물론이고 죽음에 대한 두려움도 있을 것이다. 여기에다 수술 동의서를 받을 때 환자의 이런 불안감을 증폭시켜 주면 수술을 포기하게 된다. 내가 젊은 나이에 충수돌기염(맹장염) 수술을 받을 때에도 잠깐 동안이나마 '혹시 마취에서 못 깨어나면?'이라는 생각을 한 적이 있다. 하지만 수술이 비교적 간단하고 또 건강한 상태여서 곧 잊어버렸다. 특히 노인이 되면 건강이 젊었을 때만 못한 데다가 관절염의 수술이 크기 때문에 걱정을 안 할 수 없을 것이다.

요즘 환자는 의료사고에 대한 분쟁 때문에 톡톡한 보험료를 내는 셈이다. 무슨 일이 발생하면 의사의 과실 여부를 따지는 것과 함께 이에 대한 고지 여부가 분쟁의 초점이 되기에 이를 방어하기 위하여 만 명에 한 명 일어날까 말까하는 합병증도 미주알고주알 모두 이야기해야 한다. "할머니! 별일 없을 터이니 큰 걱정말고 수술받으세요"라는 한마디를 못해 주는 현실이 안타깝다.

환자는 살다보니生 늙었으며老 이로인해 관절염이 발생하여病 이를 참다 못해 수술을 받으려고 하니 죽음死의 두려움을 떨치지 못하였다. 맨 마지막 한 글자가 앞의 세 글자를 압도해 버린 것이다. 이런 일이 노인들의 일반적인 기우 때문이라고 치부할 수 있으나 수술을 하다보면 어떤 때는 노인들의 육감을 무시할 수 없다는 것을 잘 알고 있다.

갑자기 수술을 취소하면 다른 환자로 바로 대체할 수가 없어 우리 팀은 그 시간 동안 손을 놓아야 하고 바쁘게 돌아가야 할 수술방을 비워놓을 수밖에 없다. 그러나 이런 손실보다는 나에게 수술을 받기 위하여 몇 달을 기다려야 하는 다른 환자에게 기회를 박탈하는 결과를 초래하게 된다.

하지만 어쩌겠는가? 그 사람에게 가장 소중한 것은 그 사람 자신인 것을…… 아무리 옆에서 설득을 한다 해도 죽음에 대한 불안감이 엄습해 오면 그 불안이 비록 찰나에 머문다 해도 본인에게는 극심한 고통일 수밖에 없다. 환자가 나중에 무릎이 아파서 수술을 받지 않은 것을 후회할지라도 지금의 정신적 고통을 벗어나기 위하여 어쩔 수 없는 결단이었을 것이라고 애써 이해를 하고 싶다.

딸이 더 좋아

몇 해 전 강원도 시골에 있는 학교 선생님으로부터 한 통의 편지를 받았다. 사연인즉슨 아버님이 일찍 돌아가시고 어머님께서 시장에서 좌판을 하며 오빠와 자기를 키워왔다고 했다. 그러나 지금은 그 고생 때문에 무릎이 편찮으셔서 걷지도 못하게 되었으나 오빠는 겨우 제 밥벌이하기에 바쁘고 자기 자신도 이제 막 시집을 간 처지에 시댁에 눈치가 보여 치료비를 감당하기 어려우니 어떤 방도가 없느냐는 것 이었다. 편찮으신 어머님을 남겨 두고 시집을 간 딸의 마음이 오죽이 나 하였을까.

이런 이야기는 방송을 통해서 가끔 듣기는 하지만 실제로 편지를 받은 것은 처음이었다. 개인병원 원장에게는 이런 경우가 있겠지만 큰 병원에서는 아무런 보직 없이 진료만 하는 의사에게 이런 상담을 하지는 않는다. 해봤자 소용이 없다는 것을 잘 알고 있기 때문이다.

마음은 있어도 얼굴도 모르는 사람에게 부탁의 편지를 쓴다는 것은 쉬운 일이 아니었을 것이라는 생각에 시골 선생님의 용기와 효심에 끌려 도와주기로 마음을 먹었다. 우리 병원의 사회복지팀에 전화를 걸어 도와줄 수 있는 방법을 강구해 보라고 하였더니 며칠 후 좀 힘들겠다는 연락을 받았다.

제도라는 것이 맹점이 많아서 딱한 사정이 있음에도 불구하고 겨우 몸이라도 누일 수 있는 집 한 칸이라도 있고 비록 쥐꼬리만 한 월급을 받는다 하더라도 자식이 직장을 나간다면 혜택을 받을 길이 묘연하다. 이보다도 못한 사람이 더 많아서 이겠지만 실제로 이런 조건을 갖추어도 살아가기가 매우 어려워 이도 저도 못하는 사람도 많다. 호화 자가용을 굴리면서도 조그만 혜택이라도 받아내려고 안간힘을 쓰는 파렴치한 인간도 있지만 순박한 사람들은 어떻게 해볼려고 해도 첫 걸음부터 꽉 막혀 있다.

그러나 이대로 지나쳐 버리면 마음이 편안할 것 같지가 않았다. 선생님에게 편지를 내어 자초지종을 이야기하고 뜻이 있으면 길이 있는 법이니 일단 어머님을 모시고 올라오라고 하였다.

처음 보는 모녀간이었으나 그간 편지 왕래가 있어서인지 첫 상면부터 친근한 느낌이 들었다. 어머니의 무릎은 퇴행성 관절염으로 망가질대로 다 망가져 걸음을 거의 걷지 못할 정도였다. 여기저기를 뛰어 다닌 끝에 거의 1/4에 해당하는 진료비만 내면 될 수 있게 만들어 놓았다. 이 정도라면 내가라도 부담을 할 터이니 입원해서 수술을 하자고 하였더니 선생님은 그 정도라면 자기도 부담할 수 있다고 막무가내였다.

간병인 비용을 줄이기 위하여 수술은 방학 때 이루어졌다. 인공관절 수술을 성공적으로 마친 후 회진을 돌 때마다 선생님은 마치 결혼을 한 것이 죄인 양 시집을 간 것에 용서를 구하려는 듯 온갖 정성을 다하여 간호를 하고 있었다. 하지만 그 사이 나는 환자의 아들을 한 번도 만나지를 못해서 어떻게 생겼는지조차 모른다. 물론 한두 번쯤은 다녀갔겠지만 병의 경과를 물은 적도 고맙다는 인사를 받은 적도 없다.

퇴원 후 할머니는 건강을 되찾아 다시 시장에 나가신다고 하였다. 너무 무리를 하면 빨리 망가지니 조심하라고 해도 말로만 조심한다고 할 뿐 그 버릇을 남에게 줄 수 없을 것이 뻔하다. 아니 쉬고 싶어도 그렇게 하지 않으면 살아 갈 수가 없어 계속하실 것이다.

요즘도 일 년에 한 번씩 정기검진을 받으러 오시고 선생님한테서도 가끔 안부를 묻는 편지가 온다. 오실 때마다 뭔가를 하나씩 가져오는데 내가 "이거 팔고 남은 거 가지고 온 기여?"하고 물으면 "원장님 드실건데 새것 가지고 와야지 남은 것 가지고 오면 쓰남!"하며 정색을 하고 대답을 하신다. 원장도 아닌데 높여 부르고 싶어서 원장이라고 부르는 말에 구수한 정을 느낀다.

의사들은 불효자

효의 관념은 시대에 따라 변하는 듯하다. 옛날에는 부모님이 살아 계셨을 때는 물론이고 돌아가시고 난 후 탈상을 할 때까지 부모님 묘를 떠나지 않고 지키고 있어야만 겨우 효자의 반열에 오를 수 있었다. 지금은 상상도 할 수 없는 일이다. 그러니 요즘의 아들들은 효자란 말만 들어도 머리가 지끈거리고 아프다. 교육을 그렇게 받아왔기에 우리들의 하는 모습을 보면 스스로도 잘 모시지 못하는 것을 알고 있기 때문이다.

이렇게 된 연유는 여러 가지가 있으나 그중에 하나는 사회제도가 많이 바뀌어서 이제는 자기가 하는 일에 전력투구를 하지 않으면 살아남기가 힘드니 마음도 그렇고 시간적으로도 여유가 없어져 버렸다는데 있다. 또 가정에서의 아버지의 권위가 크게 떨어져서 가부장적인 시대에는 아버지가 하는 일이면 모두 아무 말 없이 따라 주었지만 이제는 가족들의 의견을 수렴해야지만 평안한 가정을 유지할 수가 있다는 점도 있다.

의사 아들을 두면 부모님들이 호강을 할 것 같지만 사실은 그렇지를 못하다. 핑계이긴 하겠지만 너무 바쁘게 살다 보니 찾아가 뵙는 것도 수월치가 않으니 그밖의 일은 물어보나 뻔하다. 그래서 아들은 의사를 시키지 말고 사위를 의사로 맞으라는 말도 나온다. 생전에 나의 어머님께서는 "너 잘 되어 봤자 늬 여편네만 호강한다" 하시며 은근히 나의 불효를 꾸짖으셨다.

얼마 전의 일이다. 내 환자를 지극정성으로 간호하는 아들이 있었다. 마흔이 조금 못 돼 보였는데 하루종일 식사의 수발은 물론이고 재활운동에 이르기까지 어느 것 하나 손색이 없을 정도여서 간병인과는 비교가 될 수가 없었다. 그래서 회진을 돌다가 그 환자에게 가면 항상 죄책감을 느끼게 하였다.

나라면 그렇게 할 수 있을까? 의과대학을 다닐 때부터 시간의 효율성에 대한 보이지 않은 교육을 철저히 받아와서 한 시간 동안만 아무 일 없이 부모님과 마주 앉는 것도 무료하게 느껴져 무슨 다른 할 일이 없나 궁리를 하곤 하였다. 하루만이라도 병상을 계속 지키라고 해도 조급증이 날 판인데 몇 날 며칠을 그렇게 견뎌낼 만큼 효심이 지극하지 못했다는 것이 솔직한 고백이다.

나라면 그렇게 할 수 있을까? 아마 그렇게 하다간 집에서 왕따당하기 십상일 것이다. 핵가족화되다 보니 부모님보다는 가족을 먼저 생각하는 것이 당연하게 여겨지고 있는데 그 많은 시간을 가족과 떨어져서 지내는 것도 생각하기 어렵다. 물론 외국에 나가 있는 경우도 있지만 그때와는 사정이 다르다. 가족들의 불평불만을 모른 척하고 꿋꿋이 견뎌낼 만큼 강심장이 되지도 못한다.

나라면 그렇게 할 수 있을까? 놀기 위하여 휴가를 사용하기도 하는데 부모님 병간호하기 위하여 하루 이틀을 할애할 수 없느냐고 굳이 따진다면 할 말은 없다. 하지만 언제 또 어떤 일이 벌어질지 모를 뿐 아니라 병원에 입원하여 수술을 받는 다는 것이 그저 일상에서 조금 벗어난 일에 불과한 요즘 세상에 금방 돌아가실 병이 아닌 다음에야 이것 때문에 휴가를 내기는 현실적으로 힘들다.

그런데 며칠 회진을 돌다 보니 심기가 불편해지기 시작하였다. 자기가 하지 못한 일에 대한 일종의 거부반응이라고 할까? 과연 그 아들이 효자냐에 대한 의문이 일어났다. 효자처럼 보이지만 지극한 불효자일 거라는 생각이 들기 시작한 것이다.

그 사람은 과연 무엇을 하는 사람일까? 오랫동안 병상을 지키고 있는 것을 보면 직장을 가지고 있지 않은 것 같았고 직장이 있어도 신통치 않은 일을 할 것이다. 설령 자영업을 한다고 해도 사업이 잘되지 않으니까 자리를 오래 비워도 아무 탈이 없는 것이다.

젊은 사람이 병간호에만 전념을 한다는 것이 조금은 생각이 모자라는 것 같게 느껴지기도 하였다. 생각도 많고 할 일도 많을 때에 바쁜 사람은 이런 일은 다른 사람에게 맡길 수도 있다. 어찌보면 단순 노동이고 자기가 할 수 있는 한계가 있기 때문이다.

가정생활은 평탄할까? 그렇지 않고서야 어떻게 매일 병원에서 잠을 잘 수가 있을까. 만약 원만한 가정을 꾸려가고 있다면 그 아들의 가족들을 한 번쯤은 볼 수 있어야 했지만 한 번도 본 적이 없다.

효란 부모님을 평안하게 하는 것이 그 근본이라고 할 것이다. 아무리 뒷바라지를 잘 한다고 해도 마음을 불편하게 하면 소용이 없다. 부모님들은 눈앞에 보이는 행동에 고마움을 느끼겠지만 돌아서서 한숨을 쉬면 그건 불효이다.

우리 어머니는 고생을 많이 하셨지만 자식 농사를 잘 지었다고 늘상 자랑을 하고 다니셨고 또 그런 말씀을 들으시면서 평생을 살아오셨다. 학교 다닐 때 공부도 잘하여 망나니 노릇을 한 자식도 없었다. 그래서 자식들을 훌륭히 키웠다는 자부심 하나만 가지고 힘들고 어려운 역경을 견뎌낼 수 있었다. 자식들이 결혼을 하고 나서 잘 못해드려 섭섭하셨겠지만 그래도 사회에서 각자가 나름대로의 역량을 발휘하고 있었기에 삶은 고달파도 자식들의 앞날 때문에 걱정을 끼쳐드린 적이 없다.

의사들은 참 바쁘게 살아가는 사람들이다. 무엇이 그렇게 할 일이 많은지 하루종일 쉴 틈이 없다 보니 의사들은 불효자가 많다. 그러나 역설적으로 이야기하면 불효자가 효자일 수 있다. 학교 다닐 때는 공부를 꽤 했을 것이고, 말썽을 피운 일도 별로 없었을 것이니 이것만으로도 큰 불효는 면한 셈이다. 의사가 되고 나서도 최소한 자기의 앞가림은 하는 사람들이니 비록 잘해드리지 못해서 속이 상할지언정 속을 태우는 일은 드물었을 것이다.

자주 찾아가 뵙지 못한다 하더라도 효심만 변치 않는다면 우리의 부모님들은 그런 자식을 둔 것을 내심 자랑스럽게 여길 것이니 이들이 바로 효자가 아닐까?

과잉 진료

 며칠 전 50세 된 여자 환자가 외래로 찾아 왔다. 환자의 말을 빌리면 무릎을 다쳐서 인근 도시의 병원을 찾아갔다고 한다. 병원에서 관절염 때문이라며 양쪽에 인공관절술을 권유하여 수술을 받았는데 3~4개월이 지난 지금에도 무릎이 아프고 다리에 힘이 없다고 했다.

 물론 환자의 말을 다 믿을 수 없지만 환자의 나이가 쉰 살이라는 점을 고려해 볼 때 인공관절술을 받을 나이도 아니며 또 그렇게 큰 수술을 받을 상황도 아니라는 생각이 들어 마음속에서 부화가 치밀어 올랐다. 하지만 막상 입에서 나온 말은 치료는 잘 받았으며 아픈 것은 시간이 지나면 좀 나아질 거라고 하였다.

 환자에게 꼭 필요한 치료를 해주어야지만 적절한 의료행위라고 할 것이다. 필요 이상으로 치료를 하는 이유는 같은 의료인으로서 부끄럽지만 돈 때문인 경우가 상당히 많다. 과잉 진료는 환자들의 불필요한 돈이 들어가는 것도 문제지만 건강이 상할 수도 있다는 것이 더 큰 문제이다.

환자의 치료는 치료를 담당하는 의사의 주관 및 책임 하에 이루어지기 때문에 이에 대하여 왈가왈부 간섭할 수는 없으며 치료의 방법도 치료자마다 각기 다를 수 있어서 내가 하는 방법만이 옳다고 주장할 수는 없다. 하지만 아무리 생각해도 이건 안 된다는 경우가 최근에는 부쩍 늘어 과잉 진료를 어느 정도까지 보호해 주어야 하느냐에 대해서 갈등을 하게 된다.

필요하지도 않은 검사를 마구잡이로 해대는 것은 돈은 들어도 건강이 상하지 않으니 그렇다 치더라도 수술을 너무 쉽게 생각하는 것 같다. 이러한 추세는 젊은 의사와 개업의에서 더 두드러지고 어떤 때는 해도 너무 한다는 생각과 함께 세상 무서운지 아직 모르기 때문이라고 자조를 하기도 한다. 특히 검증도 제대로 되지 않은 치료법을 도입하여 돈 버리고 몸 버리는 일이 점점 늘어가고 있다. 진실을 제대로 알지 못하고 우선 떠들어 놓고 보는 언론에 편승하여 돈에 혈안이 된 의사들은 지푸라기라도 잡으려는 환자의 심리를 교묘히 이용하고 있다.

최근 각광을 받고 있는 '줄기세포 치료법'만 해도 그렇다. 향후 관절염 치료의 새로운 방향을 제시할 수도 있을 것이다. 그러나 언론 매체에서 마구 떠들어 대니 환자는 관절이 아프다면 이 치료법을 시행하는 병원을 찾는다. 그 병원에서는 그런 치료가 필요치 않은 환자에게도 이 시술을 시행한다. 어림잡아 천만 원 정도 비용이 발생하니 군침을 흘릴 만도 하다. 결과는 뻔하다. 어쩌다 열에 한 명 정도는 좋아질지 몰라도 나머지 아홉 명은 필요없는 시술을 했으니 좋아질 리 없다. 그리고는 좋아진 한 명을 가지고 선전에 이용한다.

돈을 벌어도 떳떳하게 벌어야 하고 이것이 더욱 강조되는 직업이 의사이기도 하다. 의사의 윤리에 대한 이야기를 하면 그건 대학병원에서 주는 월급을 또박또박 받으면서 편안히 지내는 공직의들이 개업가의 사정을 몰라서 하는 한가한 소리라고 치부를 한다. 하지만 그렇게 머리 좋은 사람들이 잠 못자며 공부와 일에 시달렸던 이유가 오로지 돈을 벌기 위한 목적에 있었다면 의사가 아니고도 훨씬 더 좋은 직업이 있었음직도 하다.

불필요한 수술을 해가며 경제적 이득을 취하는 행위는 강도와 하나도 다를게 없다. 강도를 당하는 사람에게는 경제적, 정신적 및 신체적 장애가 너무나 크다. 의사에 대한 환자의 인식이 나빠지면 자연 선의의 피해자가 생기기 마련이기에 수련병원에서도 전공의에 대한 인성교육이 절실한 때이고 의사협회에서도 과잉 진료에 대한 규제를 신중히 고려해야 할 시점에 와 있다.

차제에 환자들도 조금 똑똑해져야 과잉 진료로부터 자기의 몸과 재산을 보호받을 수 있을 것이다. 사기를 당한 사람의 이야기를 들어보면 말을 너무나 솔깃하게 하여 그럴 수밖에 없었겠구나 싶다. 다른 병원을 아무리 다녀 보아도 병이 낫지 않은 터에 완치를 시켜준다하니 환자는 솔깃해질 수밖에 없다. 의과대학을 졸업한 똑똑한 사람이 사기를 치면 속지 않는 환자는 없을 것이다. 그러나 과잉 진료를 받는 것은 사기를 당하는 것이 아니라 몸이 상하는 것이니 강도를 당하는 것이다. 강도를 당하지 않으려면 문단속을 잘하는 수밖에 없다. 시술이나 수술이 필요하다면 그 방법이 최선의 방법인지도 알아보고 최선의 방법이라는 것은 자기가 실험동물이 될 수 있다는 뜻이니 한 번쯤은 권위 있는 의료기관에서 재차 진료를 받아 볼 필요가 있다.

선배나 동료 의사에 존경심을 가지라는 히포크라테스의 선서를 어기고 엎드려 침뱉는 식의 이야기를 하는 내가 부끄럽다. 아픈 사람을 치료하는 것이 의사의 본연의 임무일텐데 과잉 진료로 인한 환자의 폐해가 너무나 많이 벌어지고 있는 현실이 안타깝다.

심장이 벌떡벌떡 뛰어요

나는 환자하고 우스갯소리를 많이 한다. 근엄해야 할 의사가 우스
갯소리를 하면 의사에 대한 신뢰도가 떨어져 진료에 지장이 있지 않
느냐고 반문할지 모르지만 지금까지 쭉 해본 결과 좋은 점이 더 많은
것 같다. 의사가 근엄해야 치료가 잘 된다는 것은 이제는 구시대의
발상이라고 할 것이다.

사람에 따라 조금씩 차이가 있을 수 있겠지만 대부분의 환자들은
자신의 건강에 대하여는 특히 민감하여 행여 무슨 병에 걸리지 않았
나 또는 치료가 잘못되지 않았는가 걱정을 많이 하게 된다. 의사도
검진을 받고 나면 혹시 나쁜 병이 나타나지나 않을까 하여 결과가 나
오는 날에는 긴장을 하게 마련인데 아무것도 모르는 일반 환자는 오
죽이나 하겠는가? 진료를 하다 보면 자기 차례에 꼭 화장실을 가는

환자가 있다. 처음에는 조금 참으면 될터인데 왜 하필 그때냐며 별일이라고 생각했지만 의사 생활을 오래 하다 보니 초조해지면 그렇게 된다는 것을 알았다.

어떤 환자는 결과를 보러 내 앞에 앉았을 때 혹시 나쁜 이야기를 듣지 않을까 심장이 벌떡벌떡 뛴다는 사람도 있다. 특히 내가 주로 진료를 하는 할아버지 할머니는 더욱 그렇다. 그런 사람을 앞에 두고 진료를 하려면 대화가 제대로 이루어지지 않아 답답하기 그지없다. 그래서 "할머니! 심장이 안 뛰면 죽어요"라고 이야기를 슬슬 걸기 시작하여 긴장을 풀어 주려고 노력을 한다.

이런 환자는 검사결과가 원하는 대로 나오지 않으면 더욱 안절부절이다. 아무리 설명을 해도 자기가 기대한 말이 나오지 않으면 귀에 들어오지 않으니 진찰 시간만 지연된다. 이런 때 우스갯소리라도 하면 긴장이 풀어져 의사와 환자와의 관계가 훨씬 수월해진다.

진료를 할 때 가장 중요한 질문이 언제부터 증상이 시작되었냐는 것이다. 그래서 언제부터 아프기 시작했냐고 물으면 오래 됐다고 대답하는 사람이 많은데 이때 나는 "한 백 년 됐냐?"고 물으면 눈을 흘기며 "백 살도 안 됐는데 백 년 될 리가 있어?"하며 어처구니 없다는 듯 웃음으로 이어진다.

무릎을 전공하다 보니 할머니 환자들이 많은데 환자는 아픈 무릎을 가리키며 "이놈의 무릎이 아프기 시작하면 잠도 못자고……"하고 주저리주저리 늘어 놓으면 나는 다른 쪽 무릎을 가리키며 "저년의 무릎은 어때요?"한다.

환자가 많아서 나한테 진료를 받으려면 몇 달을 기다리기도 한다. 그런 환자가 가끔 "선생님 만나려다 눈이 빠지겠어요"한다. 그러면 나는 "안과 진료부터 보셔야겠네요" 한다.

  퇴행성 관절염이 오래되면 무릎이 휘어져 볼품이 없게 되는데 "수술을 받으면 반듯하게 되냐?"고 물으면 "수술받고 나서 미스코리아 선발대회에 나가도 된다"고 대답을 한다.

  사투리를 쓰는 것도 매우 유용한 방법이다. 할머니들의 말을 듣고 거기에 맞게 사투리로 맞장구를 치면 나보다도 환자가 더 웃게 된다. "긍게 그때 자빠져서 이놈의 다리가 어짝나 버렸구만 잉" 하면 환자는 "앗따 의사 양반 고향이 어디쇼?" 하며 되묻는다.

  이러한 우스갯소리의 소재는 상황에 따라서 달라지는데 순간적인 기지가 필요하기도 하다. 자칫 잘못하다가는 웃기지도 않으면서 쓸데 없는 소리를 하여 오히려 분위기가 어색해질 수 있다. 확실한 것은 서로가 웃으면서 진료를 하면 환자에게 좋은 영향을 준다는 것이다. 근엄함이 떨어져 신뢰가 떨어지기 보다는 환자와 의사와의 거리가 좁혀져 오히려 신뢰를 더 주는 것 같다. 치료를 시작도 안했지만 환자가 웃으면서 진료실을 빠져 나간다는 것이 절반의 치료를 한 것이 아닌가 생각해 본다.

약장사 말대로

옛날 시골 5일 장터의 한 모퉁이에 여러 사람이 모여 있는 틈 사이를 비집고 들여다 보면 마술이나 곡예를 하거나, 북치고 장구치며 흥을 돋우거나, 뱀을 가지고 장난을 쳐 사람들을 모은 다음 으레 약이나 화장품을 팔곤 하였다. 다른 것을 팔 수도 있으련만 이들은 인간의 원초적 본능, 즉 건강하고 예뻐지고 싶어 하는 본능을 자극하는 것이 가장 장사가 잘 된다는 것을 알고 있었다.

약장사의 말대로라면 그 약은 만병통치 약이었다. 하도 말을 잘해서 그들의 선전을 듣고 있노라면 어린 나도 돈만 있으면 그 약을 모조리 사서 부모님께 효도하고 싶었고, 돈이 있으면서 사지 않는 사람들이 이상하게 보였다. 그래서 '약장사 말대로라면'이라는 말은 말로는 안되는 일이 없다는 뜻으로 통용되기 시작하였다.

그러나 요즘은 아무리 눈을 씻고 봐도 그런 식으로 약을 팔지는 않는다. 경로당 등 노인들이 많은 곳을 돌아다니며 사기를 치는 사람들이 있다고 하나 이는 엄밀히 이야기하면 사기이지 약장사는 아니다. 요즘 약을 파는 방법은 크게 두 가지로 나눌 수 있는데 하나는 소비자를 대상으로 하는 광고를 이용하는 것이고 다른 하나는 처방을 하는 의사를 설득하여 판매를 촉진하는 것이다.

대중 매체를 통한 광고를 이용하는 판매는 처방전이 필요하지 않는 환자를 대상으로 하기에 과대광고가 따르기 십상이다. 선의든 악의든 이 과대광고는 약효는 최대한 부풀리고 심지어는 없는 약효도 만들어 낸다. 부작용은 감춰버리고 한구석에 작은 글씨로 오남용을 하지 말라고 쓰여 있을 뿐이다. 이를테면 옛날 약장사의 속성을 띄고 있다고 할 것이다. 전문가의 입장에서 보면 정말 얼토당토않는 이야기인데 약이란 참 묘한 것이어서 전문가도 아파서 소비자의 입장이 되어 보면 광고의 글귀가 솔깃해질 수밖에 없다.

벌써 2~30년 전 배가 더부룩하여 병에 든 소화제를 백 원에 사먹은 적이 있다. 물론 성분이 무언지는 모르고 그저 선전만 믿고 마셨다. 그러나 증상이 나아지지 않아 선배 의사를 찾았더니 그분 하시는 말씀에 얼굴이 붉어질 수밖에 없었다. "조 선생, 그 약의 순수 재료비가 2원도 안든다네. 2원어치 먹고 무슨 병이 낫기를 바라는가?"

처방이 필요한 약을 팔려면 어떻든 의사의 손을 거쳐야 한다. 이런 판촉은 제약회사의 영업사원이 담당을 하고 있다. 영업사원을 옛날 장터에 판을 차려 놓은 약장사에 비교할 수는 없을 것이다. 의사를 상대하니 교양도 있어야 하고, 말 상대가 되려면 전문성을 갖추어야 하고, 약효도 뛰어 나야지 맹물 가지고 팔다간 금방 들통이 난다.

판촉하는 입장에서 보면 상대방이 그 제품에 대하여 더 잘 알고 있는 경우처럼 곤혹스런 일이 없다. 소위 약장사 말이 통하지 않으니 말만 잘해 가지고는 며칠은 버틸 수 있을지 몰라도 몇 달을 견디기 힘들다. 그러니 제약회사의 세일즈맨처럼 힘든 직업도 없을 것이다. 형편 없는 약에 말만 앞세우면 영업사원이라고 해도 옛날 약장사와 다를 바 없을 것이다.

책으로 맺은 인연

　책을 통해서 인연을 맺는다는 것은 좀 특이 하다고 하겠지만 비록 만나지 못할지라도 저자와 독자 간에 서로 뜻을 통하게 해주니 이것도 인연이라고 할 것이다.

　우리 병원에 펠로우로 근무하는 이재헌 선생으로부터 책 한 권을 받았다. 펠로우란 전문의 자격을 취득하고 난 다음 어느 한 분야를 더 공부하고 싶어서 특정 선생님의 문하생으로 들어가는 제도이다. 다른 선생님의 펠로우여서 한 달에 겨우 한두 번 복도에서 마주치고 하는 것이 고작이었다. 그러나 같은 병원 같은 과에 근무하니 제자라고 볼 수도 있고 나이로 보면 자식뻘쯤 된다고 할 수 있다.

　이 선생은 한국국제협력단(KOICA : Korea International Cooperation Agency)의 일원으로 아프리카의 탄자니아에서 의료 봉사를 하면서 힘들었지만 보람 있었고 나름대로 재미도 있었으며 이방인에게 신기해 보였던 3년간의 느낌을 '서른, 꿈 그리고 아프리카'라는 제하로 책을 펴 내었다.

비록 한국국제협력단의 근무가 군 대체 복무이긴 하지만 아무나 이 자원봉사에 신청을 하지는 않는다. 모르는 사람들은 군대 대신인데 경험도 쌓고 좋지 않으냐고 할 수도 있다. 그러나 막상 신청을 하려면 주위에서 말리는 사람도 많을 뿐 아니라 겁이 나기도 한다. 그래서 용기가 있어야 하고 근본적으로 봉사의 마음을 가지지 못하면 보통 사람은 엄두도 내기 힘들다.

대부분의 봉사가 환경이 열악한 후진국에서 펼쳐지기에 말도 안 통하고 문화가 달라 생활이 불편한 곳에서 3년이란 긴 세월을 보낸다는 것은 그곳에서 살아가는 것 자체가 고통일 수 있다. 하고 싶은 일을 제대로 할 수가 없고 먹고 싶은 것도 참아야 하며 낯선 환경에 적응하기 위하여 항상 긴장해야 한다. 무엇보다 멀쩡한 사람을 몽유병자처럼 만드는 어느 순간 불현듯 고개를 내미는 외로움도 이겨내야 한다. 말라리아라는 전염병과도 싸워야 하며 에이즈에 걸린 환자를 치료하다 보면 이 병에 걸리지 않을까 걱정도 해야 한다.

이 선생이 왜 아프리카를 택했는지 알 수 없다. 탄자니아의 커피가 좋아서 그랬다고 쓰여 있지만 그 말은 둘러대기 위한 변명에 불과할 것이다. 이왕이면 오지에서 봉사하고 싶다는 생각이 컸을 것이고 그곳이 서른 살의 꿈을 펼쳐 보이기에 가장 적절한 곳이라는 생각이 들었을 것이다.

사실 봉사라는 것은 말처럼 쉽지 않다. 어쩌면 경제적으로 도움을 주는 봉사가 가장 쉬운 방법일 수 있는데 그것도 인색한 사람에게는 꿈도 꿀 수 없을 뿐만 아니라 그런 꿈이 있을 수 없다. 노력 봉사는 땀과 시간을 필요로 하기에 힘이 든다고 할 수 있다. 의료 봉사도 여기에 속하는데 의료 수준이 뒤떨어진 지역에서는 좋은 성과를 거둘 수 있다.

글 솜씨가 뛰어나고 솔직 담백한 표현이 마음에 와 닿아 며칠에 걸쳐 하나도 빼 놓지 않고 다 읽었다.

탄자니아라는 나라는 사진으로만 보아온 '킬리만자로'라는 산이 있는 곳이고 영상 매체를 통해서 널리 알려진 '세렝게티' 초원이 끝없이 펼쳐 있는 곳이다. 이런 아름다운 자연만 상상하면 탄자니아는 분명 매력적인 곳이다. 그러나 여행을 하기에는 좋을지 몰라도 글 속에 나타난 탄자니아는 도시는 우리나라보다 약 3~40년, 시골은 약 5~60년 뒤떨어진 듯하다.

당시 우리의 모습을 뒤돌아보면 도심은 겉은 번드레하지만 조금만 골목으로 들어가도 건물들이 쓰러져 가고 거리는 지저분하였다. 전기가 부족하여 시골에서는 등잔불로 어둠을 밝혔었다. 텔레비전도 큰 동네에 겨우 한두 대밖에 없어서 저녁이 되면 그 집은 주민들의 마을회관이나 다름이 없었다.

먹고 살기에 바빠서 내것을 뺏기지 않으려 싸우기도 하고 보릿고개에 끼니를 거르는 사람도 많았다. 옷이란 그저 추위를 막기 위한 수단이어서 모양을 내기 위하여 해지지도 않은 옷을 버리고 새옷을 사 입는 것은 상상도 할 수 없었다. 찌는 듯한 더위에 부채가 여름철의 필수품이었고 도심에서는 통장도 없는 은행에 들어가 잠시 땀을 식히곤 하였다.

나와 우리 가족만 잘 살면 되었기에 부정부패가 만연하고 남을 속이고 속는 일이 비일비재하였다. 규칙이란 남이 지키기만 바라고 나는 무시해도 되는 편리한(?) 제도였다.

할 일이 없으니 바빠 서두를 필요도 없었다. 어쩌다 일이 생기면 노는 건지 일하는 건지 구분하기가조차 힘들었고 조금만 일을 하여도 마치 큰일을 하는 것처럼 어깨를 으쓱하고 다녔다. 시간 약속은 코리안 타임이라고 하여 공식적인 행사도 한 시간쯤 늦는 것이 예사였다.

뇌염은 매해 여름철마다 찾아오는 불청객이었고 식중독이나 장염 같은 질병은 시간이 걸리면 낫겠거니 하며 병으로 취급하지도 않았으며 어지간히 다쳐가지고 병원을 찾는 것은 사치였다.

그때로 다시 돌아가라고 하면 아마 한 달도 못 버틸 것이다. 그러한 곳에 이 선생은 3년 동안 한국을 심어주고 돌아왔다. 어쩌면 100여 년 전 외국의 선교사들이 이땅에 학교를 설립하고 병원을 세워 놓은 것처럼……

의료 봉사란 그저 아픈 사람에게 약이나 주고 병이 낫기를 바라는 것이 아니다. 나도 학창 시절 의료 봉사를 해보았지만 이런 원초적인 의료 봉사의 뒷 배경에는 만약 큰병을 앓거나 수술이 필요할 경우 이를 해결해줄 수 있는 시설이 받쳐 주어야만 한다. 그렇지 않고서는 의료 봉사란 일회성으로 끝나기 십상이다. 이 선생은 한국인의 자긍심을 가지고 사회에 만연해 있는 부패와 싸워가면서 본인이 근무하는 병원의 수술실을 현대식으로 개조해 놓았고, 많은 환자들에게 수술을 베풀어 그들에게 새로운 삶을 열어 주었다. 어디서 그런 열정이 솟아 나왔는지 감탄이 절로 나왔다.

책을 읽고 나서 이 선생은 참 행복한 사람이라는 생각이 들었다.

30대에 자신의 꿈을 이루었으니 말이다. 그는 현대에 살면서 과거의 우리와 만났고, 그를 이해해 주고 도와주는 친구도 생겼다. 진정으로 그의 손길을 기다리는 고통을 받고 있는 수많은 사람을 치료하였으며, 상처 없는 대자연과 동화될 수 있었으며, 그리고 그가 좋아하는 탄자니아의 커피를 음미할 수 있었기 때문이다.

나도 젊었을 땐 이 선생과 같은 꿈을 가지고 있었다. 그러나 이루지 못했기에 이 선생이 부럽기도 하다. 이 핑계 저 핑계가 있겠지만 결국은 용기가 없었고 마음이 부족했기 때문이었다.

어쩌면 또다시 이런 꿈을 꾸고 있을지 모르는 이 선생을 잔잔한 미소를 머금고 안아주고 싶다.

늘 5월인 병원

5월은 참 좋은 계절이다. 춥지도 덥지도 않으면서 온갖 꽃들이 미소를 짓고 사람들은 생동감에 넘쳐흐른다. 그래서 5월을 가정의 달로 만들었나 보다. 가정에서도 계절처럼 화목하고 즐겁게 지내라는 의미가 담겨 있다고 할 것이다.

난 병원이 항상 5월이었으면 한다. 뜨거운 뙤약볕에 땀을 뻘뻘 흘리는 여름에도, 눈보라가 휘몰아쳐 손이 시려운 겨울에도 그리 춥지도 않고 그리 덥지도 않은 5월의 편안하고 포근한 느낌을 갖게 했으면 한다.

병원을 찾는 사람은 여름도 겨울처럼 추울 수 있다. 무슨 큰 병을 앓고 있지는 않나 하며 불안해 하고, 어디가 어딘지를 몰라 허둥대고, 치료비를 어떻게 장만할지 걱정이 태산이다. 그러니 몸과 마음이 얼어 붙을 수밖에 없다. 한겨울에도 여름같이 지루하고 지겹게 지내는 환자도 있다. 치료가 언제 끝날지 모르니 오랜 병마와 씨름하느라 환자와 가족이 장마에 시달리는 것처럼 축축 늘어져 있다. 이런 사람들에게 5월의 병원이 필요하다. 언제 그리고 어떠한 경우에도 편안히 쉴 수 있고 건강을 찾아 생동감을 갖게 할 병원이 필요하다.

예전엔 병원에서 친절이라는 것은 눈을 씻고 찾을래야 찾을 수가 없었고 의사 선생님의 한마디는 서슬이 시퍼렇었다. 그래서 병원은 항상 시베리아의 칼바람이 부는 겨울이었다. 그러다 보니 병을 고치러 왔다가 병을 얻어간다고 하였다. 따스함을 찾아 볼 수가 없었다. 요즘은 그래도 많이 나아진 편이다.

5월이 좋은 것은 사람과 자연이 지내기에 가장 좋은 기후 조건을 제공한다는 것이다. 인위적으로 냉방이나 난방을 할 필요가 없다. 5월의 병원도 마찬가지이다. 지내기에 가장 편안하지만 그 편안함은 인위적이지 않고 자연스럽게 이루어져야 한다. 교육된 친절, 강요된 친절이 아닌 마음에서 우러나오는 친절이 넘치는 곳이어야 한다.

가족끼리는 서로가 친절하지 않아도 편안한데 그건 말을 안 해도 마음이 통하기 때문이다. 마음이 없으면 어딘지 모르게 표가 나기 마련이다. 지극히 사무적이어서 입은 웃고 있으나 마음에 없는 친절은 감동이 없다. 백화점 식으로 속으로는 부글부글 끓고 있으나 겉으로는 웃는 낯을 보이는 친절은 일종의 사기다. 백화점은 어떨지 몰라도 병원에서의 그런 친절은 환자에게 도리어 해가 될 수도 있다. 진실하지 못하기 때문이다.

병원은 환자를 치료하는 곳이다. 치료의 결과는 의료 수준에 좌우되지만 환자의 마음가짐에 따라서도 크게 달라진다. 짜증이 나고 불쾌하면 간단한 병도 잘 낫지를 않고, 마음이 편안하고 기분이 좋으면 어려운 병도 잘 극복해 나갈 수 있다. 치료가 잘 되기 위하여는 환자를 가족처럼 여기는 마음이 있어야 하는데 거짓된 친절은 언젠가는 탄로가 나게 마련이다. 환자와 병원이 진실하게 마음이 통해야만 좋은 치료결과를 기대할 수 있다.

자연스럽지 못한 포장된 친절은 온실 속에서 화초를 키우는 것과 같다. 온실 속의 화초는 계절을 분간하지 못하니 어딘지 얼이 빠진 느낌이다. 기후가 바뀌고 비바람이 몰아치면 금방 시들어 버릴 것이다. 훈훈한 봄바람에 벌과 나비가 날아다니는 자연이 어우러져야 생명력이 있는 꽃을 피우는 것이다. 나는 병원이 그런 5월이었으면 좋겠다. 사람과 자연이 함께 어우러져 포근하고 편안함이 저절로 연출되는 그런 5월의 병원을 바란다.

무엇보다 내가 좋아하는 비는 밤사이 내리는 비다

3부

비와 나

가을의 벤치

　가을을 좋아하는 나에겐 가을이 다른 사람보다 좀 긴 편이다. 날씨가 더워도 길가에 코스모스가 피어 있으면 그때부터 가을의 시작이고 아무리 추워도 눈이 내리거나 얼음이 얼지 않으면 그때까진 가을이다.

　간밤에 가을을 보냈다. 며칠 전부터 귀뚜라미 소리가 뜸해지더니만 기어이 오늘 아침 출근길에 살얼음을 보았다. 겨울이 왔다는 말과 다를 바 없으나 보내는 마음이 더 애틋하기 때문에 나에게는 가을을 보냈다는 말이 더 가슴에 와 닿는다.

　지난가을에도 바쁜 중에 틈을 내어 가을을 즐기려고 하였다. 나에게 가장 행복한 시간은 주위에 낙엽이 널려진 벤치에 앉아 달을 바라보며 담배를 피울 때이다. 이럴 때에는 모든 상념이 사라지고 그저 가슴만 벅차 오른다. 가을을 짝사랑한다고나 할까 아니면 아직도 철부지일까?

벤치가 가장 어울리는 계절은 가을이다.

봄날은 잔디나 꽃밭에 앉아 있어야 제격이다. 얼어붙은 땅덩이가 녹아 따뜻하고 포근한 느낌을 그대로 몸에 받아들일 수 있기 때문이다. 피어 오르는 아지랑이를 벤치에서 보기엔 너무 멀다.

여름철의 벤치는 그늘 아래라도 금방 햇볕이 쬐여 자리를 옮겨야 하고 해가 진 후에도 후텁지근한 열대야에 땀이 저절로 흘러내린다. 여름날엔 차라리 원두막에서 수박을 뚝뚝 썰어 먹거나 정자에서 부채질하며 잠을 청하는 것이 낫다.

겨울의 벤치는 아무리 좋게 보아도 청승맞다. 좀 앉아 있으려 해도 추워서 얼른 따뜻한 커피 한 잔을 마시고 싶으니 그 자리에 오래 앉아 있으려면 썰렁하기 그지없다.

하지만 가을의 벤치는 추억과 낭만이 있다. 벤치에 앉아 이리저리 나뒹굴고 있는 낙엽을 보노라면 어린시절이 생각난다. 자연과의 스킨쉽이 좋아 시간 가는 줄 모르고 뒹굴던 나의 모습을 보는 것 같다. 옷에 흙먼지가 묻어 어머님은 빨래하기가 힘드셨겠지만 그때 그것을 알았으면 효자가 되었을 것이다.

멀리서 보이는 연인들의 입맞춤이 나를 젊게 만든다. 참 좋은 때다. 한때는 나도 그런 적이 있었다. 온 누리가 두 사람을 사랑으로 가득차게 만들어 놓는데 누구의 눈치를 보랴.

가을바람이 솔솔 불기라도 하면 나무 냄새에 정신이 맑아진다. 꽃향기는 잘 맡아도 솔솔 부는 가을바람에 실려오는 그윽한 나무 냄새를 못 느끼는 사람이 이상하리만큼 많다. 꽃향기가 코끝을 자극한다면 나무 향기는 가슴 깊은 곳까지 깨끗하게 해 준다. 가을 나무의 싱싱한 내음을 음미할 수 없는 사람은 가을을 이야기할 자격이 없다.

여기저기 흩어져 피어 있는 들국화와 꼭 어울리는 시를 읊어 보기도 한다.

'한 송이 국화꽃을 피우기 위하여 밤마다 소쩍새는 그렇게 울었나 보다……' 그렇게 울어서 내 마음의 꽃을 피울 수 있다면 백 번이라도 울고 싶다.

술이라도 한 잔 걸치고 있으면 노랫가락이 저절로 흘러나온다.

'가는 세월 그 누가 막을 수가 있나요?……' 이 가을이 가면 또 한 해가 지나가겠지.

행여 귀뚜라미 소리라도 들리면 더덩실 춤이라도 추고 싶어 어깨가 들먹거린다.

'에헤라 데야, 에헤라 데야' 풍년이 왔다며 거리를 돌아다니며 풍악을 울려대던 농악대들의 흥겨운 모습이 떠오른다. 귀뚜라미 소리는 태평소처럼 구슬프면서도 힘이 있다. 꽹가리 장단에 맞추어 그저 고개만 끄덕이는 것 같은데 상모에 붙어 있는 긴 끈이 커다란 원을 그리는 것이 하도 신기해서 그 뒤를 깡충걸음으로 졸졸 따라 다녔었다.

벤치에 누워 별을 바라보며 추억에 잠기곤 한다. 어린시절 평상에 누워 무척이나 많은 별을 헤아렸다. '별 하나 나 하나 별 둘 나둘……' 그리고 내 마음은 끝없는 하늘을 향해 올라 갔었다. 그래도 그 별에는 아직 만분의 일에도 다다르지 못했을 것이다.

가을밤에 취해 그대로 잠들고 싶었다. 거기에는 아직껏 이루지 못한 꿈이 나를 기다리고 있을 테니까. 이슬이 내릴 때까지 마냥 벤치에 머물러도 아무도 방해하지 않는 지난가을의 벤치가 좋았다.

사랑은 어디까지 해야 하나

가을이 깊어가고 젊었을 때 좋아했던 노래를 듣노라면 이 나이에도 사랑이 무엇인가를 생각하게 만든다.

사랑은 삶의 원천일 수 있고 이유이기도 하다.

역사가 먹고 살고 욕심을 채우기 위한 투쟁의 기록이라면 문화사는 사랑을 이야기하고, 사랑을 노래하고, 사랑하는 사람에게 무언가를 바치고 싶은 욕망에서 출발하였다고 할 것이다.

타지마할을 보지 않고는 인도를 다녀왔다고 할 수가 없다. 그 이유는 궁전 형식의 무덤인 타지마할이 화려하고 웅장하기도 하지만 사랑의 이야기가 짙게 깔려있기 때문이다.

무굴 왕자 샤자한은 바자회에서 뭄타즈 마할과 운명의 만남을 갖는다. 첫눈에 반해버린 샤자한은 뭄타즈가 14번째 아이를 낳고 죽을 때까지 사랑하였으며, 어쩌면 둘은 지금도 사랑을 하고 있을지 모른다.

열여섯 살에 만나서 서른아홉 살에 생을 마감할 때까지 세상 사람들이 모두 부러워하는 사랑을 받았지만 그 사랑은 쉽게 얻어진 것은 아니었다.

왕의 반대로 첫 번째 부인을 얻고 3년 후 그 부인이 아이를 낳다 죽은 후에야 뭄타즈는 두 번째 부인이 될 수 있었다. 왕의 자리에 있으면서 수많은 유혹이 있었음에도 불구하고 오랜 기간 한눈 팔지 않고 한 사람만을 사랑할 수 있게 하기에는 뭄타즈의 헌신적인 노력이 있었을 것이다.

뭄타즈는 이 사랑을 내세에까지 가져가고 싶었다. 그래서 그는 다른 사람을 사랑하지 말고, 자기를 기억할 만한 것을 만들어 달라는 유언을 남겼다.

그리하여 22년의 대역사 끝에 찬란한 무덤이라고 불리우는 타지마할이 세워졌다. 그러나 이것이 하나의 빌미가 되어 말년에 샤자한은 연금 생활을 하게 되고, 죽어서 또 다른 타지마할을 지어 뭄타즈의 곁에 묻히고 싶은 꿈을 이루지 못한 채 눈을 감는다.

타지마할을 둘러보면서 두 가지 생각을 하게 된다.

하나는 부러움이고 하나는 뉘우침이다.

'나는 그런 사랑을 받아 본 적이 있는가?'와 '나는 그런 사랑을 준 적이 있는가?'이다.

사랑은 도저히 불가능한 것도 가능하게 만드는 마력을 가지고 있는 반면에 사람을 한순간에 망가뜨리기도 하는 무서움이 도사리고 있다. 그래서 잘 나가던 사람도 잘못된 사랑으로 모든 것을 잃어버리기도 한다.

영국 왕위 계승자인 윈저공과 미국의 이혼녀인 심프슨 부인의 사랑은 세상을 떠들썩하게 만들기에 충분하였다. 왕위 계승권까지 포기하고 결혼을 하기까지 수많은 밤을 지새우며 그들은 도저히 불가능한 사랑을 이루어냈다.

하지만 언론에 의하여 부추겨진 그 사랑은 오래 지탱할 수가 없었다. 앞뒤 안 가리고 특종에 혈안이 된 기자들에게 윈저공은 희생양이 된 것이다. 기삿거리가 없어진 이 사랑은 결국 이혼으로 끝나고 말았다. 아무리 훌륭한 수식어를 써서 이혼을 변명하려 해도 더 이상 둘은 사랑할 수 없는 사이가 되어 버렸다. 그 후 윈저공은 정신적으로 매우 우울한 나날을 보내게 된다.

윈저공은 사랑 때문에 모든 것을 잃었다. 왕의 지위와 사랑과 남아 있는 인생까지도…….

윈저공의 사랑 이야기는 뒷맛이 개운치 않고 씁쓸한 느낌을 준다.

내가 만약 윈저공을 만날 수 있다면 꼭 물어 보고 싶은 말이 있었다.

'윈저 씨, 당신은 사랑이 늪이라는 것을 언제 깨달았나요?'

그러나 가장 강렬한 사랑은 목숨을 건 사랑이다. 죽음을 정당화할 수 없지만 목숨까지 버릴 수도 있는 것이 사랑이다.

'엘비라 마디간'은 사실에 근거한 영화이다. 극적인 효과를 얻기 위하여 많은 부분이 사실과 다르게 각색되었다 하더라도 죽음으로 끝나는 마지막 장면은 오랫동안 머릿속에서 지워지지 않는다.

서커스 단원인 젊고 예쁜 엘비라 마디간은 스웨덴 공연 때 유부남 기병대 장교인 식스틴을 만나 숙명적인 사랑을 하게 된다. 사랑의 도피 행각으로 온갖 비난과 함께 비참할 정도의 생활고에 시달리며 둘은 사랑을 유지하려 한다. 이들의 사랑의 행로는 모차르트 피아노 협주곡 21번에 실려 영상으로 아련하게 펼쳐진다. 이 영화에서 사랑만 가지고 살아간다는 것이 얼마나 힘든지를 깨닫게 해준다. 두 발의 총성과 함께 두 사람의 시체는 초원에 나뒹굴어 진다.

이 영화는 사랑이 무엇인가라는 풀지 못할 질문을 던져 주고 있다.

'사랑은 목숨과도 바꿀 가치가 있는가?'

요즘 젊은 사람들은 사랑을 참 쉽게 한다. 만난 지 며칠 안되어 사랑을 하고 조금 더 나은 사람이 나타나면 또 다른 사랑을 위해 유혹한다.

사랑은 우리에게 인내와 희생을 요구하고 있다. 그리고 그 대가를 지불하지 못하면 그건 평범한 삶이지 사랑이 아닐지 모른다.

그놈의 매미 소리

금년은 워낙 더워서인지 매미도 예년보다 훨씬 기승을 부린다.

더위에 지쳐 축 늘어지고 끈적끈적한 몸을 눕히고 겨우 눈을 붙이려고 하면 '나는 아직 자고 있지 않은데 너 혼자만 자려고 하냐'며 끈덕지게 물고 늘어진다.

더위에 이리저리 뒤척이다 억지로 한잠 붙였는가 싶었는데 '날이 이렇게 밝았는데 아직도 잠을 자냐'며 새벽부터 깨운다.

어릴 적에는 자연의 소리가 참 좋았다.

봄에는 논 가운데서 개구리들이 '개굴개굴' 합창을 하면, 밤하늘에서 별과 달이 그 노래를 조용히 듣고 있는 모습이 아름다웠다.

'맴맴' 하며 은은히 들려오는 매미의 울음소리는 낮잠을 불러오는데는 그만이었다. 정자에 누워 있노라면 매미 소리가 바람을 몰고 와 어느 사이 잠이 들곤 하였다. 그래서 어릴 적 자장가만큼이나 감미로웠다.

'뚜루루뚜루루' 하며 울어대는 가을밤의 귀뚜라미 소리는 헤어진 첫 사랑을 더욱 보고 싶게 만들었다. 지금은 어디서 무엇을 하고 있는가? 그녀의 방에도 귀뚜라미는 울고 있는가?

겨울밤에 눈 내리는 소리를 나는 들을 수 있었다. '사각사각' 하며 온누리를 하얗게 덮어 주노라면 나는 어느새 어머니 자궁 속의 태아처럼 편안하였다.

그러나 무엇이든지 지나치면 부족함만 못한 것 같다. 요즘의 매미는 시도 때도 없이 울어 대니 이것이 님을 부르는 울음소리인지 아기들이 징징거리는 소리인지 도통 구분을 할 수 없다. 하기야 생의 마지막을 보내려 하니 어찌 한이 없겠는가?

문득 '부부젤라' 같다는 생각이 들었다. 이번 남아프리카 공화국에서 월드컵이 열렸다. 중계방송을 들을 때 처음에는 방송의 송신상태가 나빠서 그러는 줄 알았다. '윙윙' 하는 소리가 하도 시끄럽게 들려 아나운서의 말을 제대로 알아들을 수가 없었다. 그랬는데 이게 그곳에서 쓰는 악기라는 것이다.

"별놈의 악기가 다 있구만!"

중계방송을 들을 때마다 '부부젤라'의 소리가 시종일관 신경을 건드렸다. 그래서 중계방송이 끝나고 나면 고요가 주는 안정감이 신기하기까지 했다.

요즘의 매미 소리는 '부부젤라'와 다름이 없다. 숲은 어디에도 보이지 않는데 창문만 열어 놓으면 어김없이 들려온다. 그렇다고 더운 여름에 창문을 꼭꼭 걸어 닫을 수는 없는 노릇이다. 이놈 저놈이 울어대니 한순간이라도 조용할 틈이 없다. 여름날 바람과 함께 들려 왔던 은은한 소리는 기억조차 가물거리고, 더위로 잠 못 이루는 밤에 모습은 보이지 않은 채 귓가에 들려오는 모기 소리처럼 신경을 날카롭게 만든다. 남아프리카 공화국에서 다시는 월드컵이 열리지 않을 터이니 '부부젤라' 소리는 다시 듣지 않게 될 것이다. 매미의 징징대는 소리도 이젠 그만 들었으면 좋겠다.

"매미야 이제부터는 '부부젤라' 소리는 그만 내고 옛날처럼 자장가를 불러주면 안되겠니?"

겨울의 전설

오랜만에 강추위가 잠자던 어릴 적 추억을 일으켜 세운다. 급속한 산업화와 도시화로 온실가스 현상이 나타나고 이로 인해 옛날 같은 매서운 추위는 사라질 것이라 했지만, 제깟 인간들이 뛰어 봤자 손바닥 안에 있다며 대자연이 큰기침을 한 번 하니 온 땅덩어리가 꽁꽁 얼어 붙었다.

창밖의 한강이 통째로 얼음과 눈으로 덮혀 물줄기가 그 밑으로 숨어버린 일은 이 병원에 근무한 지 20여 년 만에 처음이다. 이제까지는 겨울의 체면을 세우려는 듯 조금만 눌러도 으깨질 것 같은 셈배과자 같은 살얼음이 그저 강가에만 잠시 모습을 드러냈다 사라지곤 했을 뿐이다.

얼어붙은 한강은 나에게 추억이라는 상사병을 도지게 만든다. 상사병이란 보통 그 대상이 이성이지만 대상이 과거이면 옛날을 기리는 추억도 상사병이라고 할 수 있을 것이다.

추억을 들먹인다는 것은 늙어 간다는 반증이기도 하지만 앞으로 살아갈 날보다 살아온 날이 더 많은 나에겐 아마도 당연한 일일지 모른다. 나이가 들면 몸이 쇠약해져 잔병이 잦아지듯 요즘은 이 상사병을 몸에 끼고 살아가는 것 같다. 그래서 걸핏하면 스멀스멀 증상이 나타난다.

그러나 아이들에게 이런 말을 할 수도 없어 속으로 끙끙 앓고만 있을 뿐이다. 처음에는 듣는 척 하더니만 이제는 고리타분한 소리는 그만 했으면 하는 표정이다. 하기야 병이란 앓아 보지 않은 사람에게는 어떻게 그리고 얼마나 아픈지를 모르니 실감이 나지 않을 것이다. 그래도 상관은 없다. 어쩌면 나는 병을 앓고 있으되 고통을 받기보다는 오히려 즐기고 있을지도 모르니까.

어릴 적 춥고 배고팠을 때의 기억은 무궁무진하다. 희한한 것은 어렵고 힘들었던 기억일수록 그만큼 현재와 비교가 되어 머리에 생생하게 그리고 즐거운 추억으로 남아 있다는 것이다. 지금의 생활이 옛날보다 훨씬 나아졌다면 아무리 고생했다 하더라도 머릿속에서 지워지지가 않고, 별로 달라지지가 않았으면 생각하기조차 싫을 것이다.

옛날 한옥은 단열장치가 제대로 되어 있지 못하여 방안에서도 삭풍이 몰아치는 소리가 귓가에 바람을 일으켰다. 아무리 문을 꼭꼭 걸어 잠궈도 외풍이 심하여 병풍을 치고 자기도 했다. 요즘같이 외부 공기가 전혀 안 통하는 아파트에서는 상상할 수조차 없다. 어느 건물에 들어가 있어도 밀폐된 용기에 담겨져 있는 음식물처럼 숨도 못 쉴 정도로 답답하여 추워도 좋으니 문을 열어젖히고 싶다.

군불을 때면 아랫목 한 군데만 뜨거워지고, 그나마 그 아랫목도 새벽이 되면 온기가 사라졌다. 윗목에 놓아 두었던 사발의 물이 밤사이 얼기도 하였다. 행여 자식들이 추워서 감기라도 걸릴까 봐 새벽에 일어나서 다시 불을 지폈던 어머니의 모습도 그립다.

세월이 지나 연탄이라는 것이 나와서 집안의 난방상태는 많이 나아졌으나 가스 중독과 연탄을 가는 일이 문제였다. 선배 한 분은 무의촌 파견을 나갔다가 연탄가스 중독으로 어리벙벙한 사람이 되고 말았다. 하루하루의 생활이 연탄 가는 시간에 맞추어져야 했다. 행여 연탄불이 꺼지기라도 하면 불을 다시 붙이기가 쉽지 않아서 생명 다루듯 조심스러웠다. 미리 갈아버리고 편안히 나들이를 해도 되었으련만 그때에는 타다만 연탄을 버리는 것은 큰 죄를 짓는 것이었다.

찬물에 겨우 냉기를 가실 만큼 뜨거운 물을 섞어 세수를 하다보면 머리에 붙은 물은 얼음덩어리가 되고 그 손으로 차가운 문고리를 만지면 손이 쩍쩍 달라 붙기도 하였다. 수도관이 얼어 터진다고 새끼줄로 꽁꽁 싸매어 놓고, 그래도 얼어서 뜨거운 물 부어가며 물 한 방울이 나오기를 애타게 기다렸던 생각들도 새롭다.

어디를 가려고 하면 벙거지 모자에 귀마개와 마스크까지 써 눈만 빼꼼이 나오게 하고, 장갑도 끼고 옷을 두툼하게 차려 입었지만 그때엔 옷감이 신통치 않아서인지 바깥에 오래 있어야 했기 때문이었는지 그래도 어깨가 움츠러들곤 했었다.

겨울마다 한강에서는 으레 스케이트장을 개설하였고, 버스를 조금만 타고 나가도 논에 물을 부어 놓고 스케이트장을 만들어 놓은 데가 많았다. 함박눈이 오면 오랫동안 눈이 녹지를 않아 골목길은 동네 아이들의 썰매장이 되어 손쉽게 겨울 운동을 즐길 수 있었다. 처마 밑

에 주렁주렁 달려 있는 고드름을 톡톡쳐서 떨어뜨리는 재미도 쏠쏠
하였다.

　모처럼만의 추위에 온누리가 겨울로 덮혀 아름답고, 내 마음은 어
릴 적 추억으로 가득하여 행복하다.

삶의 가을

가을이 무척이나 짧아졌다.

9월 말이 되어도 아침저녁만 조금 서늘할 뿐 낮에는 폭염이 내리쬐어 진정한 가을이라고 할 수는 없었다. 이제 가을인가 싶었는데 어느덧 서리가 내려 옷깃을 여미는 추위가 들이닥치니 이미 겨울이 다 가온 것이다. 그리고 보면 가을은 두 달이 채 안 되는 셈이다. 이게 모두 지구의 온난화 때문이란다. 가을을 좋아하는 나에겐 무척이나 속이 상하는 노릇이다. 맑고 드높은 파란 하늘에 상상의 나래를 펴고 아름아름 무리를 지어 흘러가는 구름을 날마다 눈 속에 담고 지냈는데 이제는 어둡고 우울한 하늘이 눈꺼풀을 무겁게 내리 누르고 있다.

나뭇잎 하나하나가 물감이 되어 시선이 머무는 곳마다 어느 화가도 흉내 낼 수 없는 수채화였는데 마지막 가을비에 채색은 볼쌍스럽게 얼룩이 지고 말았다. 낙엽이 수북히 쌓여 맨발로 걸으면 아삭함을 느꼈던 가로수 길도 이제는 신발을 신고도 차갑고 딱딱하게 느껴진다.

곱게 화장을 하고 입맞춤의 유혹을 하던 과실들도 어느덧 다 떨어져 유실수는 골조만 앙상하게 남아 있는 폐가 같다. 황금빛 노란 카페트를 깔아 그 위를 뒹굴고 싶었던 넓은 평야는 벼 벤 그루터기만 남아 며칠 면도를 하지 않은 까실하고 초췌한 모습으로 남아 있다.

그런데 계절의 가을만 짧아진 것이 아니다. 우리네 삶의 가을도 너무나 짧아지고 말았다. 이게 모두 기계화와 전산화 때문일지 모른다.

훈훈한 봄바람에 싹을 틔우고 꽃을 피워야 하는 어린시절부터 우리의 아이들은 살아가는 방법을 배워야 한다. 뛰어 놀고 싶어도 놀 시간이 없고, 친구와 어울리고 싶은데도 경쟁의 상대이고, 통신 문화의 발달로 몰라도 될 것까지 훤히 꿰뚫고 있어 중학생만 되어도 어린이인지 어른인지 분간할 수가 없다. 너무 일찍부터 여름의 길고 지루한 더위에 땀을 뻘뻘 흘리며 시달리다가 하늘 높고 풍광 좋은 가을이 찾아와 이제 편안히 열매를 맺고 즐기려고 하는데 어느덧 추위 속으로 몸을 감추라고 한다. 인생의 여름과 겨울은 길어지고 봄과 가을은 짧아진 것이다.

우리도 이제 늙었다고 말하면 아직 환갑도 안 지났는데 벌써 그런 얘기 한다며 도무지 인정을 하지 않으려는 친구가 많다. 선배님이나 어르신들은 지금이 참 좋은 때라고 말씀을 하시기도 한다. 나 자신도 아직은 가을이라고 굳게 믿고 있지만 마음 한구석엔 겨울의 한기가 조금씩 스며들고 있다는 생각을 지울 수가 없다.

아직 한창이라며 아무리 어깨를 펴고 다녀도 자식의 집에 가면 "할아버지!"하며 손주가 반기는 친구가 많다. 할아버지는 늙음의 상징이 아니던가?

일터에서는 젊은이들을 따라 갈 수가 없다. 경륜이라는 허울하에 버티고 있지만 건망증이 심해져서 자꾸만 잊어 먹고, 행동은 아둔해져 버렸고, 몸이 지치면 만사 제쳐놓고 쉬어야만 한다.

순수하고 혈기왕성하였던 모습도 찾아 볼 수가 없다. 옳지 않은 일을 보면 몸을 사리지 않고 달려들어 데모를 하다 경찰서에 끌려가기도 하고 남의 시비에 끼어들어 위험한 고비를 맞은 적도 있다. 지금은 옳지 못하다고 생각되는 일에도 어떻게 할까 망설이다 날이 샌다.

사랑을 해도 사람만 좋으면 됐지 주위 사정은 아랑곳하지 않았다. 어쩌다 옛날 팝송을 들으면 눈물이 나기도 하는데 그건 그때가 그립기도 하고 그때로 돌아갈 수 없기 때문일 것이다.

지금은 남의 자식이 사람만을 보고 사랑을 하면 참 순수하다고 칭찬을 해 주지만 내 자식이 그런 사랑을 하면 혹시 결혼까지 한다고 할까봐 걱정이 앞선다.

예순 살이 넘어서도 일을 하면 예순 살의 '예'자와 일을 한다는 '일'자를 합쳐 '예일대학'에 다닌다는 말까지 생겨났다. 이 말 속에는 그 나이가 되면 일자리를 갖기가 어렵고 또 부럽기도 하다는 뜻을 함축하고 있다. 내년이면 내 나이 벌써 예순이 되는데 아직 직장에서 나가라는 말이 없으니 앞으로 몇 년 동안은 명문 대학의 캠퍼스에서 가을을 만끽할 수 있을 것 같다.

계절의 가을은 해가 바뀌면 다시 돌아오지만 삶의 가을은 한번 지나가면 그뿐이다. 그래서 삶의 가을을 더 붙잡고 싶고 허황되게 봄날로 돌아가고도 싶지만 모두 부질없는 생각이다.

몇 년 전 의과대학 신입생 오리엔테이션에 강사로 초청된 적이 있다. 모임의 장소에는 공부에 시달려야 하는 의과대학 생활에 대한 두려움도 있었지만 희망에 찬 젊음의 열기로 가득하였다. 얼굴은 모두 생기가 넘쳐 흘렀고 아무 옷을 걸쳐 입어도 멋져 보였다. 여러 이야기를 하였는데 마지막 말은 아직도 기억에 생생하다. "여러분은 지금의 나를 향해서 열심히 달려올 것입니다. 하지만 내가 만약 여러분의 모습으로 돌아갈 수 있다면 지금의 나를 모두 포기할 수 있습니다. 젊음을 즐기십시오"

그 눈빛을 잊을 수 없다

진수성찬에 배를 불리고 좋은 술에 기분 좋게 취했었다. 대리운전을 불러 집에 오려는데 웬 아낙이 앞을 막고 말을 걸어왔다.

"이것 하나만 팔아 주세요."

이 음식점에 십여 년 넘게 다녔지만 지금까지 이런 경우는 없었다. 대개는 주차요원들이 잡상인들을 얼씬거리지 못하도록 막고 있었기 때문이다. 귀찮기도 하고 기분이 좀 상해서 매정하게 뿌리쳤다.

차가 출발하는 순간 차창 너머로 아낙의 얼굴이 보였다. 얼핏 마흔 살쯤 되었을까? 한눈에 보아 여느 여염집 가정주부이지 소위 '프로'의 모습은 아니었다. 물론 한눈으로 전문적인 장사꾼인지 어쩔 수 없이 길거리에 나선 '아마추어'인지 구분하기는 힘들다. 차림새도 그렇고 행동거지도 어수룩했지만 난 그 아낙의 눈빛에서 이 사람이 아마추어임을 직감할 수 있었다. 프로는 상황판단이 빠르다. 귀찮을 정도로 달라붙다가 안 살거라고 판단이 서면 자기의 간까지 내어 줄 것만 같던 굽신거림도 한순간에 사라지고 어느새 차가운 모습으로 돌아선다.

허나 이 아낙은 한 번 거절당하자 어찌해야 할지 쩔쩔매었다. 사람을 붙들지도 못하고 그저 차가 떠나는 순간까지도 애틋한 눈길만 보낼 뿐이었다. 그 눈빛은 '내가 너무 힘들어서 이렇게 나왔는데 조금만 도와 주시면 안 돼나요?' 라는 간절함이 담겨 있었다.

내가 먹은 음식과 술값의 십분의 일 아니 이십분의 일만 선심을 썼어도 그를 도울 수 있었을 것이다. 그 돈이 뭐 그리 아까워서 그렇게 쌀쌀맞게 굴었나 후회가 되었다.

온갖 서글픈 생각들이 돌아 오는 내내 머리를 두드렸다. 잘 나가던 남편이 갑자기 실직을 하여 고통을 받거나, 자식이 아파서 병원비를 마련하기 위하여 갖은 창피를 무릅쓰고 이렇게 길거리에 나왔을 수도 있다. 갑자기 불어닥친 금융 위기에 그나마 가지고 있던 재산 다 날리고 살던 집에서 쫓겨 나와야 할 형편이거나, 빚쟁이에 쪼들려 허구한 날 닥달을 당하고 있을지도 모른다.

다시 돌아가고 싶었지만 돌아간들 다시 만날 수 없다는 체념에 그냥 차에 몸을 맡긴 채 집으로 향하고 말았다.

우리는 남을 도와주는데 점점 무감각해지고 있다. 길거리에 앉아 한 푼 두 푼을 구걸하는 걸인은 동전을 던져 주든 말든 언제나 그 자리에 똑같은 모습이다. 그래서 저런 사람은 아무리 도와주어도 소용이 없다며 지나치지만, 동전이 쌓이지 않으면 그 걸인은 어쩌면 끼니를 거를지도 모른다.

지하철에서 구구절절한 사연으로 승객들의 주머니를 쥐어 짜는 앵벌이에게 돈을 주어본들 나보다도 돈이 더 많은 사람의 주머니에 흘러 갈 것이라는 생각에 지갑 열기를 거부하지만, 하루 벌이가 좋지 않으면 그는 소위 형님이나 아저씨에게 실컷 두들겨 맞을 수도 있다.

연구실에 들어와 물건을 내미는 고학생도 학생이 아니라 돈을 쉽게 벌려는 약삭 빠른 놈이라며 젊어서는 땀을 흘려서 돈 벌어야 한다는 원론을 앞세워 필요한 물건임에도 팔아 주기를 거부하지만, 그도 그 나름대로의 사정이 있는지 모른다.

연말마다 전화를 하는 장애인협회나 노인협회도 알고 보면 노인들이나 장애인들에게는 아무 도움을 주지 않는 영리단체들이 많다는 소문에 전화받기가 무섭게 끊어 버리지만, 어쩌면 그 밑에서 조금이나마 도움을 받고 있는 노인이나 장애인이 있을지 모른다.

이들은 모두 프로일 수 있다.

이들에게 몇 번 속고 시달리다 보니 돈 아까운 생각과 맞물려서 이 사람들을 도와 주지 않는 것이 오히려 당연하다는 논리로 자기 위안을 삼으려고 한다. 그렇지만 곰곰이 따져 보면 그렇게 속은 것이 몇 번이나 되었겠는가? 아마 열 손가락 안에 들지 모른다. 그리고 그들 중에는 진짜 아마추어가 있을 수 있고, 프로도 돈을 벌지 못하면 아마추어보다 더 불쌍하다.

우리는 내키지 않는 일을 할 때 자기 변명에 익숙해져 있다. 내 스스로도 세상을 탓하기 전에 내 탓을 먼저 하는 사람이 되지 못하고 내 탓은 하지 않고 세상 탓만 하는 속물로 변해버린 것이다.

벌써 7~8개월이 지났지만 아직도 그 젊은 아낙의 애틋한 눈빛을 잊을 수 없다. 프로에 속기 싫다는 이유로 어려운 사람을 보고도 외면하였던 측은지심이 그 아낙의 눈빛으로 돌아와 내 가슴을 질타한다.

"이 불쌍한 사람아!"

그날 새벽은 참 좋았어라

생긴 것 답지 않게 예민하여 잠자리가 바뀌면 새벽 너댓 시만 되어도 눈이 저절로 떠진다. 답답한 호텔방 안에 처박혀 있는 것보다는 새벽 공기를 들이마시는 것이 나을 성싶었다.

뉴질랜드 남섬의 크라이스처치에서 학회 참석 후 북섬의 '로토루아'를 둘러보기로 하였다. 이곳 로토루아는 화산이 폭발했던 지역이고 그 분화구에 물이 고여 큰 호수가 자리 잡고 있다. 이곳저곳에서 아직도 뜨거운 물줄기가 매쾌한 유황 냄새와 함께 뿜어져 나오고 이 물로 음식을 조리하던 원주민의 유적이 남아 있어 뉴질랜드를 여행하면 반드시 방문해야 하는 필수 코스이다.

뉴질랜드의 7월은 한겨울이지만 생각보다는 춥지가 않았다. 새벽 온도가 섭씨 영상 5~10°이니 우리나라의 초겨울 날씨와 비슷하다

할 것이다. 옷을 두둑하게 걸쳐 입고 그리 멀지 않은 호숫가로 갔다. 새벽에 보는 호수는 안개가 앞을 가려 바다 같이 넓어 보였다.

호수 주변의 길이 촉촉이 젖어 있어 간밤에 비가 왔나 생각되었지만 오는 도중의 길이 말라 있는 걸 보면 밤새 물안개가 사뿐히 내려앉아 젖었나 보다. 가로등 빛에 비치는 수면은 너무나 고요하다.

호숫가 벤치에 앉아 담배 한 대를 피워 물고 나 혼자만의 생각에 빠질 수 있었다. 이국, 새벽, 호숫가, 벤치, 담배, 그리고 나 혼자로 이루어진 조합이 지금까지 몇 번쯤은 있었을 것 같은데 기억에 남아 있는 것은 하나도 없다. 새벽 호숫가 벤치에 앉아 명상에 잠길 수 있는 지금 이 순간만큼은 매우 행복하다. 그리고 이런 시간과 공간을 가질 수 있음에 감사했다.

아주 먼 옛날 내가 자아의 의식이 생기던 때로부터 지금까지 살아오면서 어려운 날도 많았지만 그런 상황이 오히려 자극을 주어 오늘의 내가 있다고 생각했다. 지나온 세월에 대한 기쁨과 부끄러움이 서로 뒤섞여 가슴 한가운데 뭉클함으로 자리를 잡고 있다. 그렇게 세월은 흘러가는 것이고 그것이 바로 인생이리라.

10년 전, 1년 전, 한 달 전, 그리고 어제를 돌아보니 모든 인연은 만남에서부터 시작한다는 지극히 평범한 진리도 깨닫게 되었다. 그리고 그 인연이 희망을 주고 삶의 기쁨도 주면서 내 삶도 지배하였으리라. 인생이란 사람과 사람끼리 살을 부딪치며 살아가면서 일어나는 개인의 역사이니까.

어느덧 부부간에 산책을 나온 사람도 있고 조깅을 하면서 지나가는 사람의 소리도 들린다. 청소하는 사람들이 저쪽에서부터 쓰레기통을 하나씩 정복해 오고 있다. 그들이 이곳을 점령하기 전에 여기를 떠나고 싶은데 얼마나 시간의 여유를 줄 것인지…….

가까운 곳에서부터 어슴푸레 물체가 보이기 시작하더니만 한순간에 안개가 걷히고 온 세상이 턱밑에 나타났다. 이제 부질없는 명상에서 벗어나 현실로 돌아가라는 뜻인가 보다. 때맞추어 청소부들의 소리가 지척에서 들린다.

내 생애에 이런 기회가 다시 올 것 같지 않아 아쉬웠지만 지금과 같은 내일이 또 나를 맞이하기를 바라는 마음으로 자리에서 일어났다.

자꾸만 변해 가는 그녀

봄이 왔으니 꽃과 한껏 어울리자며 경춘 가도가 나를 불렀다. 경춘 가도는 젊었을 적 내가 사랑했던 여인이다. 학창시절 MT를 가면서 처음 그녀를 보았을 때 '그녀는 참 멋지구나!' 하고 수작을 걸고 싶었는데 1981년도에 청평에서 군의관 시절을 보내면서부터 가까워지기 시작하였다.

군복을 입고 서울을 오갈 때 그녀는 항상 나의 길동무가 되었다. 버스에 몸을 싣고 차창에 머리를 기대어 있노라면 자꾸만 끌리는 그녀의 모습에 눈을 뗄 수가 없었다. 멀리서 강물이 굽이굽이 흐르고 저 너머로 산줄기가 행여 길을 잃을까 봐 물길을 인도한다. 그녀는 그럴 때마다 수줍은 듯 나에게 속삭이곤 하였다

"내 몸매 어때요?"

그녀는 100Km나 되는 훤칠한 키에 비록 오목조목하지는 않지만 이목구비가 시원시원한 갸름한 얼굴을 지녔다. 강변을 따라 곧고 길게 뻗은 기찻길은 단아한 사슴의 목을 닮아 금방이라도 어루만져 주고 싶은 충동을 느꼈다. 유유하게 흘러가는 북한강은 풍만하지는 않지만 탄력이 있는 그녀의 가슴이어서 나는 이 가슴에 은근슬쩍 얼굴을 파묻고 싶었다. 길가까지 뻗어 나온 산자락은 그녀의 허리를 잘록하게 만들어 그 허리춤을 부여잡고 끝없이 걸어가는 상상을 하곤 하였다. 산자락을 지나면 부드러운 산등성이 자리를 잡아 난 그녀의 적당히 치켜 올라간 엉덩이에 엉큼스런 눈길을 주기도 하였다. 그러나 무엇보다도 늘씬한 다리가 제일 맘에 들었다. 굵지도, 가냘프지도 않은 2차선 포장도로는 바라만 보아도 황홀하였다. 그녀는 잘 빠진 몸매에 항상 몸에 착 달라붙는 가로수를 철마다 바꾸어 입고 나타났다.

　가끔은 오솔길이 논밭 사이로 가지를 치고, 가을이면 그 길을 따라 코스모스가 수를 놓았다. 보일락 말락 그 길 끝엔 얼마 안 되는 민가들이 옹기종기 모여 있고 저녁이면 밥 짓는 연기가 마을을 맴돌며 흐드러진 춤을 추었다. 그녀는 봉숭아 물들인 손톱을 보이며 부끄러운 듯 "나 촌스럽지요?" 하며 얼굴을 붉히기도 하였다.

　나는 그녀의 그런 모습이 좋았다. 멋들어진 모자보다 수건을 머리에 동여매고, 진한 화장보다 콧잔등에 이슬이 맺히는 순박한 얼굴과, 화려한 옷보다는 활달하게 움직일 수 있는 거추장스럽지 않은 옷을 입어 좋았다. 이건 어렸을 적 나의 어머니와 이웃 아주머니들에서 보아온 친근한 모습들이었기에 더욱 마음에 들었는지 모른다.

　그녀는 빼어난 미모를 자랑하기보다는 약간 촌스럽지만 생기발랄한 멋을 지니고 있었다. 그래서 너무 예뻐 멀게 느껴지나 쉽게 싫증을 느끼게 하지도 않았다.

보면 볼수록 마음이 끌려 점점 사랑을 느끼게 되었다. 낙엽이 어지럽게 떨어지던 날 차창 사이로 붉은 노을을 바라보며 그녀에게 사랑의 고백을 하자 그녀는 한동안 물끄러미 나를 쳐다보더니만 한숨을 쉬며 대답하였다.

"이제 곧 당신은 떠나잖아요. 같이 살 것도 아니면서 떠나는 마당에 사랑한다고 말 할 수 있나요? 우리 친구로 지내요. 대신 내가 당신이 보고 싶어 부를 때 잊지나 말고 찾아 주세요."

청평을 떠나자 철이 바뀔 때마다 그녀는 갖은 구실을 붙여 나를 불렀다. 봄이 오면 꽃과 숨바꼭질하자며 놀러 오라 하고, 여름이면 시원한 물을 준비해놓았으니 발 담그러 오라 하고, 가을이면 새로 산 립스틱 색깔이 어울리는지 봐달라 하고, 겨울이면 온 세상이 하얗게 변하였으니 길고 깊은 밤 술이나 한 잔하며 지새우자고 한다.

다행이 청평에 형님이 사셔서 나는 그녀와의 약속을 지킬 수 있었다. 그 형님과는 군의관 시절부터 호형호제하고 지낸 지가 벌써 25년이 넘었다. 형님은 모르는 사람이 보면 괴팍하기 그지없는 사람이다. 남들이 싫어하는 고집불통에다 독불장군이니 요즘 세상 사람들과 쉽게 어울릴 수가 없다. 그러나 처음 사귀기가 어려워서 그렇지 알고 보면 정이 많은 분이어서 그 정에 흠뻑 빠지게 되었다. 정을 주는 것도 고집불통에다 독불장군이어서 이를테면 금년 포도가 맛이 있으니 놀러오라고 하면 가야만 하고, 몇 년 담갔던 술이라고 내놓으면 못 마시는 술도 마셔야 한다. 안 그랬다가는 그다음부터는 의절이란다.

작년에는 하나밖에 없는 아들 결혼식의 주례를 세우기도 하였다.

주례를 부탁하는 것도 간단하다. "주례 서!"하는 말 한마디로 끝난다. 해외 나갈 일이 없었으니 만사 다 제쳐놓고 주례를 섰다. 고맙기도 하고 내 아들을 장가보내는 것 같이 가슴이 뿌듯하였다. 철부지 초등학생 때 본 아들이 어느덧 성장하여 어엿한 청년이 되는 사이 형님과의 관계도 나이가 들어 그만큼 곰삭아 아무런 허물이 없었다.

형님을 만나러 갈 때마다 난 그녀와 은밀한 재회의 기쁨을 함께 한다. 형님이 알면 질투를 할까 봐 나는 이 비밀을 토해낼 수는 없다.

20여 년 동안 그녀는 참 많이도 변하여 가슴이 옛날만큼 설레지는 않지만 그래도 좋으니 이제는 애인이라기보다는 친구라고 여기는 것이 옳을 것 같다.

웬 놈의 아파트가 그리 많이 세워졌는지 눈가의 주름이 애달프다. 그 늘씬하던 다리는 4차선으로 굵어졌고 산자락은 잘려나가 잘록한 허리를 찾기 힘들다. 몸에 착 달라붙던 가로수는 일그러진 몸매를 감추려는 듯 풍성한 옷으로 갈아입고, 노출을 하고 싶은지 가슴은 민망스럽게 파여 있다. 촌티를 벗으려 군데군데 네온사인으로 휘황찬란하게 치장을 하였으나 어딘가 모르게 어울리지 않아 눈길을 피하고 싶다.

길이라도 확 뚫리는 날에는 그녀와 손 한 번 마주 잡지 못하고 스쳐 지나가는 것이 싫고 꽉 막히는 날에는 밋밋해진 허리만 보고 있는 것 같아 짜증이 난다.

"당신은 너무 변했어, 성형수술을 하고 화장도 하고 악세사리를 주렁주렁 매달고 있으니 예뻐 보인다고 생각할지는 몰라도 멋은 없어졌어. 난 옛날의 그 순박한 모습이 좋은데……."

"세월이 20년이 훌쩍 넘었어요. 내가 옛날의 모습대로 남아 있기를 바라는 건 너무 지나친 욕심이 아닌가요? 그러는 당신은요?"

"글쎄, 나는 매일 나를 만나기에 잘 모르지만 가끔씩 나를 만나는 당신의 눈엔 나도 많이 변했을 거야. 난 단지 버스를 타고 다니며 당신에게만 빠져 들다가 차를 몰고 다니고부터는 당신 생각할 여유를 뺏긴 것만 서운해 했어. 그리고는 내가 변한지도 모른 채 자꾸 내 눈에 거슬리게 변해 가는 당신을 보며 속상했구려."

마음으로 보는 세상

　세상은 눈에 보이는 세상이 있는가 하면 눈으로는 볼 수 없지만 마음으로 보는 세상도 있다. 마음으로 보는 세상은 현실성이 떨어지기는 하지만 인간은 현실에만 집착해서 살아갈 수 없는 존재여서 삶의 중요한 부분을 차지한다. 작가는 이를 글로 표현하여 작품을 쓰고 화가는 그림을 그려 화폭에 담고 음악가는 오선지에 멜로디를 실어 예술로 승화시킨다. 이러한 세상이 있기에 슬픔 속에서도 애써 미소를 지어 보고 어려운 일이 닥쳐도 헤쳐나갈 여유가 생기는 것이다.

　현실에만 매달려 아옹다옹거리며 살아가는 것이 답답할 때 나는 마음으로 보는 세상으로 여행을 떠나곤 한다. 눈에 보이는 세상은 비록 교통과 매스미디어가 발달하여 더 넓은 세상을 볼 수 있다고는 하지만 여전히 시간과 시야가 한정되어 있기 때문이다.

손을 턱에 괴고 허공을 바라보며 떠나기도 하고, 비 오는 날 음악을 들으며 창밖의 빗방울과 어깨동무를 하기도 하고, 낙엽이 깔려 있는 아스팔트 길을 드라이브하며 차와 동행을 하기도 하고, 조용히 잠자리에 누워 눈을 감고 머리와 가슴으로 여장을 꾸리기도 한다. 때론 너무 허둥대어 정신 없는 사람처럼 행동을 하고 때론 현실과의 괴리로 몽유병 환자처럼 보이기도 할 것이다.

그곳은 눈에 보이는 세상보다 훨씬 아름답고 즐거운 일이 많지만 가슴이 아려올 때도 있다. 시공을 초월한 추억의 세계일 수도 있고 현실로는 불가능한 상상의 세계이기도 하며 지금까지 이루지 못한 꿈나라이기도 하다. 여하튼 눈에 보이는 세상만큼 속을 썩이지 않아 마음이 편안하여 한번 가면 돌아오기가 싫다. 이 모습을 오래 간직하기 위하여 가끔 그곳에서 보았던 가슴속에 품고 싶은 정경들을 되돌아 보며 기행문을 쓰기도 한다.

옛날에 즐겨 듣던 노래를 들으면 젊은 날의 추억이 아련히 스쳐 지나간다. 그땐 그저 들으면 좋았는데 지금은 무슨 미련이 남아 있는지 아니면 못다한 한 때문인지 가사의 한 구절 한 구절이 가슴을 파고들어 자꾸 눈물이 나려 한다. 시골의 가로수 길을 달리는 버스의 차창 밖으로 포도가 넝쿨넝쿨 익어가고 간밤에 내린 하얀 눈이 무거워 초가지붕은 처마에 매달린 고드름 밑으로 땀을 흘리고 있다. 어두컴컴한 음악다방에서 한번쯤 말을 걸고 싶었지만 용기가 없어서 그저 바라만 보았던 여인과 커피 향기를 앞에 두고 마주하고 있다. 멋이 있을 것 같아 덜덜 떨며 걸었던 겨울 바다 백사장의 발자국은 철새들이 짝을 지어 날아가는 것처럼 가지런하다. 볼품 없는 안주를 앞에 놓고 찌그러진 막걸리 술잔을 들이키며 열변을 토하던 친구의 모습이 보이기도 한다. 그때에 우리를 울분에 몰아 넣었던 사건들이 이젠 생활 속에 묻혀 이야깃거리조차 되지 못한다. 젊은 날의 초상이 눈앞에 아른거리며 나를 슬프게 한다.

시를 읽으면 세상은 모두 사랑으로 가득 차 있다. 아름다운 산하는 친구가 되어 길가에 널려 있는 풀 포기도 어떤 의미를 가지고 다가오고 꽃은 애인이 되어 등 뒤에서 살포시 내 몸을 감싼다. 구름에 달 가듯 시골의 한적한 길을 걸어 보기도 하고 한번도 보지 못한 소쩍새가 저 멀리로 날아가고 고양이가 봄볕에서 졸고 있는 모습도 보인다. 그렇게 어려운 일도 아닐진데 눈으로 볼 수 있는 세상에는 보이질 않는다. 일분일초가 아까운 듯 밥을 먹으면서 전화를 걸고 생각하면서 뛰어야 하고 하기 싫어도 참고 해야 하는 모습이 보기에도 처량하다.

술 한 잔에 얼큰히 취하면 내가 바라는 꿈나라의 파노라마가 펼쳐진다. 아늑한 카페에서 나는 피아노를 치면서 노래를 부르고 거기에 모인 사람들은 조용한 박수를 보낸다. 아주 중요한 경기에서 종료 직전에 결정적인 골을 넣고 손을 높이 쳐들고 세레모니를 하는 나의 모습도 보인다. 중앙아시아 초원을 내가 고안한 다기능 지프에 의지한 채 지평선을 향해 달리는 모습도 볼 수가 있다. 지평선 너머의 노을이 너무 붉그레하여 내 얼굴이 달아오른다. 세상에 못된 일만 골라서 하는 꼴보기 싫은 놈에게 세상 사는 게 그게 아니라며 보란 듯이 매운 맛을 보여주기도 한다. 이 모두가 내가 이루지 못한 꿈의 세계이다.

마음으로 보는 세상을 여행하고 돌아오면 당분간은 눈에 보이는 세상에 갇혀 있어야 된다. 어릴 적 가출을 하면 얼마 동안 꼼짝을 할 수 없는 것처럼…… 그러나 한동안은 마음으로 보는 세상이 오버랩되어 아무 일도 할 수가 없다.

고향, 그리고 친구

고향에 있는 친구는 고향이 하나도 변하지 않아 답답하다고 한다. 시골의 조그마한 읍내에서 살다 보면 다른 도시처럼 건물들이 쭉쭉 올라가고 살기가 편한 시설이 들어서기를 바라는 것이 당연할 것이다. 발전이 더뎌 상대적으로 더 낙후되어 변하지 않는 느낌이 드는 모양이다.

하늘도 보이지 않게 고층 빌딩이 들어선 길거리에서 차량들이 뿜어 대는 매연을 맡으면서 오도 가도 못하는 것처럼 답답함이 없다는 것을 절실하게 느끼지 못했기에 그에게 서울이라는 곳은 아직도 동경의 대상일지 모른다. 서울은 너무나 빠르게 변하여 10년만 지나도 옛 생각을 하며 걸어야 한다. 아무리 훌륭하게 건물을 설계해도 추억만큼 아름다운 것은 없다. 그나마 요즘은 건물 위주가 아니라 환경을 생각하는 공원도 만들고 산책길도 새로 내어 다행이라고나 할까?

일 년에 겨우 한두 번 성묘차 고향에 내려가는 나의 눈엔 변하지 않은게 하나도 없어 오히려 안달이다. 내려갈 때마다 건물이 하나씩 늘어나고 작년까지만 해도 맨땅이었던 조그마한 오솔길이 어느새 시멘트와 아스팔트로 분장을 하고 보란 듯이 버티고 서 있다. 생얼굴이 좋다는 것은 나만의 생각일 것이다. 매일 보는 사람들은 게을러 화장을 안 한다고 푸념을 할지 모른다. 옅은 화장 정도는 좋지만 분장에 가까울 정도로 짙은 눈썹에 빨간 립스틱을 바르고 그것도 모자라 성형수술까지 해 버리면 그 얼굴이 그 얼굴이 되어버려 정겨움이 사라져 버린다.

시골 읍내가 변하면 얼마나 변할까마는 어떤 때는 길을 못 찾아서 헤매기도 한다. 그래도 어디서나 고개를 들면 하늘을 볼 수 있어 좋고 문만 열면 자연의 바람을 맞이 할 수 있어 좋은데 막상 여기서 살라고 하면 이 핑계 저 핑계를 대고 고개를 설레설레 흔들 것이다.

고향만 탓할 수 만은 없다. 반 바퀴 달리기에도 숨이 가쁠 만큼 넓었던 운동장은 손바닥만큼 좁아져 버렸고, 그렇게 멀게만 느껴져 어깨를 축 늘어뜨리고 걸었던 등굣길도 이제는 한걸음이다. 높고 험해 자칫하면 길을 잃을 것 같았던 뒷산도 작은 언덕에 불과하다. 변하지 않는 것도 달리 보이는 건 나의 마음과 생각이 달라졌다는 뜻일 게다.

살던 집은 송두리째 자취를 감추어 버렸고 추억으로 만나는 골목길만 어릴 적 세발자전거를 타고 놀던 곳이라고 귀뜀을 해준다. 더운 여름 아이스케키를 한입 물고 쉬어가던 느티나무는 사라졌지만 어느 한구석에서는 마치 고대 유물을 보고 추정하듯 작은 실마리가 남아 있다. 그나마 옛 추억을 더듬을 수 있는 흔적이 있어 반갑고 여기가 내 고향이구나 하고 알아 차릴 수 있는 고향의 냄새를 맡을 수 있어 좋다.

참으로 이상한 것은 고향을 떠난 지 어언 50년이 가까웠지만 고향에 가까워질수록 옛날의 향수가 점점 진해지는 느낌을 가지게 된다. 봄이 다가오면 어느 순간 봄기운이 내 몸을 감싸고 도는 것처럼……

짐승들처럼 무슨 흔적을 남겨두고 떠나온 것도 아닐진데 용케도 일 년에 한두 번은 제자리로 돌아온다. 어쩌면 친구가 그 흔적의 하나일 수 있다. 그가 있어 고향이 더 아름답고 편안하다. 내가 시간이 날 때만 연락을 하는데도 그는 항상 부처님처럼 넉넉한 모습으로 나를 대해준다.

삶이 달라 요즘 살아가는 이야기는 허공에 맴돌지만 막걸리를 한 잔 앞에 두고 옛날 이야기를 하다보면 친근감을 느낀다. 안타까운 것은 그 기억마저도 가물가물해진다는 것이다. 이야기를 나누다 보면 가끔씩 옛 모습을 찾을 수 있어서 다행이다. 그게 믿음이고 우정인가 보다.

고향 친구의 이마와 눈가에 주름이 잡혀 있다. 고향을 떠날 때 친구는 겨우 철이 들어가는 까까머리 중학생이었는데 이제는 철모르는 손주를 두고 있다.

그의 말대로 그는 하나도 변하지 않는 답답한 고향에서 살고 있다. 떠나지 못해서 그대로 머무르고 있는지 모르지만 나는 그가 떠날 수 있었지만 고향을 지키고 있다고 믿고 싶다.

고향이 친구고 친구가 고향이다. 그는 자기 자신도 늙어 가는 외모를 빼고는 하나도 안 변했다고 생각할지 모르지만 나는 고향처럼 그도 참 많이 변했다고 생각한다. 하기야 이렇게 오랜 세월 동안 변하지 않기를 바라는 것은 욕심이고 억지일 것이다. 어찌 그 옛날의 동심이기를 바라겠는가?

그렇지만 그에게 나는 타향임에 틀림 없을 것이다. 어디 한군데 정붙일 곳이 없고 옛 모습을 찾아 보기 힘들 터이니까. 그럼에도 고향에 내려올 때 만이라도 고향으로 맞이해 주어서 고마울 뿐이다.

타향으로 다시 떠나올 때 친구의 인사말이 정겹다.

"어이! 이 담에 내려오면 또 연락해."

바람의 힘 앞에는

　'볼라벤'이라는 태풍이 지극히 원시적인 무기인 바람과 비로 무장한 채 한반도를 엄습해 왔다. 우리 모두가 비교적 현대적으로 방어 진지를 구축했다고 생각하였지만 자연의 힘 앞에 그저 공격의 수위가 낮아지기만 바랄 뿐 속수무책이었다. 그나마 내가 할 수 있었던 대비책은 바깥출입을 삼간 채 집안에 틀어박혀서 기상 상황을 들으며 걱정을 하고 차를 조금이라도 높은 곳에 주차해 놓는 것이 고작이었다.

　방송에서 창에 신문지를 바르면 창문이 깨지는 것을 방지하는 효과가 있다고 하기에 모처럼 집안일을 도우려는 요량으로 한 시간여 노동을 하였는데 두 시간도 채 못 되어서 다 떨어지고 말았다. 참 한심하다는 생각이 들었다. 그게 오랫동안 붙어 있을 거라고 생각했으니 말이다. 주위 사람들도 나와 같은 경험을 한 사람이 많은 걸 보니 나만 한심한 게 아닌 모양이다.

방송의 위력이 대단하다는 것을 느꼈지만 너무나 무책임하다는 생각을 지울 수가 없었다. 말라 떨어지기 전에 다시 물을 뿌려 줘야 된다고 변명을 할지 모르나 잠도 자지 않고 물을 뿌려줄 수는 없는 노릇이고, 무엇보다도 허탈함에 떨어진 신문지를 다시 붙일 의욕이 생기지 않았다. 아내는 괜히 유리창 닦을 일거리만 늘었다고 볼멘소리였다. 그저 운동하는 셈 치자고 다독거려 주었다.

태풍이 지나가고 난 후의 모습은 태풍의 위력을 실감케 하였다. 무엇보다 농어민의 시름이 깊어 간다는 게 가슴 아팠다. 남의 일인데 뭐 그렇게 가슴까지 아프냐고 되물을지 모르지만 텔레비전에서 그분들이 망연자실해 하는 모습을 보노라면 촌놈 출신이라는 출생신분이 여지없이 드러나고 만다. 돈도 돈이지만 수확을 앞둔 농산물은 일 년 동안의 땀과 정성이 모두 농축되어 있는 자식과도 같은 존재다. 그 옛날 "이 노릇을 어찌할꼬?"하며 시름에 잠기셨던 동네 어르신들의 모습이 눈에 선하다. 나는 기껏해야 유리창이 깨질까 봐 걱정을 했을 뿐인데……

태풍의 계절이 지나고 가을이 오면 내 가슴에도 바람이 슬슬 불어오기 시작한다. 실체가 있느냐 없느냐가 차이가 있을 뿐 바람은 역시 바람이다. 젊었을 때부터 60이 넘어 이제 머리가 희끗희끗해지는 데도 이 바람은 가을만 되면 해를 거르지 않고 어김없이 찾아든다. 어떤 때는 이 나이에 참 주책이 없다고 생각이 들지만 이것도 내 마음대로 할 수가 없는 노릇이어서 어쩌면 태풍과 같은 계절이 되면 꼭 찾아오는 자연현상이라고 해야 할 것 같다.

참으로 이상한 것은 봄바람이라는 말은 있어도 가을바람이라는 말은 없다는 점이다. 여자들의 마음을 들뜨게 하여 무언가 충동적인 행동을 저지르고 싶게 하는 봄바람이란 말은 있는데, 남자들의 마음을 싱숭생숭하게 만들고 어설픈 센티멘탈에 젖게 하는 가을바람이라는 말은 없다. 봄바람은 여자의 가슴을 설레게 하고 움츠렸던 몸과 마음이 좀 더 생기를 갖게 하지만 가을바람은 몸과 마음이 움츠러들고 생각만 깊어지게 만든다. 봄바람이 따스하게 불어오는 사랑의 바람이라면 가을바람은 머리를 맑게 해주는 사색의 바람이다. 그래서 봄바람에 바람난 사건이 벌어지는 경우는 많아도 가을바람에 마음의 병이 들지 몰라도 겉으로는 무엇이 크게 달라지지 않으니 가을바람이란 말이 어색할 수밖에 없을 것이다.

가을바람이 불면 괜히 첫사랑이 생각나고 젊었을 때 즐겨 들었던 음악만 들어도 눈물이 날려고 한다. 시 한 수를 읽으려 해도 구절마다 의미를 부여하게 되니 시간이 한참 걸리지만 시의 맛이 새록새록 하다. 길거리에 굴러다니는 낙엽을 보면 어쩐지 내 인생 같은 생각에 쓸쓸해지기도 한다. 공원에 평화롭게 놓여 있는 벤치는 말년의 나의 바람을 그려 놓은 것 같다. 남이 보기에는 외롭고 초라해 보일지 몰라도 아무 방해를 받지 않고 한가로이 가을을 만끽할 수 있으니 좋고, 또 가끔은 연인들에게 사랑을 다져주는 공간을 제공하고 있으니 남을 도와주면서 조용히 내 자신을 즐길 수 있다면 그런 말년도 괜찮을 것 같다.

나에게 불어오는 가을바람은 어떤 때는 매머드급 태풍보다 큰 위력을 발휘하기도 한다. 그 태풍은 삶의 고뇌나 인생이란 무엇인가 등 현실적인 무기로 무장을 하고 있는 것이 아니고 그저 가을이 좋다는 원초적인 무기로 나의 말초신경부터 자극하여 끝내는 온몸을 지배한다. 거기에 젊었을 때의 추억이 보태지면 나로서는 속수무책일 수밖에 없다. 태풍이 지나가면 마치 실의에 빠진 농어민처럼 한동안 아무런 생각을 하지 못한 채 먼 하늘만 쳐다보며 애꿎은 담배만 축내기도 한다.

계절이 바뀌어야 태풍이 사라지듯 내 마음에 불어오는 태풍도 찬 서리가 내리고 살얼음이 보여야만 자취를 감춘다. 그래도 마음의 태풍이 오는 것을 마다하지 않으니 아직도 나는 젊은가 보다.

백기 투항

글을 쓴다는 것은 자신의 생각을 정리하여 오래 보존할 수 있고 뜻을 같이 하는 독자들과 생각을 공유한다는 점에서 즐겁고 보람 있는 일이지만 쓰고 싶은데 제대로 된 글 한 줄이 생각나지 않아 답답할 때도 있고 독자들의 공감을 얻지 못하면 속이 상할 때도 많다. 수필집을 펴낸다는 것은 많은 수필을 모아야 하기에 더 많은 즐거움과 보람이 있는 반면에 더 많은 아쉬움과 답답함이 뒤따를 수밖에 없다.

몇 년 전 나는 친구의 말을 듣고 큰 충격을 받았다. 사십여 년을 사귀어 왔기에 지난 번 출간한 수필집을 친구에게 주었었다. 오래된 친구에게 예의이기도 하였을 뿐만 아니라 은근히 자랑하고 싶은 마음도 있었던 건 사실이다.

그런데 몇 달 후 우연한 자리에서 그 친구가 툭 하고 한마디 내 뱉었다. "야! 이젠 더 이상 괜한 책을 내어서 주위 사람에게 고통을 주지 말아라" 책 읽기와 공부하기 싫은 사람이 재미도 없는 책을 아무런 목적도 없이 읽어야 한다는 것은 고역일 것이다.

나도 가끔은 책을 선물받는다. 솔직히 받은 책을 다 읽지 않는 경우가 많다. 글이 재미없거나 생각이 나와 다르면 바쁘다는 핑계를 내세워 제목만 보고 중간중간 읽는 것으로 끝을 낸다. 이 친구의 말을 풀이하면 내 책이 재미가 없어서 읽으려니 골치 아팠다는 뜻인 모양이다.

인터넷의 발달로 글을 읽는 버릇만 고약해져 버렸다. 발음도 할 수 없는 자음子音만 가지고 의사소통을 하고 단어를 줄일대로 줄여 처음 보는 사람은 무슨 뜻인지를 모르고, 문장도 제대로 구성되지 않은 글들이 난무하고 있다. 그러니 글의 맛이 다르다며 토씨 하나에 일일이 신경써야 하는 글은 요즘 세대에 어울리지 않아 책 한 권을 읽는다는 것은 참을 수 없는 고통일 수 있다.

읽히지 않는 책은 패잔병과 다름이 없다. 가장 큰 충격은 내 책이 포로의 신세가 되어 햇볕도 안드는 구석진 곳에 내팽게진 채 책 취급 받기를 애타게 기다리다 한숨으로 일생을 마감할지 모른다는 점이다. 장수를 잘 못 만나 포로가 되었으니 이를 세태 탓으로만 돌릴 수는 없다. 문제는 얼마나 많은 포로가 잡혀 있는지 파악조차 안된다는 것이다.

친구의 말은 강도 8이상의 지진이나 쓰나미만큼 충격이 컸다. 쓰지 않고는 못 견딜 때 한 줄 두 줄 써내려 갔고 그 글을 주위 사람에게 보여 주곤 하였다. 참 좋은 글이라는 칭찬도 많이 받았는데 되돌아 보니 내 앞이니까 어쩔 수 없이 듣기 좋은 말을 했다는 결론에 이를 수밖에 없었다. 칭찬에 눈이 멀었던 나의 어리석음을 나무라지 않을 수 없었다.

그 후 한동안 글을 쓰지 못했다. 백기 투항하여 완전히 무장해제를 당한 것과 다름이 없었기 때문이었다. 그런데 한참을 지나자 다시 글을 쓰고 싶은 충동이 꿈틀거리기 시작하였다. 마치 추운 겨울을 견디고 봄이 오면 푸릇푸릇 여기저기서 생명의 싹이 트는 것처럼…… 그리고는 잘나고 번듯한 생명도 생명이지만 못 생기고 볼품 없는 생명도 한번 태어나면 생명이라는 오기도 생겼다.

또 다른 충격은 일종의 여진이라고 볼 수 있는데 아무리 그렇다 하더라도 어떻게 그런 말을 면전에서 할 수 있느냐는 것이었다. 친구는 솔직한 충고를 해주고 싶어서 그랬을지 모른다. 하지만 상대방의 입장도 어느 정도는 고려해야 하지 않느냐는 생각에 그동안 사귀었던 40여 년의 세월이 무상하기까지 하였다. 그 친구는 그런대로 책 읽는 것을 좋아할 거라는 나의 추측도 빗나갔으며 사회 생활에서 예의도 좀 지킬 줄 안다고 느꼈는데 그 기대도 다 무너지고 말았다. "이 정도라도 너는 할 수 있느냐?"는 말이 목구멍까지 치솟아 올랐으나 겨우 참았다. 그 이후로 그 친구와 가끔 만나기는 하지만 진솔한 이야기는 피하고 그저 인사치레의 말만 오갈 뿐이다. 내 스스로가 옹졸하다고 느끼지만 충격이 컸기에 쉽게 지워버릴 수가 없는 것이다.

한 달에도 수백 권의 책이 쏟아져 나온다. 그 많은 책들이 저자들에게는 피와 땀으로 일구어낸 역작이겠지만 독자들에게는 눈길 한번 끌 수 없는 책일 수 있고 즐거움보다 고통을 주는 책일 수 있다. 그러니 얼마나 많은 책이 천덕꾸러기 취급을 당하며 쓰레기통에 버려지는지 모른다. 그런걸 보면 작가의 만족을 위해서 펴내는 책이 많다는 생각이 든다.

독자들에게 책 읽는 즐거움을 주기 위해서는 글이 좋아야 할 것이다. 그런데 그게 쉽게 되는 일은 아니다. 그렇다고 쓰고 싶은 충동을 꾹꾹 눌러가며 참고 지낼 수만은 없는 일이고 이것이 모아지면 염치없게도 책을 내겠다고 또 나서는 것이다. 마치 봄에 싹이 트는 것처럼 생명력이 끈질기다.

그러던 어느 날 출판사의 최 사장한테서 글이 모아졌으면 책을 내는 것이 어떻겠냐고 전화가 왔다. 친구가 준 충격 때문에 이다음에는 절대로 책을 내지 않겠다는 다짐이 어느새 모래사장의 발자국처럼 사라져 버리고 내 글도 재미있게 읽어 줄 사람이 있을 거라는 착각에 빠져 만나자고 약속을 하였다.

가장 훌륭한 조미료

맛은 추억과 관련이 깊다. 그래서 추억만큼 훌륭한 조미료는 없을 것이다. 이건 식도락가로 자처하는 내가 다년간 경험에서 얻은 결론이다.

아무리 며느리가 시어머니의 음식 솜씨를 배운다고 해도 아내가 정성들여 끓인 된장찌개는 어머니가 끓여 주시던 된장찌개만 같지 못하다. 어머니의 비법을 전수받았다고 하지만 무언가 빠진 것 같다. 같은 맛이라 할지라도 밥상에서 식구들끼리 도란도란 앉아서 먹던 추억이 빠졌으니 옛 맛이 날 리가 없다.

옛날에는 꽁치구이를 참 맛있게 먹었었다. 기름기가 잘잘 흐르는 꽁치 한 마리면 밥 한 그릇을 금세 비워 버렸다. 그런데 요즘은 꽁치 맛이 형편 없어졌다고 한다. 너무 좋은 음식을 많이 먹으니 맛이 고급화되어 그렇다고 하기도 하고 환경이 달라져서 꽁치의 기름기가 예전과 같지 못하다고도 한다. 그러나 그게 아니고 조리하는 방법이 달라졌기 때문일 것이다. 요즘은 오븐이나 후라이팬에 구우니 옛날 연탄불 위에 석쇠에서 구운 꽁치 맛과 다를 수밖에 없다. 석쇠 자국도 없고 연탄 냄새도 나지 않는다. 석쇠 자국이 맛과 무슨 관련이 있을까마는 석쇠 자국을 경계로 한 점씩 떼어 먹었던 추억이 아직도 입속에 머물고 있는 것이다. 오븐에 구우면 젓가락으로 한 점을 떼어 먹으려면 한쪽이 듬뿍 떨어져 너무 많기도 하고 아니면 잘게 부서지니 옛 맛이 살아날 수가 없다.

요즘 아이들에게 수제비는 천덕꾸러기 음식일지 모르나 내가 별미를 먹고 싶을 때 찾는 음식이다. 그까짓 밀가루 반죽을 익혀서 먹는 것이 무슨 맛이 있냐고 물을지 모르지만 옛날 어머니가 장작불을 때어 끓여 주시던 추억이라는 조미료가 들어가 있다.

학창시절 돈이 없을 때 친구 너댓 명이 무교동 낙지집에서 낙지볶음 한 접시를 시켜놓고 안주와 식사까지 다 해결했었다. 너무 매워서 조금씩밖에 먹을 수가 없었고 요기는 접시 밑에 깔려 있는 국물로 밥을 비벼 먹으며 하루 저녁을 즐길 수 있었다. 한 푼이라도 돈을 아끼면서 친구들끼리 어울리기 위한 수단이었다. 헌데 옛날의 그 집을 찾아 갔으나 맵기만 하여 입맛만 버리고 말았다. 옛날 석유 드럼통 위에 올려놓은 둥그런 식탁과 겨우 엉덩이만 붙일 수 있는 의자가 없어졌기 때문이다. 그보다는 그때의 그 친구가 없는 것이 가장 큰 이유일 수 있다.

포장마차 집이 없어지지 않는 이유도 추억을 팔고 있기 때문이다. 싸게 한 잔 들이킬 수 있는 곳이라고 하지만 사실 포장마차는 결코 싸구려 집이 아니다. 거기서 한 잔 마실 정도의 비용이면 간이식당이나 편의점의 한 구석에서 얼마든지 마실 수 있다. 구태여 포장마차 집을 찾는 이유는 옛날 맛을 즐기고 싶어서이다. 추운 겨울날에 어묵 두어 점에 술 한 잔을 걸치다 보면 어느새 추억이 음식 속에 자리를 잡고 맛을 내고 있는 것이다.

요즘에는 이런 추억을 파는 음식점이 많이 생겼다. 돼지 삼겹살을 연탄불에 구워주는 집도 있고 김치찌개를 찌그러뜨린 양은냄비에 조리를 해주기도 한다. 막걸릿잔도 일부러 찌그려뜨려서 한 잔 마시고 나면 막걸리가 입가에 흘러 손으로 쓱싹 훔쳐 줘야 제맛이다. 그 주인들은 추억이 가장 훌륭한 조미료라는 것을 이미 알고 이를 상술에 이용하는 것이다.

나도 그런 집에 가끔씩 들린다. 거기에 가면 손님이 바글바글하다. 값이 싼 이유도 있겠지만 좁은 틈을 비집고 자리를 잡으면 친구들과 술 한 잔을 걸치며 옆에서 웬만큼 떠들어도 개의치 않고 옛 추억을 먹고 있는 사람들로 가득 차 있다.

나는 일 년에 겨우 한두 번 패스트푸드를 먹는다. 이건 어릴 적 먹던 음식이 아니어서 별로 내키지 않는다. 아이들이 어쩌다 먹고 싶다면 마지 못해 따라 나선다. 그나마 미국에 수련갔을 때의 추억을 되살려야 입속에 들어간다. 요즘 아이들은 이런 음식에 입맛이 길들여져 있다. 이들이 장성하면 우리의 음식을 외면하고 학창시절에 즐겨 먹던 패스트푸드를 찾을까 봐 걱정이다.

한옥마을과 레스토랑

우리의 멋을 그나마 살려 놓은 곳이 있다면 안동과 전주가 아닐까 생각된다. 전주는 은근히 정이 가는 도시이다. 고향과 가까워서 가끔 들리기 때문이기도 하지만 맛과 멋이 있는 이른바 풍류를 아는 도시이다.

최근에는 도시가 발달하고 인구가 늘어 옛날의 멋이 많이 사라졌는데 5~6년 전부터 우리의 옛것을 보존하자는 바람이 불어 한옥마을을 꾸미기 시작하여 반가웠다. 처음에는 엉성하고 볼품이 없었는데 해가 갈수록 그럴듯하게 변화하여 이젠 관광객들이 제법 찾아가는 명소가 되었다.

기와집도 단장을 하고 졸졸 흐르는 실개천도 만들어 놓아 볼거리도 많아졌다. 전통차도 마시고 이집저집을 기웃거리며 돌아다니다가

시장하면 발길 닿는데서 전주의 음식 맛을 음미할 수 있다. 전주는 음식 맛이 깔끔하기로 유명하니 일석이조인 셈이다. 옛날식 잠자리를 갖춘 숙박시설도 생겼다고 하니 모양새는 다 갖춘 셈이다.

하지만 너무 인위적이라는 생각이 들어 조금은 아쉬움이 남는다. 물론 옛날 그대로를 재현하면 고증적 가치는 많아도 불편하여 찾아오는 사람이 적을지 모르니 여러 가지를 고려한다면 그렇게만 할 수는 없었을 것이다.

제일 거슬리는 것 중에 하나가 레스토랑과 카페가 아닐까 생각된다. 레스토랑을 번역하면 음식점이고 카페를 번역하면 찻집일 수 있다. 그런데 이 말은 어쩐지 서양의 냄새가 물씬 풍겨나 한옥마을과는 맞지가 않는다. 조금은 섭섭하다 생각을 하고 안을 들여다 보니 레스토랑과 카페였다. 한옥의 대문을 열고 들어서면 마당도 있고 정원도 꾸며놓아 "야, 참 잘 꾸며 놓았다" 하고 감탄을 하고 안에 들어가면 내부는 양식으로 꾸며져 있다. 인테리어는 서울의 어느 음식점과 다를 바 없이 테이블에 의자가 즐비하다. 이를테면 속과 겉이 다른 셈이다. 나오는 음식도 우리의 음식뿐만 아니라 변형된 퓨전 음식들이 선을 보인다. 물론 순수하게 우리 음식을 파는 곳도 있으나 그곳에는 별로 손님이 없으니 어쩔 수가 없는 모양이다.

찻집도 우리의 전통차를 파는 곳도 있으나 실내 장식에서부터 파는 음료도 어느 대도시의 카페와 다를 바가 없다. 속으로는 이러면 멋이 떨어지는데 하면서도 막상 발길이 닿은 곳은 이런 레스토랑과 카페이다. 좀 더 멋져 보이고 좀 더 편안하게 보였기 때문이었다. 찾아 오는 손님이 속과 겉이 다르니 한옥마을도 속과 겉이 다를 수밖에 없을 것이다.

전주가 맛의 고장이어서 음식 맛은 나무랄데 없지만 음식점에서 파는 요리가 우리가 흔히 맛보는 음식들이니 크게 입맛을 당기지 않는 것도 사실이다. 이것도 관광지다 보니 진짜 맛집보다는 맛이 좀 떨어진다. 전통차라는 것도 보약과 같이 텁텁하거나 맛이 맹숭맹숭한 것이 많아 정말 차 맛을 아는 사람이면 한두 번 마시고는 찾지 않을 것이다.

우리가 그럴진대 외국 사람에게 어떻게 비춰질지 모를 일이다. 만일 한 번 온 사람이 다시 권유를 하지 않는다면 그곳은 이미 관광지로서의 가치가 없다고 보아야 한다.

하지만 그래도 마음이 푸근하였다. 고층 빌딩이 없으니 달을 보며 술 한 잔을 기울이고 별을 보며 차 한 잔을 마실 수 있었기 때문이었다. 비록 인위적이기는 하지만 정원에 앉아 담 너머로 지나가는 사람들을 바라보며 가을밤을 즐기고, 흐르는 물길을 따라 산책을 하니 바람이 낙엽에 사연을 적어 이다음에 또 오라는 인사를 한다.

영화 한 장면 찍어

근속 20년 기념으로 병원에서 '푸켓'으로 여행을 보내 준다기에 그동안 한솥밥을 먹은 동료들과 함께 어울리고 싶어 만사 제쳐 두고 신청을 하였다. 여기에 해당되는 직원은 초창기부터 근무해 오던 사람들이라 창업 동지라고 할 수 있고, 특히 1990년도에 겪은 물난리를 협동심으로 극복한 사람들이어서 전우 같은 느낌이 들기도 한다.

여행을 떠나기에 앞서 세월의 빠름을 실감하지 않을 수 없었다. 잠깐 사이인데 벌써 강산이 두 번이나 바뀌었다니……

10월 28일 오후 8시에 열두 쌍이 푸켓으로 향하는 비행기에 올랐다. 우리 일행은 2진으로 대부분 부부간이었지만 시어머님을 모시고 오기도 하고 여동생 또는 딸과 같이 온 직원도 있었다. 숙소에 새벽 2시쯤 도착하니 모두 지쳐 떨어져 누가 누구인지 알고 싶지도 않았다.

여행 이틀째 '팡야만'으로 가서 태국식 보트인 롱테일 보트를 타고 해상기지에 도착하였다. 보트를 타고 가는 동안 주위 경관이 마치 중국의 퀼린桂林을 보는 것 같이 매우 수려하였다.

카누를 타고 '맹클로브 정글' 수로를 관광하였다. 몸을 눕혀야지만 겨우 통과할 수 있는 동굴을 지나자 하늘이 다시 보이기 시작하였다. 바위와 초목에 둘러싸여 절경을 이루는 이곳은 바닷속의 호수라고 불리울 만큼 바다 가운데서도 아늑함을 느낄 수 있었다.

돌아오는 길에 007 시리즈 '황금 총을 가진 사나이'의 촬영지인 제임스 본드 섬에 들렀다. 기억 속에서 이미 사라진 영화의 한 장면이라도 떠올리려 했지만 섬의 아름다움이 생각할 틈을 주지 않았다.

저녁 식사 후 세계 5대 쇼 중의 하나라는 '사이몬' 게이쇼를 관람하였다. 게이쇼라는 선입관이 없었으면 정말 화려하고 멋있다는 생각이 들었을 것이다. 여자보다 더 예쁘게 생긴 출연진 모두가 남자란다. 물론 성형수술을 하여 가슴도 키웠겠지만 800여 년 동안 미얀마와 전쟁을 치루면서 대를 이어나가기 위하여 사내아이가 태어나도 여자로 위장할 수밖에 없었던 아픔의 역사가 숨겨 있었다.

숙소에 돌아와 근처의 맥주집에서 술 한 잔과 함께 일행들과 담소를 하며 깊어가는 태국의 밤을 즐겼다.

여행 3일째 한 시간 정도 쾌속정을 타고 아름다운 '피피' 섬을 관광하였다. 섬에 가까워 지면서 바닷물의 색채가 수시로 바뀌었다. 검푸른가 했더니 어느새 에머랄드 색깔로 바뀌고, 파랗게 느껴지는가 했더니 연두빛 물속에서 열대어들이 여행객들이 던져 주는 빵 조각을 먹으려 몰려든다.

피피섬은 디카프리오의 '더 비치'라는 영화를 촬영한 곳이고 우리

나라에 소개된 몇몇 광고 영상도 이 섬을 배경으로 하였다고 한다. 배경이 너무 아름다워 나 같이 인물이 조금 빠진 사람에게도 좋은 장면이 연출될 것 같았다. 백사장이 매우 부드러워 마치 솜 위를 걷는 기분이었다.

해상기지로 나가 스노쿨링이라는 것을 처음하고 나니 짠 바닷물을 많이 먹어서 배가 불렀지만 그래도 좋은 경험이었다. 시내로 돌아와서 태국식 마사지에 몸을 맡기니 그동안의 피로가 마사지 하는 사람의 손으로 빠져 나갔다.

여행 4일째 날씨가 흐려 가끔씩 비가 뿌렸다. 덕분에 '카오랑힐'과 '찰롱사원' 관광은 그저 증명사진을 찍는 것으로 만족해야 했고, 애꿎은 쇼핑으로 하루를 보내고 밤 비행기를 타고 서울로 돌아왔다.

이번 여행으로 오랫동안 같이 일해 온 직원들과 좀 더 가까워지는 계기가 되었다. 사실 떠나기 전에는 어떻게 하면 잘 어울릴 수 있을까 걱정을 많이 했었다. 그러나 거기에 간 모든 사람이 마음을 열어 놓았기에 서로가 친해질 수 있었다. 이다음에 시간을 내어 그분들과 술자리를 마련하고 싶은 마음이 굴뚝 같지만 쉽지는 않을 것 같다.

구슬이 서 말이라도 꿰어야 보배

친구가 요즘 보기 드문 좋은 카페를 소개시켜 준다기에 따라 나섰다. 주차공간이 부족하여 여기저기를 기웃거리다가 겨우 차를 세워 두고 좁은 2층 계단을 오르니 내부가 열댓 평 되어 보이는 옛날 스타일의 음악다방이 나왔다.

한쪽 벽에는 소위 엘피 레코드판 2만여 장이 빼곡하게 자리 잡고 있었고 그 앞 카운터에는 이 레코드판을 틀어주기 위한 앰프와 함께 턴테이블은 노랫가락에 맞추어 돌아가는 것 같았다. 요즘에 이런 음악다방이 있는 줄은 전혀 예상치 못했다.

옛 생각이 뭉클거렸다. 대학교 학창 시절에 조그마한 음악다방에서 디제이를 한 적이 있었다. 의과대학 다니면서 그럴 시간이 있었냐고 물으면 내 과거가 들추어져 조금은 부끄럽다. 원인이야 어떻든 간에 나는 일 년을 휴학하게 되었다. 강의는 F학점 나온 것만 들으면 되었는데 집에다가는 일 년 쉬게 되었다는 말을 못 했으니 아침 등교 시간에 맞추어 집에서 나와야 했다. 일 년 동안의 그 긴 낮 시간을 할 일 없이 보낸다는 것은 형벌이나 다름이 없었다. 결국 찾아 낸 돌파구가 디제이를 하는 것이었다. 그 다방에서는 낮에는 손님이 별로 없지만 그냥 유선 음악이나 틀어주는 것보다는 낫다고 생각해서 허락을 하였고 나는 나대로 서너 시간을 좋아하는 음악을 들으며 지낼 수 있음에 숨통이 트였다.

실로 사십여 년 만에 타임캡슐을 타고 옛날로 돌아가는 기분이었다. 카페의 분위기도 내가 디제이를 했던 곳과 아주 비슷하였고 음악도 1970~80년대에 유행하던 팝송을 주로 들려주고 있었다. 음악 중간 중간에 지직거리는 잡음도 옛날의 향수를 일으키어 더욱 따뜻하게 느껴졌다. 노래를 틀어주는 디제이도 나처럼 음악을 좋아하기는 하지만 전문 디제이는 아닌 듯싶었다.

이곳에 자주 들르면서 이 집의 여사장님과 디제이와 친해지게 되었다. 아직도 둘 사이의 관계는 정확히 모른다. 처음에는 두 분이 부부인 줄 알았으나 서로 존댓말을 쓰기에 매장에서만 그렇게 부르려니 했다. 그런데 알고 보니 부부 사이는 아니어서 두 분이 동업을 하는 줄 알고 두 분을 다 사장님이라고 불렀다.

보아하니 여사장은 비올라 등 음악을 하시는 분이고 남사장은 음악을 좋아하는 사람으로 음악에 관련된 소품이나 골동품을 수집하는 취미를 가지고 있는 모양이었다. 이 음악다방의 이름이 '딱정벌레'였는데 혹시 그 의미를 알고 있냐고 물었더니 웃으면서 '비틀즈'라고 대답했다. 그걸 아느냐고 물어 보는 사람과 그걸 모르고 상호를 지었겠느냐고 대답하는 사람이 의기투합하여 나는 틈만 나면 이곳을 찾았다. 환갑 가까운 나이에 늦바람이 난 것이다.

남자 사장은 내가 신청한 노래는 거의 다 틀어 주었다. 소위 나와 음악 코드가 맞아서인데 옛날을 생각하며 곡을 신청하면 이 노래는 몇 년 만에 처음 듣는 곡이라며 기뻐한다. 잊혀진 노래이지만 생각이 나면 듣고 싶은 노래를 내가 일깨워 준 셈이다. 서로가 음악에 대한 퀴즈도 내고 음악에 얽힌 사연을 주고받으면 시간 가는 줄을 몰랐다.

남자 사장은 레코드판을 스스로 정리해 놓았는지 음악을 신청하면 족집게처럼 그 디스크를 빼어내서 표지 사진만 확인할 뿐이다.

몇 달이 지나고 나서부터는 내가 딱정벌레를 찾아가면 나의 시그널 뮤직을 틀어줬다. 시그널 뮤직이란 원래 디제이가 하루 일과를 시작할 때 자기를 대표하는 시작 음악이라고 할 수 있는데 주로 어떤 성향의 음악을 들려준다는 뜻을 내포하고 있다. 사장님은 이런 의미를 되살려 딱정벌레를 찾아 준 것을 환영하는 의미에서 소파에 앉기가 무섭게 내가 가장 많이 신청했던 노래를 틀어 주곤 하였다.

거의 일 년 반 동안 참 행복한 세월을 보낸 것 같다. 저녁을 먹고 좋아하는 음악을 듣고 싶으면 언제든지 반겨주는 곳이 생겼으니 말이다. 주차하기가 쉽지는 않았지만 근무하는 병원에서 그리 멀지 않았으니 마음만 먹으면 쉽게 갈 수가 있었다. 핑계 삼아 가기도 하고 친구들에게 소개시켜 주기 위해서 가기도 하였다. 잘 마시지 못하는 술이지만 넉넉한 소파에 앉아 술 한 잔에 취하며 듣고 싶은 노래를 손바닥만한 종이에 적어 주기만 하면 스피커를 타고 흘러 나왔으니 그 이상 부러울 것이 없었다.

그러던 어느 날 남자 사장이 안 보이고 다른 사람이 보이기 시작하

였다. 전 사장보다 남자로서의 매력은 더 있어 보였지만 차림새가 음
악적인 스타일은 아니었다. 머리가 곱슬곱슬하거나 뒷꽁무니를 묶어
놓지도 않았고 바지는 허름한 청바지 대신에 밋밋하고 평범한 바지
를 입고 있었다. 전에 남자 사장님은 어디 갔냐고 여사장에게 물으니
그 사람은 사장이 아니었단다. 그래도 레코드판은 그대로 남아 있으
니 다행이었다. 아마도 전 디제이가 다른 데서 사업장을 차릴 때까지
임시보관을 하던지 임대료를 조금 내고 사용하도록 한 것인지는 알
수가 없었다.

　여사장은 새로 오신 분이 음악도 잘 틀어 줄 것이라며 예전처럼 와
주기를 당부했다. 이전의 디제이와 정이 들었지만 음악이 좋아서 그
곳에 다녔다고 애써 위안을 하며 그 후에도 여러 번 딱정벌레를 찾아
갔었다. 그러나 실망을 금할 수 없었다. 예닐곱 곡 신청을 하면 새로
운 디제이는 레코드판을 뺐다 넣다를 수없이 반복하고 삼사십 분
이 지나서야 겨우 한 곡을 틀어 줄 수 있었다.

　'구슬이 서 말이라도 꿰어야 보배'라는 속담이 있다. 자기가 정성
을 가지고 모은 것이 아니면 아무리 음악적 감각이 뛰어나더라도 이
만여 장에 실려 있는 곡을 일일이 기억할 수는 도저히 없을 것이다.
구슬 같은 레코드판이 수만 장이 있다한들 이를 꿸 수가 없으니 이
레코드판은 추억을 되돌리지 못하는 한갓 장식품으로 전락하고 만
것이다.

비와 나

동네에 작고 아담한 카페가 있다. 커피 맛도 좋고 값이 싸서 사랑방 역할을 톡톡히 해낸다. 창가는 선술집처럼 긴 선반을 연결하여 혼자 온 사람들이 서로를 간섭하지 않고 창밖을 보며 커피를 즐길 수 있게 되어 있다.

조그만 길 건너로 공원이 있어 감성을 자극하기에 손색이 없다. 특히 비 오는 날 커피 향을 앞에 두고 창밖을 바라보면 몸속에 숨겨져 있던 오감을 자극하며 끝없는 센티멘탈리즘에 빠지게 한다. 어릴 적의 추억에서부터 장래의 꿈까지도 들먹거린다. 환갑이 지난 이 나이에도 꿈이 펼쳐지는 것이다.

비는 참으로 요술 덩어리다. 많은 사람들이 비를 좋아하지만 나에게 비는 항상 좋은 모습으로만 남아 있지 않다.

지칠 줄 모르는 장맛비는 나를 지치게 만든다. 온 집안에 배어 있는 눅눅한 습기에 숨이 막히고 갈아입는 내의마다 쉰 내가 난다. 밖에 나가 활동하는 시간이 줄어드니 몸이 저절로 움츠러 들고 하늘이 내려앉았으니 마음도 내려앉는다.

초등학교를 다닐 때 책가방도 제대로 가누지 못하면서 우산까지 써가며 질퍽한 땅을 장화도 없이 걸으려면 신발에 흙을 묻히지 않기 위해 징검다리 건너듯 하였다. 결국은 흙 범벅이 될 신발인데 그래도 기를 쓰고 흙탕물 튀기지 않으려다 지각을 하기도 하였다.

형제자매끼리 모처럼 청평에 놀러간 적이 있다. 장소를 정하고 자리를 깔자마자 잔뜩 내려앉은 하늘에서 비가 쏟아지기 시작했다. 출발하기 전부터 비 소식이 있어 갈까 말까 망설였지만 온 형제자매에게 이런 기회는 다시 오지 않을 것이라며 강행을 하였다. 물이 그렇게 무서운 줄을 몰랐다. 갑자기 땅이 보이지 않기 시작하더니 수위가 순간순간 올라오는 것을 느꼈다. 큰 길가까지 근 500여 미터를 우리는 정신없이 빠져 나왔다. 아마 10분만 늦었어도 큰 변을 당했을 것이다. 몸이 비에 적신 것 따위는 신경도 쓸 수 없었다. 돌아오는 버스에서 라디오를 들으니 30년만의 폭우란다. 훗날 어머니의 그날에 대한 회고담이 걸작이다. "한 명만이라도 빼놓고 보냈을 것을……" 하셨단다.

형제간들이 서울에서 학교를 다니게 되자 부모님이 '모래내'라는 곳에 집을 장만해 주셨다. 그런데 이 집이 겉모양만 그럴싸 하지 날림집이었다. 비가 새는 바람에 천장엔 온통 지도가 그려져 있었고 비가 조금 많이 온다 싶으면 방바닥에 대야를 대고 떨어지는 빗방울을 받아내야 했다. 그 을씨년스러움이란 경험을 해보지 않은 사람은 모른다. 지붕을 고치려고도 해보았으나 기와가 불량품이라 고치려 올라 갔다간 더 많은 기와가 깨져버려 고칠 수도 없다고 했다. 집을 팔고 나올 때까지 비가 올까 봐 걱정이었다.

비가 오는 날 골프를 치는 것도 고역이 아닐 수 없다. 혼자 하는 운동이 아니기에 동반자들이 그만 하자고 말하기를 기다리는데 골프에 미친 동반자는 오히려 시원해서 좋다고 한다. 특히 모시고 간 윗분이 그렇게 이야기하면 온몸이 물에 부풀려져도 그분의 결정에 따르는 수밖에 없다. 차라리 천둥 번개라도 치길 바란다. 그만 칠 명분이 생기기 때문이다.

해외 여행을 할 때에 비가 내리면 속수무책일 수밖에 없다. 낯선 곳이라 어디가 어딘지를 모르니 답답한 호텔방에 갇혀 있어야만 한다. 눅눅한 기운에 마음이 가라앉으니 며칠 안되는 여행이지만 집이 그리워진다. 이제나저제나 행여 비가 멈췄나를 알아보기 위해 창밖을 내다보니 떨어지는 빗방울은 무수한 동심원을 그리고, 길가에는 곰팡이 같은 우산들이 희끗희끗 널려 있다. 평소에는 꽃잎처럼 아름답게 보이던 우산도 원치 않은 비를 만나니 흉물처럼 보이는 것이다. 그렇다고 비 맞으며 돌아다닐 청승을 떨기는 싫다. 그러나 비는 이런 좋지 못한 추억보다는 오히려 그리움을 불러 오고 낭만에 젖게 하고 사색에 잠기게 한다.

어릴 적 나는 양철 지붕이 있는 집에서 살았다. 뜨거운 태양이 작열하는 여름날은 집안에 앉아 있기가 힘들 정도로 더웠지만 비 오는 날은 빗소리를 그대로 내 귓가에 전달해 주는 고마운 존재였다. 새벽에 두둑두둑 들려오는 빗소리는 그 옛날 어머니가 들려주신 자장가였다. 등교할 생각을 잊은 채 포근히 잠들고 싶은 때가 한두 번이 아니었다.

폭염이 내리 쬐어 이마에 땀방울이 송골송골 맺힐 때 마른하늘에서 뿌려주는 한바탕의 소나기는 가슴까지 후련하게 식혀주고 쩍쩍 벌어진 논바닥에 하염없이 스며드는 빗방울은 죽어가는 대지를 살려주는 생명수일 것이다.

운전만 하지 않으면 차 안에서 비를 맞이하는 것도 꿈같은 이야기이다. 차 안은 자연을 향한 설레임으로 가득하다. 빗방울 소리는 그 자체가 음악이고 차창 밖은 한 폭의 그림을 그려낸다. 옷에 비 한 방울도 젖지 않은 채 내 마음은 소낙비 내리는 들판을 우산도 없이 걷고 있다. 물방울을 닦아 주는 와이퍼는 운전석만 움직였으면 한다. 이 빗방울을 온몸으로 맞이하고 싶기 때문이다. 그 물방울은 내 몸에 배어 있는 땀이기도 하고 마음을 적셔 주는 눈물일 수도 있고 이 모두를 말끔히 씻어 주는 세정수이기도 하다. 앞이 안보이면 아늑함이 더하여 좋다.

그러나 무엇보다 내가 좋아하는 비는 밤사이 내리는 비다. 아침에 일어나면 하늘은 맑아지고 길거리는 깨끗하게 청소가 되어 있어 온 세상이 새롭다. 활동하는 데도 지장이 없으니 어깨가 펴지고 콧노래가 저절로 나온다. 아파트에 살아서 빗방울 소리가 잘 들리지 않아도 밤비가 오는 것은 육감적으로 느낄 수 있다. 마치 여인의 속삭임이 귓가를 맴도는 것 같다.

하여 나는 밤에 비가 내리는 것을 기다리기도 하고 잠을 자다가도 문득문득 깰 때도 많았다. 그런데 요즘은 깊은 잠에 들어 비가 오는 것을 까맣게 모르고 지나치기도 한다. 아내가 "여보! 당신 어젯밤 비가 무섭게 내린 것 알고 있어?" 하고 묻는다.

아니 이렇게 좋은 기회를 어떻게 놓칠 수 있단 말인가? 하기야 이제 노인이 되어가고 있으니 여인의 속삭임도 나를 비껴가는 모양이다.

남에게 피해를 주었을 때 힘이 닿는데까지는 당연히
보상을 해주는 것이 도리……

4부

속고 속이는 세상

신은 존재하는가

사람의 운명이 우연한 일로 바뀌어 질 수 있듯이 나에게 큰 영향을 미친 생활철학 중의 하나도 우연히 읽은 짧은 글로 얻어지게 되었다. 그 글을 간략하게 소개하면 다음과 같다.

신부님과 무신론자가 신이 존재하는가에 대하여 끝 없는 논쟁을 벌이고 있었다. 어느 날도 무신론자가 신부님을 찾아와 신은 존재하지 않는다는 주장을 되풀이 했다. 신부님은 석양의 노을을 바라보면서 말씀하셨다. '나도 어떤 때는 신이 존재하지 않을지 모른다는 생각을 하는데 당신은 한 번 만이라도 신이 존재한다고 생각해 본 적이 없습니까?'

명색이 대학교수이니 학문적으로 다른 사람들과 견해를 달리하는 경우가 종종 있었다. 이전까지는 그런 사람들에게 '저런 맹꽁이 같으니라고 책도 안 보는구만' 하며 나의 생각을 굽히지 않았다. 그러나 그 글을 읽은 후로는 '그렇게 생각할 수도 있겠지.' 하며 남의 의견을 포용할 수 있었다. 그러자 마음이 편해지고 학문의 폭도 넓어지게 되었다.

　진실은 저 깊은 곳에 꼭꼭 숨어 있는데 바깥에 나타난 사실을 자기 나름대로 해석하고 자기의 생각만 옳다고 우기는 사람이 많다. 의학에서도 잘못된 판단으로 인한 오류를 경험하게 되는데 과거에 옳다고 여겨졌던 치료의 방법들이 지금은 뒤바뀐 경우가 비일비재하다. 그런 걸 알면서도 지금도 자기의 주장이 진실인 양 한 치의 양보도 없이 다투고 있다.

　그러나 옳다고 생각하며 우기는 사람은 그나마 순수하다고 할 수 있다. 이미 자기 자신은 그르다고 생각하면서 옳다고 주장하는 사람도 있어 사회가 어지러워진다.

　미국 존스홉킨스 대학에 연수를 갔을 때의 일이다. 인공관절의 대가라는 H교수한테서 배우게 되었는데 한 달이 못되어서 그 교수한테 찍히고 말았다. 연수를 떠나기 전 H교수의 논문을 다 읽었는데 한 달 동안 외래를 보는 사이 논문 결과와는 전혀 다른 환자가 많았다. 그래서 선생님의 논문에는 그렇게 안되어 있는데 어찌된 일이냐고 물었더니 안색이 변하더니만 그 다음부터 관계가 나빠져 버렸다. 진실을 알고 있는 사람은 눈에 가시였던 것이다.

　H교수 밑에 중국에서 온 연구생이 있었는데 그 중국 의사는 H교수의 연구만 담당하는 일을 하고 있었다. 같은 동양인이라 몇 달을

사귀어 친해지고 나니 그 친구가 어렵사리 꺼내는 말이 "H교수는 거짓말쟁이야!"하는 것이었다. 그 후로는 내가 그 교수를 못 믿게 되어 연수의 효과도 떨어질 수밖에 없었다.

아마 H교수가 사실대로 밝혔으면 그때까지 쌓아 올린 탑이 무너져 존재의 이유를 상실하는 두려움이 있었을 것이고, 또 그 많은 연구비를 타 내었으니 어찌할 도리가 없었을지 모른다. 하지만 그의 논문을 믿고 따른 후학들은 어찌되며 또 그의 이론에 따라 수술을 받은 환자는 어쩌란 말인가?

법정에서도 검사와 변호사가 유·무죄를 둘러싸고 치열한 논쟁을 벌인다. 한 사건을 가지고 이렇게 생각을 달리할 수 있을까 신기하기도 하다. 그들은 과연 그렇게 믿기 때문에 주장하는 것인지 직업상 그렇게 할 수밖에 없어서 그러는 것인지 알 수가 없다. 또 그 말을 듣고 결정을 내리는 판사의 결정은 얼마나 진실에 가까운지 모를 일이다.

신이 존재하는가에 대한 대답은 영원한 숙제일지 모른다. 왜곡된 사실이 진실인 양 둔갑을 하고, 못된 짓만 골라하는 사람이 더 잘 사는 것을 보면 아마도 안 계신다는 생각이 들기도 한다. 하지만 수많은 사람들이 비록 섬기는 신은 다를지라도 신의 존재를 믿고 그분의 말씀을 따르며 실천하려고 노력하는 사실 하나만으로도 신이 존재한다는 반증이기도 하다.

나는 무신론자에 가깝다. 가깝다라는 표현은 아마도 신은 존재한다는 생각이 가끔씩 든다는 뜻이다. 이것도 그 글의 영향일지 모른다.

내가 하는 치료 방법은 지식과 경험을 토대로 양심에 따라 하지만 다른 사람의 방법과 부딪힐 때가 있다. 어떤 때는 너무 차이가 나 내가 제대로 치료를 하고 있는가 하는 생각에 두렵기도 하다. 그럴 때

마다 내 마음속에서 부정하던 신이 어느새 입가로 슬며시 나타나신
다.

"주여! 저를 옳바르게 인도하소서."

하느님이 보우하사

내가 어렸을 적만 해도 우리나라를 지칭하는 말이 '조용한 아침의 나라'와 '동방예의지국'이었다. 참 적절한 표현이라며 우리나라에서 태어난 것에 자부심이 컸다. 그러나 반세기가 지난 오늘날 내가 생각하는 우리나라는 아침부터 저녁까지 일 년 내내 하루도 조용한 날이 없는 나라이고 도덕은 땅에 떨어져 이 세상에 이렇게 패륜의 나라는 없을 것이다. 어떻게 이렇게 엄청난 변화가 일어났을까?

찢어지게 가난한 생활에서 벗어나기 위해 1960년대부터 불어닥친 '잘 살아 보세' 열풍은 기존에 우리 민족이 가지고 있던 고정관념과 생활습관을 송두리째 바꾸어 놓고 말았다. 실용우선주의, 업적제일주의, 황금만능주의와 이를 바탕으로 한 이기주의는 500여 년 동안 뿌리 깊게 내려온 유교사상을 존속시킬 수 없게 만들었다. 그 결과 사는 것은 풍요로워졌으나 우리의 이웃과 화목하며 사람답게 살아가는 꿈은 점점 멀어지게 되었다.

실용주의는 우리의 전통 가옥을 찾기 힘들게 만들었다. 초가집과 기와집은 이제 민속촌이나 특별한 기념관 같은 곳에서만 명맥을 유지하고 있다. 초가집은 3~4년만에 한 번씩 지붕을 갈아주어야 하는 번거로움이 있으나 둥그렇고 아담한 모습은 우리의 가슴속에 평온함이 저절로 우러나게 하였다.

뒤돌아 보면 여름에는 시원하고 겨울에는 따뜻하여 선풍기나 에어컨이 없던 시절에는 가장 실용적이었을지 모른다. 인건비가 쌌던 그 시절엔 널려 있던 짚단을 이용하여 지붕을 올리니 비용도 그리 많이 들지도 않았을 것이다. 비록 방열효과가 떨어지지만 문에 바른 문풍지는 건강에 중요한 습도를 조절하는데 그만이었으니 몸에 해로운 가습기가 따로 필요하지 않았다.

겨울에 춥게 지낸 건 사실이지만 그렇다고 요즘 보다 더 병치레를 하고 지내지는 않았다. 뉴질랜드의 목장을 방문한 적이 있는데 소와 말의 축사가 없었다. 어떻게 그럴 수 있을까 생각하다 그것이 자연이라는 것을 알게 되었다. 인간이 동물과 같을 수 없다고 주장할지 모르나 자연 친화적인 생활이 마음을 따뜻하게 해 줄 수 있다는 것이다.

그 예로 자연과는 거리가 먼 아파트를 보면 쉽게 짐작이 간다. 아파트는 살기에는 매우 편리하지만 지극히 인위적인 공간이어서 이웃과도 단절이 되고 가족 간에도 대화가 줄어 들었으니 살아가는 것이 팍팍하다. 옛날에는 이사 오면 떡을 돌리기도 했는데 요즘은 누가 이사 오고 언제 갔는지도 모르니 조그만 일에도 이웃 간에 다툼이 빈번하다.

실용주의는 전통문화도 서서히 말살시키고 말았다. 운치가 있던 옛것들은 편리한 새것에 밀려나다 보니 보존할 가치가 있던 것들도 종적을 감추게 되어 버렸다. 먹과 붓은 너무 시대에 뒤떨어진다 하더라도 펜과 만년필도 찾기가 힘들다. 글을 쓰는데 펜과 볼펜은 그 맛부터 다르고 컴퓨터 자판을 통해 나오는 글은 아예 맛이 없다.

우리가 옛부터 사용하던 생활용품도 거의 모두 기계화되었다. 그나마 손으로 하는 것은 칼과 도마, 그리고 장도리 정도이다. 그러다 보니 모든 일에 정성이 예전만 같지 못하여 사람들의 심성이 거칠어진 것이다. 그게 무슨 상관이냐고 되묻지 모르지만 정성이 떨어지면 아마도 보이지 않게 심성에 작용을 했을 것이 분명하다.

업적제일주의는 선후배의 위계질서를 깨뜨리고 말았다. 일을 잘하면 후배가 선배보다 높은 자리에 올라 선배에게 일을 시킬 수 있게 되었다. 추월을 하려는 자나 추월을 당하지 않으려는 자의 보이지 않는 자리 다툼은 선의의 경쟁보다는 음모나 술수가 난무하는 사회를 만들고 말았다. 결국 그 후배도 또 다른 후배의 희생양이 되어 일찍 명퇴를 하는 수순을 밟게 되니 과거의 평생 직장의 개념이 무너져 중년이 넘어서부터 실직상태에 빠지게 되어 버렸다. 그렇지 않아도 평균 수명이 길어져 앞날이 캄캄해지니 사회에 대한 불만이 폭발 일보 직전이다.

사회 전반에 깔려 있는 황금만능주의는 정말 숨을 탁탁 막히게 하고 있다. 옛날에는 돈이 없어도 정도를 밟아 꿋꿋하게 살아가면 선비정신이 있다고 존경을 받았는데 요즘은 그런 사람을 바보 취급하고 있다. 아무리 좋지 못한 방법으로 돈을 벌어도 돈이 많으면 재주가 좋다며 그 뒤를 따르려고 한다.

그래서 신용을 중시하고 상도의를 지켜가며 성실하게 기업을 운영할 생각을 하지 않는다. 수단과 방법을 가리지 않고 돈만 벌면 그뿐이다. 사람이 먹지 못할 것을 식품에 첨가하여 팔기도 하고 원자력 발전소가 터져 이 땅에서 살아갈 후손들을 기형아로 만들어도 자기 뱃속만 채우면 된다. 정당한 방법으로는 살아 남을 수 없다며 동업자끼리의 부당한 경쟁은 이전투구의 양상으로 이어져 악화가 양화를 구축하게 되었다.

이러한 문제점들이 개개인의 이기주의로 이어지니 요즘 우리가 살고 있는 세상은 요지경이 되고 말았다. 보험금을 타기 위해 처자식을 죽이고 유산을 더 받기 위해 부모님도 원수가 된다. 자기의 이익을 위해 질서를 파괴하는 일을 서슴치 않고 옳고 그름을 떠나 자기의 주장을 절대 굽힐 줄 모르니 나라가 시끄럽지 않는 날이 없다.

그러나 우리 사회는 이를 고쳐 나갈 능력이 없다. 맨 먼저 이를 개혁해야 할 정치집단들이 이 모든 문제점의 핵심에 있기 때문이다. 요즘 정치인들 중에 예전의 독립운동 때처럼 참으로 국가를 위해 희생할 사람은 한 사람도 없는 것 같다. 말은 삔질나게 잘해서 모두가 자기를 최고의 애국자로 자처하지만 모두 자기를 위해서는 국가도 버릴 사람들이다. 이완용도 스스로가 매국노라고 이야기 한 적이 없다. 그도 나름대로 나라를 위해서 그런 행동을 했다고 궤변을 늘어 놓았었다.

교육은 한 나라의 백년대계에 해당되기에 교육자의 역할이 매우 중요한데 근래 50여 년 동안 우리의 선생님들은 스승의 위상을 잃어버리고 말았다. 잇단 비리는 선생님의 자질을 의심하게 하고 학생들의 잘못된 행동을 고쳐주기보다는 애써 눈 감으려한다. 사상교육이라는 것이 무엇인지 인성교육을 제쳐 놓고 학생들의 의식구조를 바꾸는데 온 정신이 팔려 있는 선생님도 있다. 이러한 발상도 자신의 생각을 학생들에게 주입하려는 욕심에서 발달되었다고 할 것이다. 참 선생님을 찾아보기 힘드니 스승의 가르침을 따르려 하지 않는다. 우리 때는 선생님의 그림자도 밟지 말라고 배웠건만 요즘 학생들은 선생님에게 대들기도 하고 학부모들은 폭행까지 한다고 하니 한심하기 그지없다.

사회의 치안을 책임져야 할 사법기관도 방향을 잃고 있다. 친구 중에 일선에서 파출소장을 지낸 친구가 있었는데 경찰이 해야 할 일이 엄정한 법질서를 유지하는 것이 아니라 민원을 최소화하는 것이라고 한다. 즉 법에 어긋나도 주민들이 원하는 대로 해주어야 한다는 것이다. 이러니 무턱대고 우기는 버릇이 생겼고 파출소에서 행패를 부려도 이를 달래는데 급급하니 올바른 법 집행이 될 리가 없다.

이런 사회적 부조리를 고발하여야 하는 언론도 자기들의 주장과 자기들의 이익을 취하는데 혈안이 되어 버렸다. 기사를 가장한 대가성 광고를 여기저기서 쉽게 찾아 볼 수 있다. 사회의 목탁이라는 말은 전설 속의 이야기에 불과해졌다.

정신적 지주 역할을 해야 할 종교계도 욕심에 어두워 제 할 일을 못하고 있는 실정이다. 정치적 현안에 너무 민감한 종교계 지도자들이 많고 재물에 눈이 어두워 교회나 종단을 사유화하고 세습하는 일도 벌어진다.

우리는 지금 혼돈의 세상에 살고 있다. 분명히 무엇이 잘못 되었는지 알고 있지만 이를 해결하기가 힘들다. 해결할 수 있는 사람이 없기 때문이다. 언제 또다시 '동방예의지국'과 '조용한 아침의 나라'가

될지 까마득하여 이민을 떠나고 싶은 충동이 일지만 그래도 내가 태어난 땅덩이이고 조상님들이 묻혀 있는 곳이니 이마저도 마음대로 할 수가 없다.

본전은 해야지

대학 친구 중 한 명은 무슨 말을 하다가 궁지에 몰리면 꼭 하는 말이 있었다.

"야! 까불지 마. 너 세상 잘 만나서 나하고 이렇게 말이나 하지 요즘 같으면 넌 태어나지도 못했어."

내가 대학을 다닐 당시에는 자녀를 2남 2녀 두는 것이 추세였다. 그 친구는 장남이었으니 언제라도 태어날 운명이었고 나는 다섯 째이니 태어나지도 못했을 것이란다.

그 말을 들으면 가끔은 섬뜩하기까지 했다. 우리 부모님 세대는 산아 제한을 할 수도 없었고 다산이 큰 복이라고 여겼었다. 그래서 형제자매가 대여섯 명 있는 것이 보통이었다. 정말 한 세대 지난 후에 부모님이 결혼을 하셨으면 나는 이 세상에 존재하지도 못했을 것이다.

그러더니 내가 결혼을 할 때에는 우리나라 인구가 많다며 둘만 나아 잘 기르자고 하였다. 그래서 셋째 딸을 낳자 아들 보려고 딸 하나 더 낳았다며 마치 짐승 쳐다보듯 하는 사람도 있었다.

둘과 셋은 큰 차이가 났다. 시장을 다니면 아빠 엄마가 한 명씩 맡아도 하나가 남아 제멋대로 돌아다녀 정신이 없었다. 택시를 타려고 해도 잘 세워주지도 않을 뿐 아니라 합이 다섯 명이니 사정을 하거나 웃돈을 더 주어야 했다. 조금 붐비는 식당에 가면 테이블 하나에 다섯 명이 앉거나, 두 테이블을 차지하여 주인의 눈치가 보이기도 했다. 의료보험도 셋째 아이부터는 적용이 되지 않아 병치레하려면 돈이 훨씬 더 들어갔다. 셋을 키우기가 끔찍했지만 지금은 막내딸이 없었으면 어땠을까 생각하면 끔찍하다.

셋도 그랬으니 우리 부모님들은 그 많은 자식들을 어떻게 키워 냈는지 신기하기만 하다. 물론 그때는 이를테면 방목에 가까웠다고 볼 수도 있다. 세끼 밥만 먹여 주면 쑥쑥 잘도 자랐다. 형이나 누이가 동생들을 돌봐 주고, 제멋대로 돌아다녀도 차에 치일 염려가 없었다. 학교만 갔으면 됐지 학원은 아예 있지도 않았고, 노는 것도 날이 밝았을 때만 가능하여서 밤늦게 들어 올 일도 없었다. 가장 나쁜 짓이래야 밤을 새면서 만화책을 몰래 훔쳐보는 정도였다. 대학도 학교 공부만 열심히 하면 원하는 곳에 갈 수 있었다.

그렇다고 하더라도 너댓 명 이상을 키우기는 참 어려웠을 것이다. 태어나도 홍역을 앓아 죽는 일이 많아 출생신고를 일이 년 지나서 하는 것이 보통이었다. 많은 자식들의 끼니를 거르지 않게 해주는 것도 힘들었고, 해진 옷을 기워 주며 겨울날을 춥지 않게 지내는 것도 큰일이었다. 아이들과 놀다가 지푸라기로 덮어 놓은 똥통에 빠지기도 하였고, 개구리 잡으러 갔다가 길을 잃어서 밤늦게까지 못 들어오는 경우도 있었다. 몸이 아파도 치료비가 없고 의료시설도 낙후하여 발만 동동 구르면서 단방약을 찾기에 급급하였다. 공부를 더 시키고 싶은데 등록금을 못 내어서 상급 학교를 포기하는 경우도 많았다. 다섯 손가락 깨물어 안 아픈 손가락 없다고 자식 중에 하나라도 형제 중에서 뒤떨어지면 평생 동안 한으로 남기도 했다.

요즘에 아이 하나를 키우려면 여간 힘이 드는 게 아니다. 그래서 하나만 낳겠다고 하고, 아예 하나도 안 낳겠다며 여자가 우기는 바람에 가정불화의 원인이 되기도 한다. 무엇보다 혼자 벌어서는 살림을 꾸려가기가 쉽지 않을 뿐더러 여자라도 일을 해야만 행세를 하는 세상으로 변해 버렸기 때문이다.

맞벌이를 하게 되면 아이 때문에 여자가 직장을 그만 두거나 할아버지 할머니에게 맡겨야 된다. 그렇지 않으면 아이 돌보는 사람을 두어야 하는데 그러면 한 명이 더 벌어도 경제적으로 큰 도움이 못된다.

무엇보다도 힘든 것은 교육이라고 할 것이다. 남들에게 뒤처지지 않으려면 학교에 들어가기 전부터 학원도 보내야 한다. 학교에서 아이들한테 왕따당하지 않을까 항상 조마조마하고, 컴퓨터 놀이에 미쳐 공부를 제대로 하지 못할까 감시를 해야 한다. 집에 오다가 교통사고를 당하지 않을까 불안하고, 동네 불량배에게 행여 맞지는 않을까 노심초사한다.

게다가 좋은 학교에 진학하기는 얼마나 어려운지 고등학교 3학년이 되면 집안은 텔레비전도 없애고 절간처럼 고요해야 한다고 한다. 그러니 보육시설도 제대로 갖추어 있지 않은 나라에서 출산 장려금을 몇 푼 준다며 아이를 많이 낳으라고 하는 것은 넌센스라 아니할 수 없다.

내 친구 중에 부부 의사가 있는데 한 번은 초등학교 담임 선생님의 호출을 받았다. 선생님과 면담을 하고 나서 낙담이 이만저만이 아니었다. 자기 아이가 성적은 바닥인 데다가 말썽이란 말썽은 다 부린다는 것이었다. 착한 아줌마에게 안심하고 아이를 몇 년 맡겨 놓았는데 이렇게 문제아가 되어 있을 줄은 몰랐단다.

그렇다 하더라도 하나만 낳아 기르겠다는 생각은 먼 앞날을 내다보지 못한 발상이다. 셋째 매부는 며느리를 싫어하게 되었는데 그 이유가 손자 하나만 낳고는 그만 낳겠다는 것이었다. 실향민이라 자식 욕심이 대단한 터에 하나로 그치겠다니 봉창이 터질 수밖에 없는 노릇이다.

나는 가끔 주례를 서는데 주례사 중에 최소 본전은 하라는 말을 많이 한다. 즉 둘이 모였으니 자식은 최소 둘은 가져야 본전이라는 뜻이다. 하나도 가질까 말까 고민하는 신혼부부에게는 우이독경일 수 있으나 자신들이 어떻게 이 자리에 서 있을 수 있는지를 깨달아야 한다. 만약 신랑 신부의 부모들이 신혼부부와 같은 생각을 가졌다면 둘다 태어나지 않았을 수도 있고 지금의 짝을 만나지도 못했을 것이다. 물론 아이 키우기가 힘들기는 하겠지만 살아 있음에 고마움을 느낀다면 최소 본전은 하도록 마음을 고쳐먹어야 할 것이다. 특히 형제간의 서열이 셋째 이후는 두말할 필요가 없다.

자식을 키우는 것이 너무 힘들고 또 인생의 걸림돌이라고 생각하는 젊은이들에게 살아가면서 가장 확실하게 남는 것은 자식 농사밖에 없다는 진실을 가르쳐주고 싶다.

속고 속이는 세상

조선의 한 임금님께서 남산에 올라 산 아래를 굽어보니 민가가 빼곡히 자리 잡고 있었다. 그래서 걱정스레 신하에게 물었다.

"저 많은 백성들이 어떻게 먹고 살아가는고?"

그러자 신하가 대답하였다.

"상감마마! 너무 심려치 마시옵소서. 저들은 저들끼리 서로 속고 속이며 잘 살아가고 있습니다."

살아가는 것이 삶이라고 할진데 두 말이 주는 어감은 조금 다르다. 살아간다는 말은 좀 더 현실적인 표현이고 삶이란 말은 철학적인 의미를 내포하는 것 같다. 앞서 소개한 일화에서 느끼는 것은 사람들이 살아가는 모습은 예나 지금이나 다를 것이 없다는 것이다. 요즘은 인구도 많아지고 살아가기가 복잡하니까 예전보다 더하면 더했지 덜하지는 않을 것이다.

남을 속인다는 것은 남보다 어떻게든 풍요롭고 잘 살겠다는 욕망이 꿈틀거리는 순간부터 잉태하는 인간의 원초적 본능일지도 모른다. 그래서 인류의 역사와 같이 한다고 볼 수 있다. 그러나 사람의 삶이 그래서야 되겠느냐는 깊은 상념에 빠지게 된다. 웬만큼 먹고 살 수만 있으면 구태여 그럴 필요가 없을 것 같은데 더 큰 욕심을 손쉽게 채우기 위해 오늘도 머리를 싸매고 남을 속일 궁리만 하는 사람이 많다.

남을 속이게 되면 속임을 당한 사람에게 마음의 상처를 주는 것은 물론이려니와 어떤 때는 경제적으로 막대한 피해를 주어 재기불능의 상태에 빠뜨리고 일생을 망치게 할 수도 있다. 속인 사람은 부당하게 경제적 이득을 취하여 한순간 뿌듯함을 느낄지 몰라도 세상은 돌고 도는 것이어서 그 역시 다른 사람에게 속임을 당할 수 있다.

나는 가톨릭 신자라고 하지만 소위 냉담자이다. 냉담자란 세례는 받았지만 열심히 믿지를 않는 사람들을 일컫는 말이다. 냉담자가 된 이유는 근본적으로 신앙심이 두텁지 못해서 그런 거지만 내가 세례를 받게 된 과정은 꽤 특별하다고 할 수 있다.

나의 첫 군 복무지가 청평에 있는 후송병원이었다. 어느 비 오는 날 창밖을 보니 비 맞은 새끼 참새가 날지를 못하고 땅바닥에서 퍼덕거리고 있었다. 하도 불쌍하여 병사를 시켜 참새를 방으로 데리고 와서 폐품을 이용하여 집도 만들어 주고 병사들이 먹다 남은 음식을 먹여 주면서 키웠다. 그랬더니 신기하게도 참새가 나를 따르기 시작하여 손을 내밀며 '또로로' 하고 부르면 손가락 위에 앉아서 나와 무언의 대화를 나누기도 하였다. 철창도 없는 방이어서 날아가 버릴 수도 있었건만 참새는 한동안 나와 같이 생활을 하였다.

그러던 어느 날 군종 신부님께서 나를 찾아왔다. 신부님은 내가 어떤 사람인가 알고 싶으셔서 오신 것이었다. 그 이유인 즉 병원이 그리 크지 않아서 타 부대에 계신 신부님이 일주일에 한 번씩 미사를 집전하러 오셨는데 간이 성당에 내 환자들이 제일 많았기 때문이었다. 아무리 제약이 심한 군대라도 종교의 자유는 보장되어야 한다는 신념을 가지고 있어서 교회에 가거나 미사에 참석하거나 예불을 올리는 것은 모두 자유로이 허락하였다. 그랬더니 사병들이 자유시간을 가지고 싶어서 이 모든 행사에 다 참석하는 사람도 있었다.

신부님과 이야기를 나누는 도중에도 참새는 내 손 위에서 놀다가 날아가곤 하였는데 그걸 본 신부님이 나를 보고 말씀하셨다. "조 대위님, 혹시 가톨릭 세례를 받으실 의향이 없으십니까?" "저는 가톨릭에 친근감은 있지만 교리도 잘 모르고 해서 준비가 되지 않았습니다" 그러자 신부님이 "아무리 말이 통하지 않는 동물이라도 본성이 악한 사람은 따르지 않는 법입니다. 저렇게 작은 참새도 따르는 것을 보니 조 대위님은 심성이 착한 사람이 틀림없으니 의향이 있으시다면 제가 세례를 주도록 하겠습니다" 하고는 책 한 권을 주고 떠나셨다.

일주일 후 다시 방문하시어 일종의 자격심사 같은 몇 가지 질문을 하셨는데 지금도 기억나는 질문 중의 하나가 남에게 피해를 주었을 때 어떻게 하겠느냐는 것이었다. 힘이 닿는데까지는 당연히 보상을 해주는 것이 도리라고 대답했더니 그러면 됐다고 하셔서 2~3주 후 교리도 모른 채 세례를 받게 되었다. 성당에서 세례를 받는 것이 매우 힘들다는 것을 감안하면 흥부전 같은 이야기라 할 수 있다.

그 후 나는 이 핑계 저 핑계를 대며 성당에 열심히 다니지를 못했다. 독실한 신자가 되겠다고 약속을 해 놓고는 결과적으로 그 신부님을 속인 셈이 되었다. 그래서 살다 보면 비록 나에게 이익이 되지 않고 본의가 아닌데도 이렇게 남을 속일 수도 있다는 것을 깨닫게 되었다. 그나마 그때 대답했던 삶의 신조를 굳게 지키려고 노력을 하여 지금까지 남에게 큰 피해를 준 적이 없으니 신부님께서도 조금은 용서해 주시리라 믿는다.

결혼은 선택

독설가로 유명한 버나드 쇼에게 제자가 물었다.

"선생님은 금요일에 결혼을 하면 불행하다고 생각하십니까?"

쇼가 대답하였다.

"금요일이라고 예외일 수 없지."

결혼은 답이 나와 있는 수수께끼이다. 해야 한다는 것이 정답이지만 사람에 따라서 또 여건에 따라서 언제 그리고 누구와 하느냐라는 문제를 풀기 어렵다.

내가 가르치는 전공의들은 대부분 혼기를 앞두거나 결혼한 지 얼마 안 된 청년들이다. 제자들이 여자 친구를 사귀거나 결혼 생활의 이야기를 듣다보면 저러고도 장가를 가야 하나 하는 의구심을 떨쳐 버릴 수가 없다. 남보원(남성인권보장위원회)이라는 코미디 프로에서는 남자가 여자한테 꼼짝 못하는 요즘의 남녀관계를 해학적으로 잘 그려내고 있다.

일을 하는 도중에도 여자 친구에게서 수시로 전화가 걸려온다. 물론 사랑의 표현일 수 있겠으나 문제는 하는 일에 지장을 받고 최소한 받은 전화보다 더 많은 횟수의 전화를 걸어야지만 아무 탈 없이 지나간다. 핸드폰도 일일이 검색을 당하니 사생활이란 아예 기대하기 힘들다.

프로포즈도 어떤 이벤트를 준비하고 해야지 그저 말로만 해서는 안된다. 그 이벤트가 특별하지 않고 남들과 같으면 결혼 후에도 두고 두고 시달린다고 한다. 결혼식을 앞두고 모든 일정을 예비신부가 잡고 대부분의 결정을 여자가 내리니 남자는 그저 '좋아' 또는 '마음대로 해'라는 말밖에 할 수 없다.

결혼을 하고 나면 경제권을 빼앗겨 옴짝달싹을 못한다. 월급 통장은 결혼과 함께 넘겨주고 용돈은 받아서 쓰거나 카드 하나 달랑 받고 사용내역을 일일이 설명해야 한다.

한번은 신혼인 제자가 속상해 죽겠다며 나에게 하소연을 하였다. 사연인즉 연애기간 중에 핸드폰을 할부로 사서 선물하였단다. 그때는 좋아해 놓고는 이제 와서는 왜 현금으로 사지 않았냐고 푸념을 한다는 것이다. 결혼 후 지불되는 할부금은 자기 돈에서 나가는 생각이 드니 그 돈이 아까운 것이다.

전공의의 특성상 시간 외 근무나 당직으로 늦게 들어가는 경우도 너무 잦으면 눈치가 보인다니 일이 제대로 될 리가 없다. 어쩌다 과원끼리 회식을 할 때에도 11시가 넘으면 전화를 주고받으며 안절부절이다. 그렇다고 그걸 나무랄 수는 없다. 자칫하면 가정불화의 주범으로 낙인이 찍힐 수도 있으니까.

여자의 입장은 어떨까? 사람의 만족도는 남과의 비교에 의하여 크게 좌우되기 때문에 여자가 그만큼 더 행복해졌느냐면 그렇지도 않은 것 같다.

전화가 수시로 와야지 그렇지 않으면 불안하다. 처음 만난 날부터 시작하여 일수에 따라서 100일 기념이네 1년 기념이네 하고 상을 차려 주지 않으면 시큰둥해진다. 왜? 남들이 다 그렇게 하니까. 그런 과정을 거쳐 결혼을 하면 요즘은 많이 나아졌다고 하더라도 '시'자에서 오는 은근한 압박감은 항상 가슴을 무겁게 짓누르고 있다. 옛날처럼 으레 그러려니 하고 생각하면 속이 편한데 시댁과의 관계가 어정쩡하니 어떻게 해야 할지 속으로 갈등만 키워간다.

미국에서 공부를 할 때 선배님 댁에 가끔 들른 적이 있다. 그분은 대학교를 졸업하고 바로 미국에 와서 20여 년을 살아서 이곳 생활에 익숙해져 있었다. 그러나 고국에 대한 그리움이 있어 좋은 직장만 있으면 다시 들어오고 싶어 했다. 그것을 한사코 반대하는 사람은 형수님이었다.

어느 날 단도직입적으로 물었다.

"형수님! 형수님 정도면 한국에서는 파출부 불러가며 편안히 살 수 있는데 왜 안가시려고 해요? 여기서는 넓은 집 혼자서 청소하랴, 정원 관리하랴, 아이들 등하굣길 태워주랴 얼마나 힘드세요. 치안도 좋지 않아서 불안하기도 하고요."

대답은 너무도 쉽게 나왔다.

"몸이 힘들어도 마음이 편한게 나아요. '시'자와 아이들 진학하는 일에서 해방되니 사람 사는 것 같아요."

남자들은 모른단다. 시댁에 가는 날은 아침부터 가슴이 짓눌리고 친정의 큰 행사는 빠질 수 있어도 시댁의 작은 일마저도 꼭 챙겨야 한다. 특별히 잘못한 것도 없는 것 같은데 트집을 잡히고, 아무리 잘했어도 칭찬에는 인색하다. 아이들 좋은 학교 보내기 위하여 비싼 과외 공부시켜야 하고, 공부하는 것 지켜 보느라 자기 친구는 덩달아서 잠도 제대로 못잔다니 자기는 그렇게 못산다고 한다.

"여기서는요 아무리 기분 나빠도 전화하는 5분 동안 생글생글하면 끝나요. 그렇다고 여기까지 쫓아 오시겠어요? 그러다 보니 시댁과의 관계도 좋아지더라고요. 학교도 아이 실력과 적성에 맞게 보내면 되고요."

남편의 월급을 고스란히 받아도 친구의 남편보다 액수가 적으면 속이 상하고, 집에 늦게 들어오는 횟수가 많아지면 짜증이 난다. 그러니 여자도 경제력만 갖추면 결혼을 주저하게 된다.

그러나 부모의 마음은 그게 아니어서 시집 안 간 과년한 딸이 있으면 어느 것 하나 이루어 놓지 못한 좌절감에 빠진다. 아무리 공부를 잘하고 출세를 해도 결혼을 늦게 하거나 안 하면 그것처럼 불효가 없다. 그러니 이래저래 따지면서 결혼을 미루기보다는 때가 되면 시집 장가를 가서 잘 사는 것이 가장 큰 효도이다.

결혼은 속박에서부터 시작한다. 혼자 지내다 같이 살려고 하니 자유스러울 수 없고 새로운 가족을 맞이 하니 거북스럽기도 하다. 하지만 그 속박이 불편하고 힘들기만 하다면 인류에게 결혼이라는 제도는 존재하지도 않았을 것이다.

결혼을 해서 안정을 찾고 잔소리를 들어가면서 살을 부딪히고 살아가는 것이 우리네 삶이다. 부부간에 참을 줄도 알고 서로 양보를 해가며 자식을 낳아 가정을 꾸며가는 속에 아기자기한 즐거움이 있기에 결혼은 아름다운 구속이라고 할 수 있다. 모든 것을 자기 마음대로 하는 방종에 가까운 자유스러움만 추구하는 사람들에겐 이런 아름다운 구속을 누릴 자격이 없다.

3~40대에 혼자 사는 것은 일견 멋있어 보일 수 있지만 50대로 들어서면 남자는 궁상맞고 여자는 초라해 보인다. 같이 놀아줄 친구도 없고 만나서도 대화가 통하지를 않는다. 집에 들어가 봤자 맞아 줄 사람이 없으니 썰렁하기 그지 없다.

젊은이들이여! 사랑하는 사람이 있으면 너무 늦기 전에 망설이지 말고 아름다운 구속을 향해 매진하라.

비싸야지 멋져 보여

인도네시아의 동쪽 끝에 '이리안자'라는 지역이 있다. 이 지역은 인도네시아 영토이지만 경도상으로 보면 한반도와 거의 같은 동쪽에 위치해 있다. 몇 해 전 모방송국 기획취재의 일환인 '오지탐험'에 소개된 곳과 그리 멀지 않은 곳이다.

도시만 둘러보는 여행은 나라마다 조금씩 다르기는 하지만 거기서 거기이니 좀 색다른 곳을 가보지 않겠느냐는 친구의 제안에 매우 까다로운 수속을 거치고서야 발을 들여 놓을 수 있었다.

식인의 관습이 얼마 전까지 남아 있었다고 하는 원시 미개 마을인지라 남자나 여자나 중요한 곳 외에는 아무것도 걸치지 않고 살아가고 있었다. 그런데 한 여인의 팔뚝에 강아지풀 같은 풀 포기로 띠를 매고 있는 것이 보였다. 조금은 신기해서 물었더니 멋을 내기 위해서

란다. 처음은 통역을 잘못한 걸로 알았다. 거의 아무것도 걸치지 않는 알몸에 치장을 해봤자 얼마나 예뻐 보이고 뙤약볕에 그을려 얼굴과 피부가 까맣게 타버린 마당에 모두 그 얼굴이 그 얼굴 같았기 때문이다.

중동 지방에 가면 여인네들이 챠도르라는 것으로 눈만 빼꼼히 내놓고 온몸을 가린다. 거기에 사는 사람은 화장이나 머리를 하는데 신경쓸 일이 없고 옷값도 별로 안들 거라고 생각했다. 그런데 막상 그곳에 가보니 예상과는 전혀 딴판으로 오히려 화장과 치장을 하는데 돈이 더 많이 들 것 같았다. 우선 옷부터도 옷감이 크게 차이가 났고 색깔도 검은색이되 똑같은 검은색이 아니었다. 옷에도 선을 한두 개 집어 넣어 차이를 두었고 챠도르 속에 감쳐진 머리도 머리에 신경을 썼다는 것을 짐작할 수가 있었다.

나는 퇴행성 관절염을 치료하기 때문에 주로 나이 드신 할머니들이 환자의 대부분을 차지한다. 할머니들이 아름다워지는데 무슨 관심이 있겠냐고 생각하면 큰 오산이다. 눈썹 부분에 문신을 하신 분도 있고 회진 때 화장을 한 얼굴로 맞이하는 분도 있다. 수술로 무릎의 통증이 없어지고 잘 걷는 것도 좋아하지만 수술을 받고나니 휘어진 다리가 반듯해졌다고 더 좋아 하신다. 목욕탕에서 다른 환자와 수술 부위를 비교해 보고는 자기는 남들보다 수술 자국이 크다고 투덜거리신다. 이럴 때 "미니스커트도 안 입으실텐데 뭘 그걸 가지고 그러세요"라고 하면 큰코 다친다.

원시 미개인도, 챠도르를 뒤집어 쓴 중동의 여인도, 나이 든 할머니도 조금이라도 더 아름답게 보이고 싶은 여자의 본성은 한결 같은가 보다. 그래서 밉지 않은 얼굴인데도 성형수술을 하고 주름살이 별로 없는데도 보톡스란 주사를 맞는다. 의상도 매일 바꾸어 입어야 하고 배가 아플 정도로 허리를 졸라매어도 날씬하게 보여야 하며 추워도 미끈한 다리가 드러나야 한다. 여기에다 여러 가지 악세사리로 치장을 하여 차림새에 악센트를 주어야 패션이 완성되는 모양이다.

그런데 이런 미적 추구가 가끔은 왜곡되는 것 같아 안타깝다. 아름다워지는 것보다 남에게 과시하기 위해 치장을 하는 사람이 꽤 많기 때문이다. 특히 핸드백을 들고 다닐 때 옷차림과 어울리는 것보다는 가진 사람처럼, 즉 부(富)티 나게 보이기를 더 바라는 것 같다. 거리에 나가보면 차림새와 모양은 제각각인데 진짜든 가짜든 똑같은 유명 브랜드의 핸드백을 가지고 다니는 사람들이 많다. "어때요 이 가방, 나에게 어울려요?" 보다는 "나 이 정도는 메고 다닐 능력이 있는 사람이야!"라고 과시하는 것 같다. 챠도르를 뒤집어 쓴 중동의 여인들은 핸드백에 신경을 많이 쓰는데 이유는 핸드백이 자기 자신을 돋보이게 하는 확실한 수단이기 때문이다.

그러나 얼굴도 마음대로 드러내 놓고 패션의 다양화로 개성미를 당당하게 표현할 수 있는 우리의 여성들이 중동의 여인처럼 명품 핸드백에 집착하는 이유가 잘 이해 되지 않는다. 그래서 사람이 스쳐지나가면 그 사람의 생김생김은 떠오르지 않고 핸드백의 브랜드만 생각난다.

날씨도 그리 춥지 않는데 뚱뚱하게 보이는 밍크 코트를 입고 거리를 활보하는 여인도 있다. 더운 실내에 들어 와서도 코트를 벗지 않고 땀을 뻘뻘 흘리고 있다. 안쓰러운 생각이 들어서 쳐다보는데도 멋있어서 쳐다보는 걸로 착각하고 있다. 또 옷을 어울리게 잘 입어서 "멋진데요"하고 칭찬을 해주면 "이것 싼 옷이에요"라고 대꾸하는 여

성도 있다. 멋지다는 칭찬이 검소하게 산다는 칭찬으로 바뀐 것 같아 뒷맛이 씁쓸하다.

내가 아내와 소위 코드가 맞지 않는 것 중에 하나는 어딜 가든 나는 어떤 일이 일어났고 무슨 이야기가 오갔는지가 주된 관심사여서 누가 어떤 옷을 입고 어떤 핸드백을 들었는지는 아예 내 머리에 입력이 되지 않는다. 그러나 아내는 누가 어떤 옷을 입었고 어떤 악세사리로 치장을 했고 어떤 핸드백을 들었으며 심지어는 가격은 얼마라고 추정하는 것에 관심이 쏠려 있다. 그래서 여자들은 누가 어떻게 멋을 냈느냐 보다 누가 얼마나 돈을 들여 치장을 했느냐가 중요할지 모른다.

여자가 아름답고 멋있게 보이기 위해 가꾸는 것을 나무랄 수는 없다. 모든 사람에게 아름답고 멋있게 보이는게 좋지만 이것이 충족되지 못한다면 그래도 이성에게 매력이 있어 보이는 것이 나을 것 같은데 이미 짝이 있기 때문에 남자에게 멋있게 보일 필요가 없다고 생각해서인지 여성들은 친구에게 뽐내고 자랑하는데 더 많은 신경을 쓰는 것 같다.

남자는 가진 것처럼 보이는 여성보다 개성미가 있는 여성에게 더 끌리게 된다. 친구들에게 가진 걸 뽐내도 자랑하는 것보다 개성있고 독창적인 아름다움으로 남성의 마음을 사로잡는 것이 더 자연스럽고 여성답지 않을까?

얼굴이 좋아 보이십니다

얼굴이 좋아 보인다든가 건강해 보인다든가라는 인사말을 받으면
싫어할 사람은 없다. 건강이 조금 나빠졌다고 생각하는 사람도 빈말
인 줄 알면서도 반색을 하며 좋아할 것이다. 그래서 이런 말은 덕담
을 주고받을 때 아주 좋은 인사말이다.

그러나 얼마 전부터 연말에는 선배나 웃어른한테 이런 인사가 조
심스러운데 혹시 인사를 받는 사람이 기분 나빠하지 않을까 하는 기
우에서이다.

연말이 되면 사람들이 회식으로 인하여 건강이 상하는 경우가 많
다. 그만큼 회식의 자리도 많고 술도 많이 마셔야 하기 때문이다. 그
래서 잘나가는 사람은 망년회 기간 거의 한 달 내내 술에 쩔어 있어
서 아침에 보면 얼굴이 푸석푸석하다. 그러니 건강하다는 것은 회식

을 자주 하지 않았다는 것이고 그것은 그런 기회가 적어졌으니 속된 말로 한물갔다는 뜻일 수 있다. 사실이지 한창 잘 나가는 사람에게는 연말을 조용히 쉬고 있을 틈이 없는 것이다.

망년회에 참가하는 횟수는 젊었을 때부터 점차 많아지기 시작하여 어느 시점에서 피크를 이루어 평행을 유지하다가 점차 줄어든다.

신입사원 때는 주로 얻어먹는 처지여서 불러주는 것만으로도 고맙다. 아무런 부담이 없으니 한 귀퉁이에서 끼리끼리 어울리면 된다. 점차 지위가 올라가면 횟수가 많아져 귀찮아지기 시작한다. 그나마 다행인 것은 행사가 서너 번 정도는 겹쳐져서 쉴 수 있는 기회가 있다는 점이다. 그러나 지위가 더 높아지면 중복되는 날이 거의 없어 망년회 기간 내내 피곤하다. 그래서 나의 전성기 때는 주말을 제외하고는 12월 한 달 중 이틀을 제외하고 매일 회식에 참석해야만 했다. 처음에는 왜 중복이 되지 않을까 좀 의아하게 생각되었지만 알고보니 거기에는 그럴만한 이유가 있다. 한창 잘 나갈 때는 망년회 날짜를 나를 중심으로 잡기 때문이다. 즉 내가 주빈이니 내 스케줄에 맞추어야 되고 그러다 보니 중복이 되는 날을 피하는 것이다.

그러다가 언제부터인가 회식의 날짜가 중복되기 시작하였다. 그 횟수는 감투와 밀접한 관련이 있었다. 감투가 하나 둘씩 떨어지는 해부터, 그리고 있다고 해도 실직적인 권한이 없는 감투일 경우는 오라고 하는 기회도 서서히 줄어드는 것이었다. 마지못해 참석을 해도 달라진 분위기에 섭섭함을 금할 수 없다. 주빈으로서 인사말을 하면서 참석하는 것만으로도 자리를 빛내 주던 위치에 있을 때는 내 자신의 힘을 느낄 수 있었는데 감투에서 떨어지니 의전상 예우를 해주나 흥이 나지 않는다. 어떤 때는 불렀다고 눈치없이 와서 분위기 망친다는 묘한 인상을 받는다. 물론 자격지심이지만 이쯤되면 불러도 참석하기가 싫다.

문제는 말술을 먹어도 끄덕없이 견딜 수 있는 중년만 되어도 자리를 비켜달라고 한다는 것이다. 경험과 경륜은 젊음의 패기에 밀려 힘을 쓰지 못한다. 어쩌다 걱정이 되어 한마디 거들면 그런 고리타분한 생각 때문에 회사가 발전할 수 없다고 일축한다. 그들은 모든 일이 잘 되고 자신들이 출세한 모습만 생각한다. 혹시 일이 그르치면 일단 변명을 하고 그래도 안 통하면 다른 직장을 찾아 떠나면 되는 것이다. 그러니 한창 젊은 나이에도 뒷방 신세를 져야 하고 그나마 뒷방이라도 남겨 놓으면 다행이다.

힘이 있던 시절이 지나갔으니 송년회 때는 고사하고 보통 때에도 술을 마실 기회가 사라져 버려 얼굴에 번들번들 윤기가 흐르고 건강해 보인다. 아직 건강을 걱정할 나이도 아닌데 얼굴이 좋아 보인다고 하면 할 일이 별로 없거나 놀고 먹는다는 소리이니 겉으로는 웃으며 인사를 받지만 속으로는 봉창이 터진다.

이들이 하루하루를 송년회 때문에 시달렸을 때를 그리워하며 앞으로 몇 년을 버텨 나가야 할지 모른다.

부부 싸움

옛날에는 부부 싸움은 칼로 물 베기라고 했다. 싸움을 할 때만 갈라졌다가 언제 그랬냐는 듯이 흔적도 없다는 뜻이다. 그러나 요즘 부부 싸움은 휘발유 끼얹고 불 속에 뛰어들기다. 앞뒤 가리지 않고 다시는 돌이킬 수 없는 상황으로 치닫는다. 그러지 않고서야 이혼이 이렇게 급증할 수 없다.

모두들 성격이 급해져서 참을 줄 모르기에 걸핏하면 싸움을 하고, 고집은 세어져서 한 번 싸우고 나면 자기의 생각을 굽힐 줄 모른다. 앞뒤를 생각할 겨를도 없고 화가 치밀어 오르면 자식에 대한 걱정도 뒷전이다. 그런데다 사회가 이혼에 대하여 관대해지다 보니 부부 싸움이 칼로 물 베기가 아니라 이혼과 너무나 쉽게 연결되어 있다. 여기에는 남녀 간의 위상이 달라진 것도 큰 몫을 한 것이다.

서로가 맘에 들지 않는데 남은 긴 여생을 더 이상 함께 못 살겠다는 것이다. 얼핏 생각하면 그럴 듯하다. 그러나 원래 싸움이란 어느 한쪽이 일방적으로 잘못해서 발생하지는 않는다. 이혼 후에도 자신이 뉘우치지를 않으면 어느 누구를 만나도 곡예사 같은 아찔한 싸움은 일어나게 마련이다. 그래서 다른 배우자를 만나 더 잘사는 사람도 있지만 대부분은 그때 조금만 참았으면 하며 후회하는 경우도 많다.

사람은 사회적으로는 힘들고 험한 꼴도 다 참아 내면서 살아가고 있다. 그런데 유독 부부간에는 그걸 못 참는지 모르겠다. 그건 아마 배우자에 대한 기대가 너무 크기 때문일 것이다. 학교 다닐 때 정말로 하기 싫은 시험 공부도 밤을 새워가며 견뎌왔다. 직장을 다니면서 일을 잘못 한다며 윗사람에게 인간 이하의 대우를 받고도 직장을 때려치지 못하는 사람도 많다. 만약 이 순간을 참지 못하고 자기 하고 싶은 대로만 하였으면 지금은 망나니가 되었거나 실업자가 되어 길거리를 헤매고 다닐지 모른다. 가정은 학교나 직장보다 더 소중한데 가정사에는 참을성이 사회에서 보다 훨씬 적다.

내가 아는 분이 오래전에 이혼을 하고 재혼을 하였다. 이런 사람에게 부부 생활에 대한 인사말을 하는 것이 조금은 쑥스럽다. 그래도 전혀 안 하는 것이 자연스럽지 못한 것 같아 한마디 던졌더니 기다리기나 한 듯이 예기치 못한 대답을 하였다.

"첫번째 여자한테 지금 한 것처럼 해주었으면 아마 이혼을 안 했을 거예요."

두 번의 이혼은 정말 부담이 가는 모양이다. 제일 무서운 것은 주위의 시선이라고 했다. 사회가 한 번의 이혼은 그럴 수도 있겠거니 하고 받아들여 주겠지만 두 번의 이혼을 하면 성격장애에서부터 능력 부족 등 갖은 구설수에 오르는 것이 두렵다고 했다.

요즘 담배 피는 사람은 천덕꾸러기 신세가 되어 담배를 피려면 사람이 별로 다니지 않는 으슥한 곳을 찾아가야 한다. 기분 좋게 담배와 데이트를 하고 있는데 차가 한 대 서더니만 40대 부부와 초등학교 학생으로 보이는 아이가 내렸다. 듣고 싶지 않은 이야기가 꾸역꾸역 내 귀로 흘러 들어왔다.

아마 차를 몰고 가다 또 무슨 발단이 되어 부부 싸움을 시작한 것이고 그대로 운전을 하고 가면 사고가 날 것 같으니까 가장 가까운 한적한 곳에 차를 세우고 2차전을 벌이는 듯싶었다.

이미 1차전 때 격정적인 분노의 시기를 겪은 후인지 몰라도 2차전 때의 목소리는 그리 크지 않았으나 서로의 말 속에는 가시가 돋혀 있었다. 이젠 더 이상 못 참겠으니 각자 갈라서자는 것이다. 남편의 무슨 성격 혹은 버릇 때문에 아내는 계속 잔소리를 하면서 살아온 것 같다. 객관적으로 보면 둘 중에 하나가 참으면 아무 일 없을 것 같은 하찮은 일이다. 남편이 그런 성격을 고치거나 혹은 아내가 잔소리를 좀 덜 하거나…… 그런 싸움을 하면서 아이에게는 아무 신경도 쓰지 않는다. 아이는 이런 상황에 익숙해진 듯 조금 떨어진 곳에서 스마트폰만 만지작거리고 있다. 엄마 아빠 사이에 끼어 들기도 그렇고 부부 싸움 하는 소리를 다 들으면서 물끄러미 바라만 보기도 힘들었을 것이다. 그렇다고 스마트폰의 화면이 그 아이의 머리에 들어오기나 하겠는가?

이번의 부부 싸움이 칼로 물 베기인지 아니면 휘발유 끼얹고 불 속에 뛰어들기인지는 확실치 않다. 여러 가지 상황으로 보아 이 부부간에 근본적인 문제가 해결되지 않는 한 이 아이의 스마트폰 만지작거리는 횟수는 앞으로도 늘어 갈 것은 불을 보듯 뻔하다.

치매를 만드는 사회

치매란 참 무서운 병이다. 금방 한 일도 기억이 나지 않고 이때에는 이 말을 했다가 조금만 지나면 엉뚱한 이야기를 한다. 인지능력이 떨어지니 옳고 그름을 판단하지 못하고 이상한 행동을 아무런 부끄럼 없이 반복한다. 환자 스스로는 자기 합리화가 뚜렷하기에 한번 고집을 부리면 꺾을 줄 모른다. 남의 말에 귀를 기울이지 않고 사람을 의심하니 간호를 할려면 한숨부터 나온다. 그리고 이런 모습은 명을 다할 때까지 지속된다.

통신 수단의 발달로 우리는 많은 정보를 쉽게 얻을 수 있게 되었다. 인터넷에 접속을 해보면 별의별 이야기를 다 듣게 된다. 거짓말이 진실로 둔갑하여 사람들을 현혹시키고 한갓 재미를 위하여 남의 사생활을 파헤치고, 자신의 이익을 위하여 수단 방법을 가리지 않고,

화가 나면 해서는 안될 막말도 거리낌 없이 토해낸다. 이런 걸 보노라면 우리 사회가 심한 치매에 걸렸다는 생각이 든다

　연예인들 치고 악플에 시달려 보지 않은 사람이 없다고 한다. 물론 인터넷 매체에 떠다니는 이야기들이 사실이지만 인기를 유지하기 위하여 연예인이 거짓말을 할 수도 있다. 하지만 악플 때문에 정신병에 걸리거나 자살을 한 사람도 있는 것을 보면 진실 여부를 떠나 좀 심하다는 느낌이다. 자기를 나타내지 않아도 되는 익명성 때문에 책임감이 없이 어떤 때는 사진까지 조작하면서 추종자들을 불려 나간다. 자신의 만족감을 위하여 다른 사람이 평생 지울 수 없는 상처를 받아도 상관이 없다. 한두 번 재미를 붙이면 아무런 죄의식 없이 또 다른 사냥감을 찾아 나선다. 인터넷을 이용한 통신수단은 치매를 양산하는 곳이 되어 버렸다.

　며칠 전 왕따를 당한 중학생이 자살을 한 적이 있다. 모든 국민이 분노를 하고 걱정을 하는 마당에 가해자에게 응원을 보낸 학생도 있었고, 사람을 십수 명을 죽인 사람을 영웅시하는 인간도 있었다고 한다. 가해자와 살인자는 범죄자여서 벌을 주면 되지만 이들을 두둔하는 사람들은 무엇이 옳고 그름을 모른 채 아무런 부끄러움이 없이 이런 행동을 하고 있으니 젊었을 때부터 치매에 걸려 있는 셈이다. 그렇다고 이런 치매를 법으로 다스릴 수는 없는 노릇이다.

　말과 행동이 다른 사람도 많다. 말은 번드르하여 성인군자인데 하는 행동을 보면 영 딴판이다. 정치하는 사람일수록 이런 부류가 많다. 말로는 나라와 국민을 위해 자기 한 목숨 기꺼이 바친다고 해놓고 실제로는 자신의 출세를 위해서라면 나라와 국민은 아랑곳하지 않는다. 표를 모으기 위해 갖은 감언이설의 공약을 내놓고는 당선이

되고 나서는 원래 정치는 그런 거라며 공약을 믿는 사람을 오히려 이상하게 생각한다.

자기 합리화에 출중한 재주를 가진 사람도 많다. 이런 사람들은 자신의 잣대로만 세상을 평가한다. 똑같은 일을 해도 자기가 한 일은 자랑거리이고 남이 하면 비난의 대상이 된다. 자기가 연애를 하면 로맨스이고 남이 하면 불륜으로 치부하는 식이다. 그때그때에 자기의 입장을 변명하는 궤변은 뛰어나지만 지난번 이야기와는 전혀 앞뒤가 다르다. 남의 말은 들으려고 하지 않고 필요하면 언제든지 말을 바꾸어 남의 속을 뒤틀어 놓을 생각만 하고 있으니 이것도 치매라고 할 수밖에 없다.

돈을 위해서라면 이성도 양심도 모두 팔아먹는 사람도 많다. 차량 접촉사고만 나도 목을 만지며 나오고 물건을 하나 사 놓고는 트집 잡기에 바쁘다. 주위에 건물 하나를 올리려 해도 보통의 상식으로는 납득이 안 가는 이유를 내세우며 주민들이 벌떼처럼 일어나서 보상금을 내라고 한다. 그 주민 중에 사회적 지도층도 있을만 한데 이들도 보상금에 눈이 어두워 꿀먹은 벙어리다. 행정기관이 법에 따라 사안을 집행하는 것보다 그저 민원을 없애는데만 급급하고 있으니 막무가내식으로 우기면 통한다는 인식이 많은 사람들의 정상적인 사고를 파괴하고 있는 것이다.

우리나라는 지금 심한 치매를 앓고 있다. 그럼에도 불구하고 이런 사회적 치매를 다스릴만한 여력이 없다. 나라를 이끌어 가겠다는 사회 지도층의 청문회를 보면 한심하기 짝이 없다. 질문을 하는 사람은 남의 사생활이나 비리를 캐는데만 혈안이 되어 있고, 질문을 받는 사람들은 한결 같이 투기, 탈세, 위장전입, 병역특혜에 연루되어 있다.

이들은 청문회에 별로 필요 없는 질문에 시간을 낭비하고 뻔히 들여다보이는 거짓말로 답변을 한다. 궁지에 몰리면 '기억이 나지 않는다'고 하고 이것이 통하지 않으면 '죄송하다'라고 하면 그만이다. 그렇게 기억력이 없고 그렇게 편법 및 불법행위를 밥 먹듯이 하는 치매성 환자에게 어떻게 나라를 믿고 맡길 것인가?

털어서 먼지 안 나는 사람이 있냐고 너그럽게 포용을 하자는 주장도 있다. 그러나 세상을 정직하고 진실되게 살아가는 사람들은 자조 섞인 푸념을 한다. '우린 높은 사람되기는 틀렸어' 이 말은 세상을 옳고 정직하게 살아가면 출세를 할 수 없고 남의 눈치를 보지 않고 법을 어겨야만 출세를 할 수 있다는 비아냥이 섞여 있다.

아무도 이런 사회적 현상을 큰병으로 알고 치료를 하려 하지 않는다. 잘못 건드리면 봉변을 당할까 봐 모두 숨죽이며 피해가기 바쁘다. 한번 치매 환자와 부딪히면 손해만 본다는 생각을 하고 있을 뿐이다. 우리나라에는 정치적 지도자는 있을지 몰라도 정신적 지도자는 없고 지도층은 있어도 지도할 능력이 있는 사람은 없다.

한 가지 걱정이 되는 것은 주위가 치매 환자로 둘러 쌓이면 정상적인 사람이 치매로 몰린다는 것이다. 어떻게 해서든지 출세를 하고 남에게 어떤 피해를 주더라도 돈을 많이 벌면 성공했다는 공감대가 이 세상에 만연하면 그렇게 하지 못한 사람은 바보가 되고 마는 세상이니 누가 치매 환자이고 누가 정상인지 분간하기가 힘들다.

사회 윤리와 병리

우리 사회는 뼛속까지 깊이 스며든 중병에 걸려있다. 수단 방법을 가리지 않고 성공을 해야 하고 일단 성공을 하면 잘못 되었던 과정은 아무 문제가 되지 않는다. 한번 성공하면 뒷바라지를 했던 사람들을 푸대접하여 내부 고발에 의하여 들통이나는 경우가 많다. 행여 진실이 밝혀질 것 같으면 끝까지 아니라고 부정하다가 마지막에는 언론 매체나 여론을 등에 업고 발버둥을 친다.

다음의 글은 몇 해 전 실험결과를 조작하여 국제적으로 의학계를 발칵 뒤집어 놓았던 사건을 재구성하여 풍자적으로 표현한 가상 시나리오이다. 모르는 사람은 이를 밥그릇 싸움이나, 시기하는 사람들의 트집 잡기라고 폄하하여 진실이 왜곡될 뻔했었다. 우리는 실험결과의 조작, 논문 표절 및 무단 복제에 너무 관대하여 성과만 뛰어 나면 이 모든 병태적 과정은 문제를 삼지 않는다. 이 사건으로 인하여 우리의 우수한 논문이 한때 부당한 의심을 받고 거절을 당하는 수난을 겪었다.

우리 사회가 이런 병태를 바로 잡지 않으면 사회 윤리는 회복될 수 없는 상태로 빠지고 부당하게 피해를 받는 사람이 많아질 것이다.

2004년 필라델피아 올림픽 경기에서 우리나라의 황유식 선수가 수영부문에서 금메달 6개를 따는 쾌거를 이루었다. 지금까지 이 부분에서 한 선수가 6개의 금메달을 딴 적이 없었으며, 엄밀히 따져보면 다이빙까지 포함한 전대미문의 불가사의한 기록이어서 우리 국민들을 열광의 도가니에 몰아넣기에 충분하였다. 한 사람이 우리나라 선수 전체가 획득한 메달의 2/3를 차지한 마당에 "이 모든 영광을 조국에 바친다"는 그의 귀국 일성은 그를 국민적 영웅으로 받들기에 충분하였다.

환영 인파는 인산인해를 이루었고 극적인 퍼레이드를 연출하기 위하여 퍼레이드는 청와대에서 끝나기로 되어 있었다. 측근들의 권유로 대통령은 몸소 청와대 정문까지 나와서 황 선수를 맞이하였다. 대통령은 그를 맞이한 자리에서 황 선수야 말로 엄청난 일을 해냈으며 우리에게 희망을 주었으며 우리의 앞날은 밝다며 앞으로 황 선수 및 수영 부분을 전폭 지지하겠다고 약속하였다.

정치권에서는 그렇지 않아도 국민들에게 뚜렷한 비전을 제시하지 못하여 고민하던 차에 이게 웬 떡이냐 싶었다. 정부에서는 지금까지 없었던 우리나라 최고 체육인상이라는 것을 만들어 그에게 수여하였고 황유식 체육관은 물론 산간벽지의 초중등학교에도 수영장을 짓는 계획을 수립하였다. 살던 집도 어느새 생가 복원을 하여 모습을 달리하게 되었으니 메달을 받으면 나오는 연금은 푼돈이 되고 말았다.

매스컴들도 연일 그를 띄우기에 바빴다. 공부를 하여도 크게 성공할 머리인데 집이 물가에 있어 수영을 계속하게 되었다는 이야기에서부터 한번 연습을 시작하면 언제 끝날지를 몰랐다는 말로 이어졌다.

이렇게 되자 황 선수에 대한 지원 선언이 꼬리에 꼬리를 물고 이어졌다. 스포츠 용품이나 건강식품 등 운동과 직접 관련된 기업은 물론이고 간접적인 영향이 있는 제약회사 등도 덩달아 후원을 약속했다. 대기업도 홍보에 이용하려 했는지 아니면 인색하게 보이지 않게 하기 위해선지는 모르지만 거액의 돈을 체육진흥비 명목으로 내어놓았고 어떤 항공사는 그에게 평생 일등석을 보장하는 선물을 서슴치 않았다.

한편 스포츠계에서는 큰 경사를 맞이하긴 했으나 운동으로 꿈을 이루겠다고 비지땀을 흘리는 선수들 사이에서는 이상한 소문이 나돌기 시작하였다. 정상적인 방법으로는 한 사람이 6개의 금메달을 딴다는 것은 납득이 가지 않는다는 것이었다. 특히 수영부문에서는 한 개의 은메달만 따도 우리나라 수영계가 발칵 뒤집힐 판에 단시일에 한 사람이 여섯 개의 금메달을 따낸다는 것은 사실 불가능하다는 것이었다. 그렇지만 이런 이야기를 공식화하면 괜히 시기와 질투 때문이라는 말을 들을까 봐 그들 사이의 입과 입에서 나왔다가 세상에 빛도 보지 못한 채 수면 속으로 가라앉곤 하였다.

이미 국민적 영웅이 되어버린 황 선수의 눈에는 아무것도 보이지 않았다. 그에게 지금까지 헌신적으로 뒷바라지 해주던 코치가 가장 먼저 눈에 거슬렸다. 훈련을 할 때 일일이 잔소리하는 것도 귀찮아졌고 또 앞으로 받을 후원금을 어느 정도 떼어 줄까를 생각하니 골치가 아프기 시작한 것이다. 고심 끝에 황 선수는 코치를 여러 가지 명목을 앞세워 자기 말을 잘 들을만한 사람으로 교체해 버렸다.

성과에 적절한 보상을 받지 못했다고 생각하던 터에 코치의 자리에서 내쫓기게 된 전 코치는 울분을 참지 못하여 술로 세월을 보내며 지금까지 숨겨진 모든 내막을 털어놓기 시작하였다.

항상 특종에 목말라 하던 어느 기자는 믿을 만한 소식통으로부터 황 선수가 금메달을 따게 된 것은 약물 복용 덕분이었다는 뉴스거리를 듣고 집요한 추적을 통해서 그것이 사실임을 확인하였다. 방송사는 이를 방영할 것인가를 두고 고심하였으나 언론 본연의 임무를 수행하기 위하여는 진실을 왜곡시킬 수 없다는 결단 하에 이를 방영하였다. 그러나 국민들의 시선은 싸늘하였다. 금메달을 땄으면 됐지 지금 와서 왜 긁어 부스럼을 만드느냐며 이는 황 선수를 시기하는 사람들의 모함이라고 하였다. 심지어는 몇몇 지도자급 인사들 마저도 결과만 좋으면 됐지 그 과정이 무슨 문제냐는 식이었다.

이를 폭로한 방송국의 청취율은 급전직하로 떨어졌고 광고 수입마저 줄어 방송사는 회사 존립의 위기까지 몰리게 되었다. 방송사는 사회적 압력을 감당하지 못해 대국민 사과를 했지만 사운을 걸고 은밀히 사실을 더 파헤치게 되었다.

그러자 이것이 계기가 되어 대부분의 매스컴과 지각 있는 사람들에 의하여 사실 규명을 하고자 하는 바람이 불기 시작하였다. 사회적 분위기도 점점 비뀌어 진실이냐 허위냐, 결과가 중요하냐 그 과정도 중요하냐를 서로 토론할 수 있게 된 계기가 마련된 것이다.

사태가 수습될 기미가 보이지 않자 황 선수는 기자회견을 자처하고 나섰다.

"감기에 걸려서 몇 번 약을 먹은 일은 있지만 이것은 금지약물이 아닌 걸로 알고 있다."

이 기자회견을 본 코치는 반박 기자회견을 하였다.

"그는 훈련기간 중에 지속적으로 약물 복용을 했다."

이러한 공방은 횟수가 증가할수록 점입가경이 되었다.

"계속 복용한 것은 사실이지만 그것은 금지약물이 아니라고 알고 있다."

"그는 금지약물인지 알았지만 기록이 좋아지니까 계속 요구를 했다."

"나는 보통 영양제인줄 알고 먹었는데 만약 그것이 금지약물이라면 누가 중간에 바꿔치기 한 것이다."

"바꿔치기란 말도 안되는 소리다. 그것은 상식적으로 납득이 가지 않는 말이다."

"금지약물을 먹은 것은 사실이다. 하지만 약을 먹지 않았어도 메달을 한두 개쯤은 딸 수 있었다. 메달이 구태여 여섯 개가 아니면 어떠냐?"

공방이 계속될수록 황 선수는 변명을 위한 변명을 만들어 내고 있었다.

급기야는 대한수영연맹에서 이에 대한 조사를 시작하였다. 그 사이 세계올림픽위원회에서는 도핑테스트(약물복용검사)에 문제가 있었음을 시인하고 대한수영연맹에서 구체적 사실을 제시하면 늦었지만 메달을 박탈하겠다고 했다.

사태가 이렇게 되자 우리나라의 수영선수뿐만 아니라 다른 운동선수들도 외국 대회에 참가하게 되면 부끄러워서 고개를 들고 다닐 수가 없었다. 행여 대회에서 우승이라도 하면 약을 먹어서 그런 것 아니냐는 눈으로 보는 것 같았고 어떤 대회에서는 시합하기도 전에 한국 선수에게는 도핑테스트하자고도 하였다.

선수가 약물 복용을 시인하면 그것으로 선수 생명이 끝장임에도 불구하고 황 선수와 그의 지지자들은 이에 아랑곳하지 않고 연일 인터넷에 글을 올리고 시위를 하였다.

여러 가지 정황을 제일 먼저 정확히 파악할 수 있는 정부는 발빠르게 움직였다. 최고 선수상도 거둬들이고 체육진흥기금도 회수를 하겠으며 검찰에서 수사를 할 뜻을 비쳤다.

수영연맹의 조사결과 약물 복용이 확인되었고 급기야는 대한수영연맹의 회장은 대국민사과를 하기에 이르렀다.

"운동선수가 페어플레이 정신에 어긋나는 약물 복용은 어떤 경우에서도 용납될 수 없는 일이기에 이에 대한 징계를 하겠다."

징계가 정해지면 최소 2년간의 선수자격정지가 내려질 것이 불을 보듯 뻔하자 황 선수는 위기감을 느꼈다. 지금까지 자기에게 부여된 엄청난 부귀와 영화를 놓치기가 싫었다.

그 다음날 그는 사과 기자회견을 하였다. 그러나 사과 기자회견이라기보다는 반박 기자회견이었다. 기자회견장에 수영복 차림으로 나타난 그는 약물 복용에 대하여 국민에게 죄송하다고 하면서도 약물을 복용하지 않았어도 자신의 수영 솜씨는 독보적 수준이며 약물 복용도 남이 바꿔치기 해서 모르게 복용했기 때문에 이에 대한 철저한 수사를 요구한다고 오히려 큰 소리를 쳤다.

여섯 번째 금메달을 딸 때 극적인 장면을 뇌리 속에서 지울 수 없는 지지자들이 기자회견장을 빠져나오는 황 선수에게 "황 선수! 우리는 당신이 약물을 먹었던 안 먹었던 관계없어요. 다음 올림픽대회

에서도 수단 방법을 가리지 않고 더 많은 금메달을 조국의 품에 안겨
주세요."

검찰은 그의 뉘우칠 줄 모르는 기자회견을 보고 일침을 놓았다.

"금지약물 복용뿐만 아니라 체육진흥기금의 유용 여부에 대하여도
조사하겠다."

체육진흥기금의 유용에 자유로울 수 없는 황 선수는 깊은 생각에
잠겼다. '이다음 검찰에서 나를 몰아 세우면 이 맹목적인 추종자를 발
판으로 어떻게 나에게 불어닥친 난관을 극복할까? 나는 내 이름처럼
유식하니까 잘해낼 수 있을 꺼야.'

한 해를 맞이하며
— 소의 해에 부처

　연말쯤이면 새해를 맞이하여 덕담이나 포부를 이야기 해 달라는 원고 청탁을 받곤 하지만 언제부터인가 새해에 특별한 계획을 세우는 일에 시들해 졌다. 물론 해가 바뀌었으니 마음가짐을 달리할 필요가 있겠지만 무수한 '작심삼일'을 거치는 동안 일 년은 하루하루가 매듭을 지며 이루어지는 것이 아니고 365일이 연속해서 이루어진다는 사실을 터득했기 때문이다.

　가끔은 '나만 그런가?' 또는 '이것도 나이가 들어가는 징조인가?' 하고 자문을 해 본다. 아무리 아날로그 세상이 아니고 디지털 세상이 되었다고 하지만 모든 일이 시간 단위로 마디가 져 있어서 12월 31일에 끝나고 1월 1일에 시작하는 경우는 매우 드물다. 그래서 굳이 한 해의 마지막 날과 새해 첫 날을 한 해 한 해의 개념에 따라 경계를 굿는 것은 현실에 맞지 않는다고 생각한다.

일에 쫓기어 그 일 처리를 하다 보면 어느새 일 년이 훌쩍 지나간
다. 그러다 보니 새해의 다짐은 그 해에 꼭 해야 할 일을 추려 보는
정도로 그친다. 이것도 어떤 의미에서는 새해의 계획이랄 수 있으나
한창 젊었을 때의 계획과는 차이가 많이 난다.

젊었을 때는 금연을 한다는 것이 단골 메뉴였고 그밖에 지키지도
못할 윤리규범과 허황된 목표를 정해 놓았었다. 그러니 그게 지켜질
수가 없었다. 요즘은 그저 금년에도 환자 열심히 보고 어떤 논문을
쓰고 어느 학회에 참석하여야겠다는 정도이다. 너무 소극적이라고
할지 몰라도 이런 일상의 자그만 일들을 하다 보면 한 해가 지나간다
고 믿고 있으며, 지키지 못할 나 자신과의 약속보다는 훨씬 의미가
있다고 생각한다.

금년에는 의료계뿐만 아니라 각계 각 분야에 어려움이 예상되고
있다. 미국에서부터 불기 시작한 경기 침체의 회오리 속에서 영향을
받지 않는 나라는 없고 이 영향은 회사나 사회단체 및 개인에게까지
심대한 영향을 미치고 있다. 자칫 이 회오리 속에서 정신을 잃어버리
면 언제 어디서 내 자신의 초라한 모습을 발견할지 모른다. 나만은
괜찮겠지 하고 의기양양해 하는 것도 필요하지만 인간의 힘이 자연
의 위력에는 한없이 무력해질 수밖에 없는 것처럼 개인의 능력도 세
상 돌아가는 도도한 흐름 속에 파묻힐 수 있다는 생각으로 조금 더
겸손해 지고 싶다.

요즘의 세상이 어지러운 것도 어찌보면 너무 빠른 시간에 너무 많
은 것을 얻고자 함에서 비롯된 것이 아니던가? 내실이 없으면서 겉
으로 허황되어 보이고, 스스로는 주지 않으면서 남의 것을 뺏으려 하

고, 땀 흘려 일을 하기 보다는 편안하고 쉽게 돈을 벌려고 하다 보니 자신뿐만 아니라 착하고 묵묵히 살아가는 사람들에게까지 피해를 주는 꼴이 되었다. 일 년 365일 내내 새해 맞이 하듯 한결 같은 마음으로 알찬 내실을 기하면서 깨달음의 한 해를 보내고 싶다.

음양오행을 기본으로 한 우리의 연력年歷은 참 오묘한 이치가 있는 것 같다. 물론 해석을 그렇게 하는 것인지도 모르나 금년에는 공교롭게도 소의 해이다. 금년 우리 모두가 소처럼 살아가라는 계시를 주는 것 같아 섬뜩하기까지 하다.

소가 주는 의미는 여러 가지가 있다. 첫째는 부지런하다는 것이다. 옛날의 농사는 소 한 마리만 있어도 해결이 되었다. 아침부터 저녁까지, 봄에서 겨울까지 온갖 일을 도맡아서 해 왔다. 소가 있으므로 우리는 조금 더 편안하고 풍요로워질 수가 있었다. 둘째는 빠르지는 않지만 꾸준하다는 점이다. 느린 황소걸음의 의미는 느려서 답답하다는 뜻이 아니라 느리지만 제 갈 길을 제대로 간다는 뜻이다. 소가 논을 갈다가 주저앉았다는 말을 들어본 적이 없고 다 갈아논 밭에서 행패를 부려 농사를 망쳤다고 푸념하는 사람도 없다. 셋째로 잔꾀를 부리지 않는다는 것이다. 힘이 들면 꾀를 내어 쉬기도 하련만 황소에겐 불행히도(?) 꾀를 부릴만한 재주가 없다. 그러니 일 년의 계획을 미리 세울 수 있었다. 마지막으로 죽어서도 어느 하나 버릴 것이 없다는 점이다. 머리에서 꼬리에 이르기까지, 가죽에서 골수에 이르기까지 우리 모두에게 영양을 주고 생활의 보탬을 주고 있다.

금년 한 해는 잔꾀를 부리지 않고 열심히 일하고 365일 하루도 버릴 것이 없는 소 같은 한 해가 되기를 바란다.

봄바람은 언제 불어도 좋다

계절의 여왕인 오월은 가정의 달이다. 어린이날과 어버이날이 있어서도 그렇겠지만 5월의 따스한 봄바람이 온 가정에 스며들라는 의미가 담겨 있을 것이다.

가족은 사람이 살아가는 가장 으뜸가는 이유이다. 우리가 열심히 일하면서 돈을 버는 것도 궁극적으로 따져 보면 첫 번째가 자기 자신의 행복이고 그다음이 가족을 위해서이다. 그런데 자기 자신의 행복도 집안이 시끄러우면 이루어질 수가 없다. 아무리 돈이 많고 출세를 했어도 부모 형제간에 싸우는 집안은 이미 살아가는 의미가 없다고 할 것이다. 어렵고 힘들어도 형제끼리 도우며 의지하는 집에서는 사는 재미가 있다. 말이 없어도 서로를 이해하고 때로는 자기 자신을 버리고 가족을 위해 헌신하기도 한다. '가화만사성家和萬事成'을 중요시하는 이유도 여기에 있다.

가정 다음에 중요한 곳이 직장이라 할 것이다. 하루하루를 따지고 보면 자는 시간을 빼놓고는 가장 많은 시간을 보내는 곳이다. 그래서 직장에서의 분위기가 삶의 질과도 연결되어 있다.

우리 병원은 개원 초부터 규모가 큰 병원이었다. 그래서 가족적인 분위기란 말이 어울리지가 않았다. 그러다 개원 초에 병원이 침수되는 큰 물난리를 겪었다. 이때 위에서부터 아래에 이르기까지 직원들이 한마음이 되어 이 난관을 극복하였다. 병원으로서는 우선 당장에 경제적으로도 큰 손실이 아닐 수 없었으나 장기적으로 보면 직원들끼리 서로가 서로를 돕고 이해하는 유대감이 생겨 병원 발전에 큰 도움이 되었다. 원내를 돌아다니다 서로 마주치면 그저 반가운 마음부터 앞섰다.

그러다 병원을 기존의 두 배 규모로 늘리는 바람에 신입사원이 급격히 늘어나게 되었다. 기존 직원들 간에 쌓였던 굳건한 유대감이 갑자기 깨어지고 말았다. 병원은 인력을 많이 필요로 하는 곳이어서 직원의 수가 4~5천 명이 되었으니 이를 다 기억할 수는 없었다. 인사를 받아도 누가 누군지를 모르는 경우가 많고 서로가 모르니까 아예 인사조차 하지 않고 지나치기도 하였다. 이러다가 병원 밖에서 같은 직원끼리 서로 멱살을 잡고 싸울 수도 있을 것이었다. 그럴 때마다 개원 초창기에서부터 근무를 했던 직원들은 "그땐 참 가족적이었는데"라며 아쉬워하였다.

그도 모자라서 이제는 신관 병동이 세워지고 직원의 수도 8천여 명에 이르렀다. 이쪽 끝에서 저쪽 끝까지 330m나 되니 건망증이 심한 사람은 어디를 가다가 내가 무엇 때문에 가는지를 까먹을까 두렵고, 행여 무엇 하나 놓고 와서 다시 가지러 가면 1km를 걸어야 한다. 물론 규모가 커져서 시설도 좋아지니 진료의 수준이 높아지고 환자들이 좀 더 편안히 병원을 이용한다는 장점도 있을 것이다.

가족이란 말은 언제 들어도 봄바람처럼 훈훈하다. 그러나 직장의 규모가 크면 직원들끼리 같은 한솥밥을 먹는다느니 가족적인 분위기란 말은 어울리지가 않는다. 공간도 넓어지고 직원 수도 워낙 많아 비록 같은 부서의 직원끼리도 서로 대화하는 시간이 줄어들고, 하는 일이 지극히 사무적으로 흘러 사람이 기계의 한 부속품처럼 느껴진다.

모든 직장인들은 자기가 일하는 곳이 가족적인 분위기가 되기를 바란다. 직장이란 아주 즐겁지는 못하더라도 최소한 지낼만 하고 일할 맛이 있는 정도는 되어야 한다. 아무리 직장이 커도 가족적으로 보낼 수 있는 방법은 있다. 팀장이 팀원들에게 봄바람을 불어넣어 주면 직원들은 웃음의 꽃을 피울 수 있다. 그래서 팀장이 가장만큼 중요하다 할 것이다. 너무 일만 시켜 업적을 올리려 하기보다 가족적인 분위기를 만들어 일할 재미를 느끼게 하면 업적은 자연히 올라갈 것이다. 간혹 자기만 생각하는 돌연변이가 사무실의 분위기를 흐려 화기애애하게 핀 꽃을 망가뜨리기도 하지만 이것도 서로가 합심하여 극복을 하면 직장에서도 가정처럼 화목하게 지낼 수가 있을 것이다.

팁이 작다는 의미라고

미국에 갈 때면 팁을 주는 것이 나에게는 큰 골칫덩어리이다. 팁이라는 말이 조그맣다는 뜻에서 유래되었음에도 내 마음속에는 이미 작은 것이 아니라 큰 덩어리로 남아있으니 아이러니가 아닐 수 없다.

서비스를 받은 대가로 지불하는 것이기에 그저 성의를 표시하는 정도로 주면 된다고 생각하기 쉬우나 미국의 서비스 업종에서는 고용의 형태상 팁은 종업원들의 월급의 성격을 띄고 있어서 팁을 적게 주거나 안 주면 노동력을 착취하는 결과를 초래하게 된다. 잘못하면 몇 푼 안 되는 돈으로 괜히 욕을 얻어먹을 수 있어서 방 청소하는 사람에게 팁을 주기 위해 프런트에 가서 일부러 돈을 바꾸기도 한다.

그러니 미국에 가려면 가기 전부터 1달러짜리 지폐를 꼭 챙겨야 하고 지내면서도 1달러짜리를 부지런히 긁어 모아야 한다. 그러다 보면 어떤 때는 지갑이 두툼하여 흐뭇해 하였으나 지갑 속에는 큰돈은 없고 잔돈만 빼곡히 들어 있는 경우도 있었다.

생활 속에서 자연적으로 팁의 문화를 터득하면 별로 신경을 쓰지 않아도 모든 일이 자연스럽게 이루어질 것이다. 우리처럼 팁을 주는 것에 익숙하지 않은 사람들에겐 팁을 언제 또 얼마나 주어야 좋을지 몰라 행동에 애를 먹는다. 미국 사람들에게는 팁을 주는 것이 생활의 일부이기에 팁을 주는데 스스럼이 없다. 하지만 이방인에게는 돈을 적게 들이면서 행세를 하려고 하니 문제가 되는 것이다.

팁을 조금 많이 주면 되지 않겠느냐고 생각될지 모르지만 적정한 액수를 넘어가면 그것처럼 아까울 수가 없고 또 바보 같다는 생각이 들기도 한다. 1달러를 주어야 할 때 2달러를 주면 무려 두 배를 주는 셈이다.

호텔에 도착하면 허락도 없이 가방부터 실어 나르니 팁을 줄 준비를 해야 한다. 달러는 우리 돈이 아니어서 얼마가 얼마짜리인지 구별하기 힘들어 여러 번 미리 확인을 해놓아야 안심이다. 내가 짐을 나르겠다고 말하기도 민망하여 보고만 있다가 다른 사람이 내 가방보다 더 큰 가방을 끌고 가는 것을 보고서야 나도 그렇게 할 걸 하고 후회를 해 보지만 이미 버스 지나가고 난 뒤 손 흔드는 격이다. 방에 들어와서도 짐이 늦게 도착하면 내가 그냥 끌고 왔으면 팁도 아끼고 가방도 일찍 풀 수 있었으련만 하고 후회를 하지만 그놈의 체면이 무엇인지 알다가도 모를 일이다. 가방 하나에 1달러씩을 준다고 하지만 어차피 가방을 무겁게 들고 오는 것도 아닌데 한 번 오는 것은 마찬가지라면 굳이 갯수 대로 지불하는 것이 억울하다는 생각이 들기도 한다.

호텔방은 청소하는 사람에게 베갯머리에 보통 2달러 정도를 올려놓는다고 귀띔을 받았으나 고급 호텔에 투숙을 하면 2달러 가지고는 조금 약하다는 생각이 든다. 조금 적게 놓았다고 생각되면 청소는 잘했으며 행여 수건이라도 한 장 부족하지 않나 신경이 쓰이지만 그렇다고 5달러, 10달러을 주기는 싫다.

택시를 탈 때에도 머릿속이 복잡하다. 우리나라에서는 잔돈 일이백 원을 챙겨도 누가 뭐라고 하는 사람이 없는데 미국에서는 이게 아리송하다. 가끔 한국 사람이 운전하는 택시를 타기도 하는데 팁을 당연히 달라는 눈치이니 주는 것이 상식인 듯싶다.

문제는 얼만큼 주느냐인데 택시비가 비싸서 택시비 내는 것도 속이 쓰린데 거기에다 팁까지 얹혀 주려면 환율부터 따지게 된다. 택시미터를 보고 잔돈이 적당히 남은 곳에서 목적지에 다다르기를 바라지만 이것이 마음대로 되는 것은 아니다. 팁 때문에 어떤 때는 그만갔으면 하는데 더 가기도 하고 어떤 때는 차라리 더 갔으면 바랄 때도 있다. 뭐 그렇게까지 생각할 필요가 있냐고 물을지 모르지만 돈 적게 들이고 팁의 문화를 흉내 내려고 하니 어쩔 수가 없다.

음식점은 차라리 낫다. 얼마 정도 주어야 되는지를 알고 있기 때문이다. 그런데 한국 음식점을 가면 불쾌한 경우를 경험하게 된다. 이건 내가 미국 사람과 의사소통을 잘못하기 때문일 수도 있지만 분명 문화의 차이이기도 할 것이다. 미국 사람들은 서비스를 제공하고 그에 대한 고마움의 표시가 팁이라는 관념이 뚜렷한 반면에 우리는 당연히 내야 할 돈인데 굳이 고마워할 필요가 없다는 태도다.

미국 식당에서는 적게 주어도 정말 고맙게 받는다. 뒤통수가 조금 근질근질하지만 우세를 당하지는 않는다. 그리고 서비스가 엉망이어서 팁이 적은 이유를 설명하면 일단 수긍을 하는 척이라도 한다.

그러나 한국 식당에선 정해진 액수를 주어도 말로만 고맙다고 하지 고마워하는 기색이 없다. 조금 적게 주면 요즘은 모두 20%라고 면전에서 우세를 주고 기어이 액수를 채워야지만 얼굴 붉히지 않고 밖으로 나올 수 있다. 한 30%를 주면 정말 고마워할지 모르나 그런 허세를 부리기는 싫다.

팁의 액수도 점점 인플레가 되어 간다. 20여 년 전 미국에 공부하러 갔을 때는 대개 10%였는데 그 후 점차 15%가 되더니만 요즘에는 은근슬쩍 20%가 되어 버렸다. 팁이라는 어원이 적다는 뜻인데 이쯤되면 다른 말로 바꾸어야 될 것 같다.

우리말에 '놀던 물에서 놀아라'라는 말이 있다. 그러나 우물안 개구리가 되지 않기 위해선 우물 밖으로 뛰쳐나가기도 해야 한다. 하지만 그 우물 밖은 생각지도 않던 낯선 환경이 기다리고 있으며 그중에 하나가 미국에서는 팁의 문화가 아닐까 생각된다.

나는 팁을 안 주어도 좋고 주면 정말로 고마워하는 우리나라가 좋다. 다른 건 몰라도 미국의 몹쓸 팁 제도를 제발 따라하지 말았으면 하는 바람이다.

경쟁의 도리

'개그 콘서트' 방청권을 구했으니 구경하지 않겠느냐는 제의를 기쁘게 받아들였다. 개그 콘서트는 KBS에서 방영하는 코미디 프로로 구성이 탄탄한 데다 억지웃음을 짜내지 않아 내가 매우 즐겨하는 프로이다. 방청권을 구하기가 하늘에서 별 따기라고 알고 있었는데 고맙기 그지 없었다.

아내와 함께 KBS 본관 앞에서 주차를 하니 주차관리를 해주는 아주머니가 개그 콘서트 왔냐며 부러워 한다. 자기는 몇 년 동안 여기에서 일하고 있었지만 한 번도 구경하지 못했단다. 식사를 마친 후 KBS 홀 앞에서 한참을 기다린 후 입장을 하였다.

홀은 약 1000석이 될 정도로 컸다. 대부분의 방청객이 젊은이들이었고 우리 부부가 제일 나이가 많은 축에 들었다. 혹시 이렇게 나이 먹은 사람도 구경하러 온다고 텔레비전에 얼굴이 나올까 봐 모자를 눌러쓰고 갔다. 방청객 중에서 인물이 좋거나 특이한 사람은 중간 중간 화면에 나타나는데 나이가 많은 것도 특이하다면 특이할 것이라는 기우에서 였다. 모자를 쓰고 가면 찍히기 싫다는 뜻으로 알고 카메라를 들이대지 않는다고 한다.

방청을 하기 전에 미리 세 시간 정도 걸린다고 하기에 출연자들이 실수를 많이 하는 줄 알았다. 실제 방영 시간은 한 시간이 조금 넘기 때문이다. 결론적으로 이야기 하면 난 이 시연을 방청하고 나서 깊은 감명을 받았다. 그 이유는 이들이 너무나 진지하게 연기를 했고 무엇보다도 진정한 경쟁의 도리를 지키고 있기 때문이었다. 우려했던 실수도 거의 없이 완벽하여 촬영한 영상을 재편집할 필요가 없을 정도였다. 그럼에도 불구하고 세 시간이나 걸리는 이유는 자신들의 프로에 방청객들의 응원을 얻기 위한 장기자랑의 시간을 가지기 때문이다.

장기자랑 시간은 본래의 프로보다 길어서 각 팀마다 약 10분 이상이 걸린다. 여기서 팀원들은 자신들의 프로에 한 사람의 박수라도 더얻기 위해 애처로울 만큼 힘을 쏟는다. 퀴즈 등을 내어 경품을 걸기도 하고 묘기를 부리는 프로는 이러한 것이 얼마나 힘든지 방청객 중에서 자원자를 골라 경쟁을 시키고 상품을 준다. 어떤 팀은 염치 불고하고 박수 좀 많이 쳐 달라고 부탁하기도 한다. 그러니 시연이 끝나고 나면 박수가 안 나올 수가 없다.

나중에 안 일이지만 대개 열댓 개의 주제를 가지고 시연을 하지만 실제로 열 개 정도가 방영이 되니 나머지는 탈락이 되는 셈이다. 물론 일차로 제작진에 의해 걸러져 시연조차 못 해보는 것도 꽤 많은 모양이다. 일차에 통과하기 위하여 각 팀원은 일주일 동안 머리를 짜내야 한다. 난 코미디 작가야 말로 천재라고 생각한다. 일반 작품은 공감하지 않는 사람이 있어도 큰 문제가 되지 않지만 코미디 프로는 10%만 공감을 안 해도 분위기가 썰렁해진다. 일단 시나리오가 통과되고 나면 그 다음부터는 연습을 해야 한다. 시연 때 말을 버벅거리거나 실수를 연발하면 관중의 호응을 얻지 못할 뿐 아니라 편집자에 의해 걸러지게 된다. 어떤 걸 탈락시킬까 고민을 할 필요가 없는 것이다. 그러니 연습의 양이 보통이 아닐 것이다. 불과 5~6분 정도 되는 프로를 위하여 여러 명이 일주일 내내 한 팀이 되어 뛰고 있으니 이들에게는 개그 콘서트라는 프로가 생활 그 자체일 것이다. 만약 자신들의 프로가 선택이 되지 않으면 이들에게 지난 일주일은 아무런 의미가 없다. 아무도 보아주지 않는 프로는 허무함만 남기고 흔적도 없이 사라질 수밖에 없다.

이런 제도 때문에 이들은 서로 간에 무한한 경쟁을 할 수밖에 없다. 그런데 그 경쟁은 경쟁의 도리를 지키는 선의의 경쟁이다. 즉 자기가 남보다 앞서야 하는 것이다. 이들이야말로 진정한 프로의 모습을 보여주고 있는 것이다.

우리는 법칙을 어기면서까지도 남을 거꾸러뜨리고 앞서가는 경쟁자의 발목을 잡고 늘어지는 경쟁에 익숙해져 있다. 자기 발전을 게을리 한 채 권모술수를 부리거나 여론을 등에 업고 상대방을 매도한다. 그게 자기가 열심히 하는 것보다 훨씬 쉽기 때문이다.

나는 이 프로가 계속 발전해 나가기를 바라며 제작진과 출연자들에게 뜨거운 갈채를 보낸다. 세 시간 정도를 중간에 휴식시간이 없어서 조금은 지루하였지만 그 어떤 시간보다 나에게 많은 가르침을 주었다. 아울러 정당한 경쟁보다는 부당한 경쟁에 익숙해져 있는 사람들에게 한 번쯤 시간을 내어 어떻게 '개그 콘서트'라는 프로가 제작되는 것을 배우라고 권장하고 싶다.

호칭 인플레이션

    사람들은 사회 생활을 하면서 살아간다. 사회 생활이란 원만한 인간관계에서부터 출발하는데 우리나라에서는 상대방을 어떻게 부르느냐가 매우 중요하다. 이걸 잘못 하면 인간관계가 어긋나게 되니 출세하기는 애초부터 글렀다고 할 것이다.

    가장 무난한 방법이 직책으로 부르는 것인데 시간이 지나면 지위가 달라져서 옛날 직책으로 불러 실례를 범하기도 한다. 그나마 갑의 위치에 있으면 적당히 넘어갈 수 있으나 을의 위치에 있는 사람이 그런 실수를 했으면 알게 모르게 불이익이 뒤따른다. 그래서 실수를 안 할려다 보니 상대방을 자꾸 높혀 부르는 경향이 있다. 옛날에 부장이었으니까 지금은 이사가 되었을 거라 지레짐작해서 이사님이라고 부르고 과거에 원장을 했으나 지금은 놀고 있어도 원장님이라고 부른다. 막상 당사자들도 이를 아무렇지 않다고 생각하거나 당연하다고 받아들이니 그렇게 부르는 것이 속이 편하다. 이를테면 호칭이 인플레이션된 것이다.

문제는 전혀 알지 못하는 사람들 사이에서도 이렇게 호칭의 인플레이션이 심하다는 것이다. 옛날에 선생님은 진짜 가르쳐 주신 선생님이 아니고는 부를 수 없는 아주 높은 존칭이었다. 그러더니만 가르쳐 주는 사람이 아닌데도 이 호칭을 쓰기 시작했고 이제는 시쳇말로 개나 소도 구분하지 않고 모두에게 선생님이다. 담배를 피고 싶은데 불이 없으면 지나가던 사람에게 "선생님, 불 좀 빌려 주시겠습니까?" 한다.

사람이 많은데서 '사장님' 하고 부르면 열 명 중 아홉 명이 뒤돌아본다고 한다. 이 말은 어중이 떠중이도 모두 사장이라는 의미도 있지만 사장님이라는 호칭이 아무에게나 거리낌 없이 쓰인다는 뜻이기도 하다. 나도 사장님 소리를 흔히 듣는다. 백화점에 가도 듣고 골프장에서도 듣는다. 심지어는 주차요원에게서도 "사장님, 차 좀 빼주세요"라는 말을 듣는다. 그 사람들은 나를 높혀 주기 위해서 그렇게 부르지만 나는 불쾌하다. 내가 사장이 아닐 뿐 아니라 너나 나나 모두에게 사장인 호칭보다 선생님, 박사님 혹은 교수님이라는 호칭을 더 좋아 하기 때문이다.

가장 듣기 거북한 호칭은 '님' 자이다. 예전에는 '님' 자는 하나님 등 가장 존경하는 사람에게 사용하는 극존칭이었다. 보통은 이름 뒤에 '씨' 자를 붙이거나 이름을 모르면 '분' 자를 쓰면 높임말이 되었다. 그런데 이 말이 슬그머니 자취를 감추더니 어느새 '님' 자가 범람하여 이제는 '씨' 자나 '분' 자는 낮춰 부르는 말이 되었다. 호칭이 인플레이션된 것이다. 그래서 요즘은 누구한테나 님이다. 그것도 사람 이름 뒤에 님자를 붙이면 덜 어색한데 기다리는 대기번호 뒤에도 '님' 자를 붙이고 전화번호 뒤에도 '님' 자를 붙인다.

더욱 꼴불견은 우리말 바르게 쓰기를 가르쳐야 할 방송에서조차 이런 호칭을 무분별하게 사용하는 것이다.

"다음은 ○○○○님의 사연입니다"하며 전화번호 뒤에 '님' 자를 붙이니 전화번호가 존경받는 꼴이다. 나의 귀에는 퍽 거슬리는 소리다. 상대방의 전화번호를 물을 때 "몇 번 입니까?"라는 말은 있어도 "무슨 님입니까?"라고 하지는 않는다. 그저 좋은 게 좋은 거지 뭘 시시콜콜하게 따지냐고 물으면 할 말이 없다. 하기야 다른 방송에서도 모두 그렇게 하는데 자기만 혼자 "○○○씨", 혹은 "○○○○ 전화번호를 가지신 시청자의 사연"이라고 소개를 하면 시청률이 떨어질 것 같으니 그럴 수 없다고 할 것이다.

이런 걸 보면 서양의 말이 참 편하다. 아니 우리말이 호칭에 있어서는 유독 어렵다고 할 것이다. 영어는 이름 앞에 미스터나 미쓰, 미즈 등을 쓰고 대화를 할 때에는 'you'라고 하면 된다. 대통령을 부를 때도 'Mr. President' 하면 존칭이 되는 셈이다.

의사 생활을 하면서 호칭의 많은 변화가 있었고 이것 때문에 괜한 오해를 사기도 하였다. 나는 전공의 수련을 국립의료원에서 받았다. 한국전쟁 때 스칸디나비아 3국에서 병원선을 파견하였는데 국립의료원은 이를 모태로 한 병원이었다. 그래서 내가 수련을 받을 때만 해도 이들의 제도나 관습이 도처에 남아 있었다. 그중에 하나가 호칭이었는데 과장만 빼 놓고는 성 앞에 '닥터'만 붙이면 되었다. 그래서 나는 '닥터 조'이었고 간호사도 성씨 앞에 '미쓰'자만 붙이면 되어서 수간호사도 '미쓰 김'이었다.

그런데 수련을 마치고 국립의료원을 떠나니 그게 아니었다. 군복무를 마치고 첫 근무지에서 간호사에게 "미쓰 리, 이것 좀 해 줘요" 하였는데 영 불쾌하다는 반응이었다. 몇 번을 그렇게 하고 나니까 수간호사가 면담을 요청하였다. 내용인즉 왜 간호사들을 하대 하느냐는 거였다. 그래서 존댓말을 쓰지 않았느냐고 했더니 호칭이 문제라는 것이었다. 앞에 '미쓰'자는 시중을 들거나 술집 여자에게나 쓰는 호칭이라는 것이다. 자초지종을 이야기해서 겨우 오해는 풀어졌지만 그 다음부터가 문제였다. 자연스럽게 쓰던 호칭을 쓰지 말라고 하니 마땅히 부를 말이 없었다.

"여기요, 나 이것 좀 도와줘요."

의사들도 마찬가지였다. 제자들에게 "닥터 윤" 하고 부르자 반응은 '아무리 전공의지만 너무 함부로 부르는 거 아냐?' 하는 태도였다. 그래서 "윤 선생" 하고 부르니 즐거운 마음으로 대답을 하였다.

물가도 한번 인플레이션이 되면 경제가 급격히 변하기 전에는 이를 되돌리는 것은 불가능하다. 다만 더 이상 인플레이션이 되지 않기를 바랄 뿐이다. 오른 가격에 맞추어야 되니 오히려 살아가기가 힘들다. 호칭의 인플레이션도 마찬 가지이다. 우선 듣기가 좋다고 해서 상대방을 무턱대고 올려 놓으면 나중에는 아무리 높여 불러도 높은 호칭이 아니라고 불쾌하게 생각할지 모른다.

맛있는 음식이란

　임금님이 궐내를 돌아다니다 우연히 음식을 장만하는 상궁이 홍시를 혀로 핥고 있는 장면을 목격하였다. 상궁은 홍시가 너무 말랑말랑하여 손으로 씻으면 터질 것 같아 혀를 이용하여 씻었던 것이다. 참 해괴망측하다고 생각하고 돌아왔는데 잠시 후 그 홍시가 간식으로 나오는 것이 아닌가.

　임금은 하도 기가 막혀 그 상궁을 불러서 물었다.

　"음식을 어떻게 하면 맛있게 먹을 수 있는고?"

　임금님의 의중을 간파한 상궁이 기지를 발휘하여 대답하였다.

　"음식 만드는 것을 보시지 않는 것이 즐기는 방법입니다."

　먹는 문화가 많이 달라져 외식을 하는 빈도가 늘어나게 되었다. 3~40년 전만 하더라도 외식을 하는 경우는 한 달에 한 번도 되지를 않았다. 특별한 날에만 외식을 했고 그래서 외식하는 사람 모두가 들 떠 있었다. 그러나 요즘은 일주일에 서너 번은 외식을 한다. 장만하기가 귀찮기도 하고 또 비용이 적게 들 때도 있다. 음식점에서는 재료를 대량으로 구입하니 재료비가 싸게 먹히고 사용하고 남는 재료가 적을 뿐 아니라 이를 교묘히 재활용하기도 한다. 가정에서는 일반 소비자 가격으로 재료를 구입하는데다 요리하다 남은 것은 모두 버려버리니 음식을 만드는 비용이 외식을 하는 비용보다 비싸질 수 있다.

음식의 맛은 재료가 좋고 정성이 들어가야 하며 간을 잘 맞추어야 하는데 만드는 사람의 요리 솜씨 또한 빼놓을 수 없는 요건이라 할 수 있다. 그러나 아무리 맛있는 음식이라도 먹는 사람이 맛있게 먹어 줘야 한다.

사 먹는 음식을 맛있게 먹으려면 만드는 과정을 생각하지 않고 먹어야지만 제맛이 난다. 위생을 따지기 시작하면 정말 즐겁게 먹을 수 있는 집이 몇 집 되지 않을 것이다. 조리를 하는 사람이 화장실에 다녀올 때 꼭 손을 씻는다는 보장이 없다. 요리를 할 때 모자를 쓰지 않으면 머리카락이나 비듬이 음식에 섞일 수 있고 좀 과장되게 이야기하면 흐르는 땀방울이 떨어져 간을 맞추기도 할 것이다. 재료는 쓰레기통으로 직행할 것을 다시 사용하기도 하고 어차피 지지고 볶을 터이니 깨끗이 씻지 않는 경우도 허다할 것이다.

음식은 만든 지 오래되면 비위생적일 뿐만 아니라 맛도 떨어지게 된다. 옛날에 예방의학 교수님께서 강의시간에 말씀하신 것이 기억이 난다. 지방에 출장을 가서 저녁을 사 먹었는데 반찬이 낮에 만든 것을 내오더라는 것이었다. 그래서 아침에 가면 새로운 것이 나올 거라고 기대를 하고 갔는데 아침에는 어저께 반찬이 나왔다고 한다.

무엇보다도 생각하기 싫은 것은 먹다 남은 음식을 재활용하는 것이다. 잘 되는 식당은 뭐가 달라도 다른 점이 있는데 손님이 북적대는 집은 음식 맛이 좋을 뿐만 아니라 위생상태도 자연 좋을 수밖에 없다. 손님이 많으니 재료를 신선한 것을 쓸 것이고 이런 음식점일수록 남는 음식이 없을뿐더러 남는 음식은 손님이 보는 앞에서 보란 듯이 쓰레기통에 버린다. 그렇게 해도 음식 쓰레기의 양은 손님이 없는 집보다 훨씬 적다. 손님들이 어느 정도의 음식을 필요로 하는가를 정확히 예측할 수 있기 때문이다.

위생 개념이 떨어진 음식점에서는 반찬 그릇을 고스란히 챙겨 가거나 아예 손님이 보는 앞에서 재활용으로 분류하기도 한다. 내가 먹을 음식이 어떤 것이라는 것을 아니 입맛이 뚝 떨어져 그런 집은 두 번 다시 가지 않으니 악순환이 반복된다. 음식점에서 반찬이 많다고 자랑하는 집도 가지를 않는다. 원가를 따져보면 재활용한다는 것이 뻔하기 때문이다. 이런 걸 다 생각하면 어느 것 하나 맛있게 먹을 수 없다. 어떻게 남의 입속에 들어갔다 나왔을지도 모르는 음식을 먹을 수 있겠는가?

차제에 우리의 식탁문화도 한 번쯤 재고를 해야 할 것이다. 서양 사람과 우리의 식탁문화의 큰 차이점은 우리는 음식을 공유하는 것이 많고 서양 사람은 개인의 것이 각기 다르다는 것이다. 우리가 흔히 먹는 찌개만 하더라도 우리는 이 찌개를 각자의 그릇에 따로 떠먹지 않는다. 한 그릇에 놓고 여러 사람이 숟가락으로 먹는데 그 숟가락은 이미 다른 사람의 입속에 들락날락거린 것이다. 마른반찬은 조금 낫다고 할지 모르지만 이것도 한입에 먹기에 크면 젓가락으로 뒤적뒤적거린다.

우리는 관습이니까 무심코 지나치지만 서양인들은 이런 음식에 손을 대질 않는다. 그래서 외국인과 한식을 먹을 때는 이런 식탁 예절에 대해 신경을 쓰지 않으면 말로는 음식이 맛있다고 하고는 먹지를 않는다. 왜 안 먹느냐고 물으면 속이 좀 안 좋다고 한다. 그럴 수밖에 없다. 구역질이 나오려는데 어떻게 속이 좋을 수 있겠는가. 그들이 맛있게 먹기 위해서는 사람의 입에 들어 갔다 나온 수저는 절대 다른 사람이 먹을 음식에 닿지 말아야 한다. 꼭 의자가 있는 자리에 예약해야 하고 혹시 모르니 포크도 준비해야 한다. 앞 접시는 필수이고 음식마다 쓰지 않는 젓가락으로 앞 접시에 덜어 주어야 한다.

동료 의사와 함께 학회를 마치고 스위스 '융프라우'에 간적이 있다. 식사 시간은 아니었지만 남들이 먹는 것을 보니까 맛있을 것 같아 네 사람이 그저 맛만 보려고 두 가지를 시켜 먹었다. 당연히 네 사람의 스푼과 포크가 두 음식으로 몰리게 되었는데 지나가는 사람들이 그걸 보고 이상한 눈으로 보는 것이었다. 그때까지만 해도 왜 그 사람들이 그런 행동을 취하는지를 알지 못했다.

그렇다고 집에서 만들어 먹는 음식 또한 안심할 수는 없다. 우리가 먹는 농산물은 얼마나 많은 농약과 화학비료에 의해 키워진 것들인지 모른다. 아무리 잘 씻는다 하더라도 이미 농산물 속에서는 농약과 비료 성분이 검출된다. 양식장에서 키운 생선이나 어패류는 인공사료와 항생제 없이는 양식이 불가능하다. 얼마 전 텔레비전에서 우리가 즐겨 먹는 김을 만드는 과정을 보여 줬는데 그 광경을 보고는 한동안 김을 먹지 못했었다. 소독을 하기 위해서인지 부드럽게 하기 위해서인지 몰라도 독성이 강한 화학약품을 쓰고 있는 것이었다. 마른 오징어는 좋은 안주감인데 오징어를 말릴 때 수많은 파리들이 새까

맣게 달라붙어 있다. 중국산이 반드시 나쁘다고 할 수 없으나 싼 값에 사서 비싼 국산으로 둔갑시키기도 한다.

가공식품도 예외일 수 없다. 가끔 콜라 등에서 이물질이 발견되는데 이는 병을 재활용하기 때문이다. 자기가 먹을 것도 아니기에 꼼꼼히 챙기지 않고 병을 대충 씻었다는 뜻이다. 태국에 가면 다 먹은 물병을 아이들이 달라고 조른다. 처음에는 무심코 주었으나 이제는 절대로 주지 않는다. 그 물병에 아무 물이나 담아서 다시 팔 테니까. 지금도 그러는지 모르지만 예전에는 고급 양주병을 헌병 치고는 제법 고가로 사가는 사람이 있었다. 병만 있으면 싸구려 술이 고급 양주로 둔갑을 하니 유흥 음식점에서 술에 취한 다음 내놓는 술은 거의 가짜라고 생각해도 틀림없다.

그러나 무엇보다도 걱정되는 것은 사람이 먹을 수 없는 것과 먹어서는 안되는 것을 만들어서 파는 행위이다. 보기에 먹음직스럽게 보이는 식품은 유해 색소가 가득 들어 있고 오래 저장해도 변하지 않으면 방부제가 많이 함유되었다는 뜻이다. 공업용 기름에다 냄새만 나게 하여 참기름을 만들고 동물 사료에다 유해 첨가물을 사용하여 입맛을 돋구는 식품을 만드니 이들의 재주가 놀랍기도 하다. 하기야 중국에서는 달걀도 인공으로 만든다고 하니 그런 기술을 왜 그렇게 아까운데 썩히고 있는지 알다가도 모를 일이다.

이런 걸 다 생각하면 아무것도 먹을 수가 없고 음식 맛도 날 리가 없다. 먹는 것만은 이런 장난을 치지 말았으면 하는 바람이다. 사람이나 동물이나 먹는 것이 살아가는 것의 기본일진데 먹는 즐거움을 뺏어 가는 사람이야말로 짐승보다 못하다고 할 것이다.

세상이 그렇다 하더라도 이미 차려놓은 음식은 그저 먹어서 죽지 않고 상하지 않았으며 혐오식품만 아니라면, 무엇으로 어떻게 만들어졌는지 묻지도 따지지도 말고 맛있게 즐기는 것이 건강을 유지하는 가장 좋은 비결일지 모른다.

떠남에서 만남, 기억의 마중물로 길어 올리는 사랑 그리고 화해와 화합

최원현 수필가, 문학평론가

1. 수필가 조우신

수필의 내용은 대개 작가의 생활 체험이다. 따라서 수필은 이러한 생활체험을 자유롭게 담아내는 문학이라는데 이의가 없었다. 해서 편하게 자유롭게 자기의 이야기를 문장화 하는 것으로 쉽게 생각하기도 했다. 그러나 수필가가 5천 명에서 1만 명을 헤아리는 지금 다양한 수필쓰기에 대한 이론과 방법들이 논의되고 실험적 방법까지 시도되면서 창작의 형식적 자유로움에도 여러 간섭이 따르고 있다. 특히 수필이 문학이란 점에서 창작이라는 부담을 안게 되고 그것은 작가의 체험을 사실적으로 자연스럽게 그려낸다는 관점에서 형식이나 구성의 수필작법을 논하게 되는 변화를 불러오고 있다. 이러한 변화는 수필문학의 위상을 제고하는 기회가 되기도 하지만 '생활의 자연스러운 기술'이라는 수필쓰기의 고유한 특징이 자칫 훼손될 수도 있다는 우려도 낳는다. 그러나 수필의 특징은 살아온 내 삶을 돌아보거나(과거) 들여다보거나(현재) 내다보면서(미래) 내 이야기를 통해 독자와 마음 나누기를 하는 것이라고 할 수 있다. 해서 이야기하기로서의 수필은 고백형식으로서의 수필이면서 그냥 내 삶의 이야기가 될 수도 있다. 무엇보다도 수필의 강점은 글 중 화자이면서 '나'인 작자의 영혼이 깃든 삶의 진실이라는 점이다.

문학은 삶이란 텍스트를 해석하며 존재와 삶의 근원을 찾는 것이기에 글쓴이의 삶이 진실이 되는 수필은 어떤 것보다도 진한 감동을 줄 수 있는 문학이다.

조우신의 세 번째 수필집 『바람들이 마을에서 띄우는 편지』는 정형외과 의사이면서 수필가인 그가 그만의 감성으로 쓴 수필들로 다양한 각도에서 세상을 바라보고 사람과 만나면서 펼쳐내는 삶의 공연장으로 특별한 울림을 주고 있다.

조우신은 1950년생의 정형외과 전문의요 의학박사로 의과대학 교수다. 그는 무릎 인공관절 수술의 세계적 권위자다. 어찌 생각하면 사람 몸에서 원래의 뼈를 빼내고 대신 인공의 뼈를 갈고 자르고 끼워 넣는 기술자(?) 같은 외과의사이니 결코 눈물 같은 건 있을 수 없는 사람으로 그려질 수 있다. 그런데 그는 너무나도 감성적인 작가다. 지극히 서정적인 수필집을 두 권이나 상재한 바 있고 이번 수필집은 세 번째가 된다.

조우신은 전북 김제에서 태어나 중학교를 졸업하고 서울로 유학길에 올라 서울에서 동성고등학교와 서울대학교 의과대학을 졸업했다. 국립의료원과 가톨릭의대를 거쳐 미국 존스홉킨스대학에서 수학하였으며 1990년부터 서울아산병원 정형외과 및 울산의대 교수로 재직하고 있다. 2003년 대한의사협회의 제1회 의사문학상을 수상하였으며 같은 해 전통의 수필전문지『한국수필』신인상을 받았지만 그 전인 1999년에『때론 의사도 환자이고싶다』란 자전에세이집을 출간한 바 있는 작가이다. 뿐 아니라『선생님 무릎이 아파요』(2001)『무릎의 인공관절술』(2004) 등 전문 서적도 아주 쉽고 재미있어서 그의 글솜씨를 짐작케 한다. 그는 2005년『그리울 땐 그리워하자』라는 외과의사로서는 잘 어울리지 않을 제목의 수필집을 출간하기도 했다.

　　수많은 외래 환자 말고도 하루 평균 15명의 입원환자가 그의 손길만을 기다리고 있는 대학병원에서 진료와 수술과 학생 교육으로 만도 하루 스물네 시간이 모자랄 것 같은데 그 바쁜 시간들 틈틈이 수필을 썼다는 것은 결코 하늘이 내려준 글솜씨가 있지 않고는 안 될 것 같다. 그런데 알고 보니 그건 어머니의 유전자를 받은 것이 아닌가 싶다. 조우신의 어머니 임순옥 여사는 70세에 수필에 입문하여 등단을 거쳐 두 권의 수필집을 낸 바 있다. 84세에 돌아가셨지만 79세까지 수필을 쓰셨다. 모전자전의 문학적 유전자가 조우신에게 특별히 많이 내려져 아들에게 잠재적으로 글쓰기의 능력을 키워주었던 것 같다. 그런 어머니의 문학적 유전자를 받아서인지 천상 이야기꾼의 기질이 수필에서 나타난다.

2. 『바람들이 마을에서 띄우는 편지』속 사연들

　　수필집『바람들이 마을에서 띄우는 편지』는 4부로 구성되어 있다.

그런데 '바람들이 마을'이란 어디인가. 그리고 왜 바람들이 마을인가. 또한 조우신에게 바람들이 마을은 어떤 의미가 있는가.

바람들이 마을은 지금 서울 송파구 풍납동이다. 풍납토성 곧 바람들이성이 있어서 풍납리로 불린데서 마을 이름이 유래된 것이란다. 풍납동은 경기도 광주군 구천면 풍납리(1914)이던 것이 1963년 서울특별시 행정구역 확장에 따라 성동구 풍납동이 되었는데 1975년 성동구에서 강남구가 분리 신설될 때 강남구가 되었다가 1979년 강남구를 분구하여 강동구를 신설하면서 강동구에 속했는데 1988년 강동구에서 송파구가 분리 신설되자 신설된 송파구에 이속되어 송파구 풍납동으로 현재에 이르고 있다. 풍납동의 이름이 바람들이여서인지 바람따라 마을의 소속이 많이도 바뀌어 왔는데 서울아산병원이 1989년 6월 이 풍납동 곧 바람들이 마을에 개원하면서 조우신도 그 이듬해 3월부터 아산병원(당시는 서울중앙병원) 가족이 된다.

그는 의사로서 가장 활력 넘치는 마흔이라는 나이로 병원 개원 후 바로 바람들이 마을의 아산병원에 합류하여 현재까지 25년여를 이곳에서 수많은 환자와 고통과 아픔을 함께 해 왔으니 그의 삶 전부가 이곳에 다 스며있다고 볼 수 있다. 그러니 보는 것이 환자요 생각하는 것이 환자들에 대한 생각일 수밖에 없으니 어찌 생각하면 얼마쯤은 그것들로부터 벗어나고 싶을 만도 할 텐데 그는 의사로서의 진료와 교육 외의 시간에는 연구실에서 그들과의 삶속 이야기들을 비롯한 수필들을 써 왔던 것이다.

'외과의는 사자의 심장(Lion's heart)과 독수리의 눈(Eagle's eye) 및 여자의 손(Ladie's hand)을 가져야 한다'(수필「자질」중)는데 의사인 그에게는 또 하나 글 쓰는 감성이란 손이 하나 더 있는 것이다. 『바람들이 마을에서 띄우는 편지』에는 1부 아가, 그동안 수고 많았다 2부 의사가 환자 되어보니 3부 비와 나 4부 속고 속이는 세상 등 4부로 나뉘어 총 67편의 수필이 실려 있다.

3. 기억의 마중물로 길어 올리는 사랑 그리고 화해와 화합

〔화해 그리고 화합〕

수필은 삶의 이야기다. 저마다 삶은 다를 수 있고 삶의 느낌도 다를 수 있다. 그러나 삶을 향한 진실함은 누구나 같다. 함부로 삶을 살진 않는다. 그런데 삶이 일회성이어서 이기도 하겠지만 사람이란 지나가버린 것에 대해 유난히 안타까워한다. 하지만 그 지나가버린 것은 추억이요 그리움으로 삶의 소중한 재산이 된다. 조우신은 이런 기억들을 마중물로 하여 수필을 빚는다.

장인어른에게 나의 큰딸은 말 그대로 금지옥엽이었다. 비록 외손녀이긴 해도 당신의 첫 손주인데다가 딸아이의 붙임성이 맞아 떨어져 눈에 넣어도 아프지 않는 보물이었다. 어릴 적 어쩌다 외할아버지 집에서 자기로 되어 있는 주말에는 집 안에서 기다리지를 못하고 밖에서 서성거리며 손녀딸을 기다리셨다. "왜 밖에 나와 계세요?"하고 물으면 "응. 밖에 좀 볼일이 있어서 그래." 하시곤 했지만 그건 한시라도 빨리 보고 싶은 마음이 몸을 방 안에 붙들어 주질 못하였던 것이었다. 그렇지 않고서야 볼일이 있으시다는 분이 만나자마자 만사 다 제쳐놓고 손녀딸 하자는 대로 할 수 있겠는가? 이건 나의 딸을 사랑한 한 가지 예에 불과하다. (중략)

그러시던 장인이 얼마 전에 돌아가셨다. 임종을 앞두고 온 가족이 모여 돌아가시는 분 앞에서 한마디씩을 하고 있었다. 큰딸의 차례가 되었을 때 딸아이는 갑자기 울면서 노래를 부르기 시작하였다. "따따따 따따따 주먹 손으로 따따따 따따따 나팔붑니다. 우리들은 어린 음악대 동네 안에 제일 가지요" 이 노래는 어렸을 적 외할아버지와 함께 자주 불렀다던 노래 중의 하나다. 외할아버지 옆에 누워 도란도란 이야기를 하다 잠이 올 때쯤 이면 손녀딸이 어떻게 나오나 알아 볼 심산으로 "이젠 자자. 불은 누가 끌까?" 하시면 아주 당연한 듯이 "할아버지가 꺼" 하였단다. 그런 대꾸에도 즐거운 마음으로 불을 끄고 오신 외할아버지는 그냥 자기가 못내 아쉬워 "우리 노래 하나 부를까?" 하시면 "그래!" "무슨 노래 부를까?" "어린 음악대" 하면서 불렀던 일종의 자장가였다.

참 경쾌한 노래이건만 병실이 더욱 숙연해졌다. 손녀딸이 자라면서 함께 불렀던 이 노래는 돌이켜보면 외할아버지와 외손녀간의 사랑의 노래였다. 이 손녀딸은 돌아가시는 외할아버지의 마지막 순간에 자신의 사랑을 확인시켜드리고 싶었던 것이었다. 의식이 있으셨는지 모르나 이 노래를 들으시면서 감았던 눈을 잠시 떴다가 다시 감으셨다. 노래가 끝나고 손녀딸은 외할아버지 손을 꼭 잡고 흐느꼈다. "할아버지 사랑해요. 절대로 안 잊을게요."

　　―「외할아버지를 위한 노래」

만남은 아름답고 헤어짐은 슬프기만 할까. 헤어짐이 있기에 만남이 아름다울 수 있다. 같은 가족이라도 마음이 통하는 사람이 있다. 할아버지에게 손녀는 그냥 손녀가 아니다. 사랑의 덩이다. 안고 있어도 더 가까이 하고 싶다. 그 사랑엔 시간과 공간이 가득 차 있다. 조금이라도 더 빨리 더 많이 손녀를 보기 위해 집밖에 나가 손녀를 기다리는 할아버지, 어떤 명목을 만들어서라도 더 주고 싶은 할아버지, 옆에 누우면 마냥 행복해 하던 할아버지, 그것은 전형적인 우리네 가정 모습이다. 그런데 그게 깨어지고 있는 우리 시대를 본다. 이젠 그런 가족 구성이 이뤄지지도 않는다. 작가는 얼마 전 돌아가신 장인어른과 큰 딸을 통해 이런 끈끈한 사랑이 삶을 아름답게 한다고 말한다. '할아버지 사랑해요. 절대로 안 잊을게요' 돌아오지 못할 길을 가시는 외할아버지의 손을 잡고 흐느끼는 손녀를 통해 건강한 가정의 모습을 보게 한다.

수필의 이런 힘이 감동이다. 있을 수 있는 이야기가 아니라 있었던 이야기 그것은 바로 나의 이야기가 된다. 조우신은 이런 사실적 체험을 진실적 감동으로 의미화 한다. 그냥 있었던 이야기인데도 눈물이 맺게 하는 공감은 그것이 바로 진실의 이야기이기 때문이지만 이런 진실을 감동으로 전하는 것은 작가의 능력이다.

할아버지는 금만 평야에서 내로라하는 부농이셨다. 시골에서 논이 30마지기만 되어도 중농으로 간주되던 시대에 한때에는 논 4~500마지기를 가지고 계셨다. 집에는 창고가 두 개나 있었고 머슴도 두 명이나 두었으며 추수 때 탈곡 작업을 하기 위해 마당에 쌓아 놓은 나락은 어린 눈에 마치 큰 언덕과도 같았다.

둘째 누이가 아팠을 때 시어머니 말씀에 따라 병치레를 했다가 하마터면 자식을 잃을 뻔했던 어머니는 이러다간 내 새끼 다 죽이겠다는 구실을 내세워 분가를 하셨다. 일제시대에 5대 종갓집 맏며느리가 시부모를 모시지 않고 따로 나와서 산다는 것은 그 시대의 관습으로 보면 도저히 용납될 수 없는 일이었고 특히 할아버지의 입장에서 보면 집안이 망조가 들 청천벽력이었다.

분가를 하고 나서부터 아버지도 할아버지로부터 자식의 대접을 제대로 받지 못하였으니 어머니가 며느리 대접을 받지 못한 것은 너무나 당연한 일이었다. 제사 때 찾아 뵈어도 손주들은 다정하게 대해 주셨으나 맏며느리인 어머니를 보고는 "흥" 한마디만 하시고는 거들떠 보지도 않으셨다. (중략)

우리네 어머니들은 자식을 위해서라면 목숨을 건다. 어머니는 교육열이 보통이 아니셔서 자식들의 교육을 위해서라면 아무리 거칠고 힘든 일도 마다하지 않으셨다. 또 그래야만 분가를 한 명분이 섰을 것이다.

1950~60년대에 여자 혼자의 힘으로 먹고 사는 것을 꾸려 나가기도 힘들었을 터인데 육 남매를 모두 서울에 유학을 보낼 정도로 지성이셨으니 그 고생은 말과 글로써는 도저히 표현할 수가 없다. 보따리 장사는 기본이고 돈이 되는 일이면 천 리 길도 찾아 가셨다. (중략)

다행히 자식들이 이렇게 고생하시는 어머니의 뜻을 잘 따라 부모님 속을 썩이지 않고 학교도 모두 명문 대학을 졸업하였다. 이것이 어머니에게 고생을 하시면서도 보람을 느끼게 하여 궂은일을 계속할 수 있게 한 가장 원천적인 힘을 제공하였을 것이다.

할아버지는 당신의 손주가 올바르게 성장해가는 것을 보시고는 저 당찬 년이 자식 하나는 잘 키우고 있구나 하고 생각은 하셨지만 그래도 어머님을 평생 며느리로 받아들이지 않겠다는 다짐은 변하지 않으셨다. 그러나 오랜 병환 끝에 생이 얼마 남지 않았음을 직감한 할아버지는 지금까지 당신을 지탱하여 주었던 화려하게 포장된 체면을 떨쳐 버리고 가장 순수하고 진실된 모습으로 돌아가고 싶으셨던 모양이다. 육신에 앞서 마음이 먼저 자연으로 귀의하여 있었던 것이다.

그리고는 생전에 며느리와 어렵게 뒤엉켜 있던 매듭은 풀어 주고 가야겠다는 생각으로 어머니를 부르셨다. 갑작스러운 부르심에 이번에는 또 어떤 야단을 맞을지 몰라 불안한 마음으로 시아버지를 찾아 뵈었을 때 병석에 누워계신 할아버지는 처음으로 맏며느리의 손을 꼭 잡으시고는 "아가, 그동안 수고가 많았다" 라는 말 한마디를 남기시고는 며칠 후 눈을 감으셨다.

    — 「아가, 그동안 수고 많았다」

유교사상이 절대적인 시대에 5대 종가집 맏며느리가 시부모를 모시지 않고 분가를 한다는 것은 생각할 수도 없는 일이었다. 그런데 조우신의 어머니는 자식들을 위해 이를 감행했으니 그 이후의 사정은 불을 보듯 환할 수밖에 없다. 그런 며느리를 보는 시아버지의 마음은 또 어떠했겠는가. 결코 마음을 풀 수 없었을 것이다. 그러나 며느리의 소행보다 중요한 것은 손주들 장래였다.

한없이 미운 며느리지만 자식들을 하나같이 서울에 유학시켜 훌륭히 키워내는 것을 보며 집안의 미래가 저 며느리로 해서 더 탄탄하고 든든해지겠구나 하는 생각을 하게 되면서 마음이 풀리고 자신이 닫아 걸어버린 마음의 빗장 때문에 몇 배로 더 고생을 하며 자식들을 키웠을 며느리에 대한 미안한 마음도 생기면서 죽기 전에 엉킨 매듭은 풀어야겠다는 생각을 했을 것이다.

병석에서 며느리를 부른 시아버지가 그 며느리의 손을 잡고 '아가, 그동안 수고 많았다' 라고 한 말은 '내가 해야 할 일을 네가 다 했구나' 라는 뜻이다. 일 년 농사는 금방 눈에 보이지만 평생농사인 자식 농사는 마음대로 되지 않는 것 아닌가. 수필 「아가, 그동안 수고 많았다」는 세대와 세대 간의 갈등 해소요 화해요 화합의 상징이다. 그 시대를 산 수많은 사람들이 겪었던 원망과 갈등과 아픔을 이 수필은 아름다운 화해로 풀어내고 있다.

그런가 하면 그 시대 우리 어머니들의 전형적인 경쟁심을 보여주는 작품이 「라이벌」이다. 한 마을에 시집가 사는 여고 동창생, 하나는 지주에게, 하나는 의사에게 시집을 갔다. 그로부터 시작된 60여 년의 친구이면서 라이벌인 삶은 우리 교육 현실을 축약해 보는 것 같다. 문제는 좋은 환경에서 공부를 시킨 의사 어머니와 재정적 지원을 받지 못할 상황이 되어버린 어머니의 싸움은 몇 배가 힘겨울 수 있었으나 여러 자식들이 다 잘 되어 무승부가 되어버렸다. 하지만 자식 하나라도 의사로 만들고 싶었던 어머니의 친구는 아쉬움이 남는 승부였다. 그런데 어머니가 돌아가시자 평생 라이벌이었던 친구 어머니가 친구 아들에게 선물을 보내오고 그것이 매년 이어진다.

라이벌이란 같이 경쟁을 할 때는 저것만 없으면 신경 쓸 일이 없어서 세상 살기가 편해지고 혼자 떵떵거릴 수 있을 거라며 미워하지만 냉정히 생각해 보면 자기 발전의 원동력이며 삶의 의지를 불태우게 하는 연료라고 할 수 있다. 한편으로 최소한도 라이벌만큼은 되어야 한다는 의식이 오래 작용하다보면 라이벌은 자기 자신의 또 다른 모습이라고 볼 수 있다.

할머니는 당신의 분신이 이미 땅에 묻히어 허탈하고 삶의 의지가 반감되었을 것이다. 그리고 그 옛날 서로 아옹다옹하며 보냈던 젊은 날을 회상하고 그 밉던 라이벌이 새록새록 정겨운 모습으로 다가올 때 보고 싶은 마음을 달래주기 위하여 나에게 그리움을 보내 주신 것이리라.
　─「라이벌」

친구 어머니가 보내주신 김치와 된장과 오이절임은 라이벌에 대한 화해요 화합이다. 먼저 간 친구가 사무치게 보고 싶을 때 당신이 할 수 있는 유일한 방법은 손수 만들어 먹던 것을 친구 아들에게 보내주는 것으로 그리움을 대신함이다. 한 시대를 라이벌로만 의식했던 친구 어머니의 화해는 자신은 어떻게 되더라도 자식만은 훌륭하게 키우겠다며 모든 것을 희생하던 그 시대 어머니들이 비로소 거울 앞에서 자신의 모습을 봄이요 자신을 돌보지 않던 희생에서 비로소 자신을 회복함이다. 조우신은 이런 기억들 곧 그리움 사랑 아쉬움 등을 수필의 제재로 마중물로 끌어 올려 개인에서 한 시대의 사랑과 화해의 장으로 승화시켰다.

〔마음으로 보는 세상〕

좋은 수필은 눈으로 보는 것을 표현하는 것보다 보이지 않는 것들을 보여준다. 설명보다는 묘사로 상황을 보여줄 때 보다 현장감이 있고 읽는 긴장감도 느끼게 된다. 곧 읽는 맛이다. 「세뱃돈의 의미」는 경제적인 측면과 정신적인 측면의 두 측면에서 생각하게 하는 수필이다.

세뱃돈의 지출은 일반적으로 3기를 겪는다. 주머니 생각 별로 않고 호기롭게 뿌리는 때, 거둬들일 것을 계산하며 조심스레 내주는 때, 안 줄 수만 있으면 피하고 싶은 주는 것이 부담스러운 때이다. 그런데 세뱃돈을 받을만한 나이에서는 그보다 더 좋은 횡재거리가 없다. 그러니 그 기회를 놓치지 말아야 한다. 하지만 받을 때가 지나면 금방 주어야 할 때가 되는 법이고 대상이 많으면 즐거움만이 아니라 부담이 된다.

조우신은 이런 세뱃돈의 경제학을 말하면서도 그 의미를 분명히 한다. 세뱃돈은 마음의 선물이다. 주어서 즐겁고 받아서 즐거운 것이다. 한데 작자는 '세뱃돈은 주어야 제 맛'이라고 한다. 그래서 내가 능력이 있어서 자녀들에게 넉넉하게 줄 수 있는 기쁨을 누리고 싶고 할아버지가 되더라도 손주와 자녀에까지도 세뱃돈을 주는 할아버지와 아버지로 남고 싶다는 것이다. 이는 작자의 마음이 베풀기를 즐겨하는 이유에도 있겠지만 나이가 들면 모든 경제권을 잃어버려 자녀들로부터 용돈을 얻어 써야 하는 서글픈 현실에서의 간절한 바람이요 이를 위한 도전이기도 하다. 돈이란 주는 것일 때 아름다운 진가가 발휘된다. 작은 것으로 큰 기쁨을 주는 세뱃돈의 원리다. 나이 들면 어떤 모임에서도 주머니부터 열어야 좋아 한다고 한다. 세뱃돈이 그 원리의 시작일 것이다. 그러나 그게 현실적으로 가능한 일이지 못하면 그보다 서글픈 것도 없다.

조카들이 성장하여 결혼을 하고 외국에 공부하러 나가자 세뱃돈을 받을 사람이 점점 줄어들었다. 처음에는 돈을 절약할 수 있다고 좋아했지만 마냥 즐거워만 할 일은 아니었다. 공돈이 생겨서 좋아하는 환한 얼굴이 하나 둘씩 보이지 않자 그제야 세뱃돈이 베품과 나눔의 아름다운 관습이라는 것을 서서히 깨닫게 된 것이다.

평상시에는 조카들과 만날 기회가 많지 않을 뿐 아니라 만나서 명분도 없이 몇 만 원씩 줄 수도 없는 노릇이었다. 하루에 그 많은 사람들에게 적은 돈으로 즐거움을 주었으니 얼마나 흐뭇한 일이었던가? 십시일반으로 한 사람이 조금씩 주어도 받는 사람에게는 목돈이 되니 짧은 시간에 여러 사람에게 베풀 수 있는 좋은 기회였던 것이다.

앞으로 일이십 년 후에는 나도 자식들에게서 세뱃돈을 받을 수 있을까? 차라리 그렇게 되기보다는 생활이 넉넉하여 죽을 때까지 손주들 뿐만 아니라 자식들까지 듬뿍듬뿍 세뱃돈을 안겨 주는 할아버지가 되고 싶다. 그렇게만 된다면 나는 우리 부모님께 드렸지만 받지 못한다며 억울해하지 않을 것이다. 세뱃돈은 역시 주어야 제맛이니까.
　―「세뱃돈의 의미」

수필은 가슴에서 가슴으로 흐르는 강물 같은 글이다. 글을 통해 마음을 주고 마음도 받는다. 조우신은 그런 따뜻한 가슴을 가진 사람임이 분명하다. 「그 눈빛을 잊을 수 없다」를 보면 7~8개월 전에 물건을 팔아달라던 젊은 여인의 눈빛을 잊지 못한다. 처음 나왔을지도 모를 그 잡상인 여인의 어쩔 줄 몰라 하던 모습과 당황해 하던 눈빛을 모른 체 했던 마음 한 구석엔 상습적으로 그런 모습으로 접근한다는 얄팍한 사전지식이 작용했음을 인정하며 후회한다. 세상엔 진실한 것도 많은데 무조건 다 그렇지 못한 것으로 돌려버리는 잘못된 선입견과 비약이 정말 도움을 주어야 할 사람을 쫓아버려 힘든 사람을 더욱 힘들게 할 수 있다는 자성이다.

허나 이 아낙은 한 번 거절당하자 어찌해야 할지 쩔쩔매었다. 사람을 붙들지도 못하고 그저 차가 떠나는 순간까지도 애틋한 눈길만 보낼 뿐이었다. 그 눈빛은 '내가 너무 힘들어서 이렇게 나왔는데 조금만 도와 주시면 안 돼나요?'라는 간절함이 담겨 있었다.
　내가 먹은 음식과 술값의 십분의 일 아니 이십분의 일만 선심을 썼어도 그를 도울 수 있었을 것이다. 그 돈이 뭐 그리 아까워서 그렇게 쌀쌀맞게 굴었나 후회가 되었다.

　—「그 눈빛을 잊을 수 없다」

　사실 진실과 거짓을 한눈에 단번에 알아본다는 것은 어렵다. 그래서 진실인 줄 알고 마음을 열었다가 아니어서 마음을 상할 때도 많고 그래서 조심한다고 마음을 열지 않았다가 그게 진실이어서 그 사람에게 상처를 주었던 경우도 있다.

　삶은 늘 선택이다. 그 선택을 잘 한 것이 얼마나 될지 모른다. 내가 조금만 마음을 주어도 큰 힘이 될 수도 있는 경우도 많을 것이다. 하지만 막상 그 선택 앞에서는 이것저것 따지게 되는 것이 인간이 아닌가. 선善은 아무것도 생각지 말고 그 상황에서 바로 마음을 열어줄 수 있는 것이어야 한다는 조용한 외침이다. 하지만 현실이 너무 각박하니 마음의 여유를 가질 수 없고 그러다 보니 그런 현실을 벗어나고 싶어진다. 그렇다고 쉽게 현실을 벗어날 수는 있는가.

　현실에만 매달려 아옹다옹거리며 살아가는 것이 답답할 때 나는 마음으로 보는 세상으로 여행을 떠나곤 한다. 눈에 보이는 세상은 비록 교통과 매스미디어가 발달하여 더 넓은 세상을 볼 수 있다고는 하지만 여전히 시간과 시야가 한정되어 있기 때문이다.

　손을 턱에 괴고 허공을 바라보며 떠나기도 하고, 비 오는 날 음악을 들으며 창밖의 빗방울과 어깨동무를 하기도 하고, 낙엽이 깔려 있는 아스팔트 길을 드라이브하며 차와 동행을 하기도 하고, 조용히 잠자리에 누워 눈을 감고 머리와 가슴으로 여장을 꾸리기도 한다.

　—「마음으로 보는 세상」

조우신은 현실을 벗어나는 방법으로 마음으로 보는 세상 여행을 시도한다. 참 좋은 방법인 것 같다. 비현실적인 것 같지만 상당히 현실적인 방법이다. 그가 택한 방법은 상상 여행인데 현실 여행을 상상으로 하는 것이다.

현실과 상상은 공존한다. 그런데 사람들은 현실에서는 상상을 분리해 버린다. 그러다보니 삭막해 진다. 자기만의 상념 속에 빠져볼 수 있는 사람은 대단히 정신적으로 건강한 사람이다. 너무 현실에 깊이 얽매어 있기 때문에 좀처럼 자유로운 나만의 시간도 상상도 명상도 할 수 없음이 아닐까. 정신이 건강하면 마음이 평화롭고 여유롭고 자신의 정신과 마음도 상황에 따라 조절할 수 있으리라. 조우신의 마음여행은 삭막한 현대를 살아가는 우리에게 '어린왕자의 나라'를 가슴에 담는 것만큼이나 상큼한 시도 같다.

[의사와 환자 사이]

수필은 독자에게 정보도 제공해 준다. 수필가 조우신의 직장이며 삶의 현장은 대학병원이다. 그의 삶은 거의 병원에서 이뤄진다. 아침 일찍 출근하여 갈아입는 근무복이 하얀 가운이고 수술을 할 때는 수술복으로 갈아입는다. 그리고 환자와 보호자를 만날 때는 다시 하얀 의사 가운을 입은 모습이다. 하얀 가운을 입은 의사는 환자나 보호자에겐 절대자로 보인다. 환자는 그의 말대로 따라야 한다. 그래서 삶도 보통사람과는 다르다고 생각하는 이도 있다. 특수계층의 삶으로 생각하는 것이다. 그들의 생각에 의사는 항상 갑이고 환자는 을인 것 같다. 하지만 조우신의 직장인 병원 생활을 수필에서 보면 결코 그렇지 않다. 우리네 삶의 현장보다 삭막할 곳인데도 오히려 유머가 있고 따뜻한 사제지간의 마음들이 오가게 한다. 그의 수필들은 의사와 환자의 마음 모두를 알게 해 준다.

제자들과 내가 가장 좋아하는 날은 신년 하례식이다. 벌써 15년 동안이나 이어져 오는 우리 과의 전통이 되어 버렸다. 요즘 신세대들은 설날에 번거롭게 세배를 드리러 가는 것이 귀찮기도 하겠지만 거꾸로 생각하면 인사를 드릴 선생님이 없다는 것도 서글픈 일이다. 어느 선생님을 딱 정해서 찾아 갈 분도 없고 혼자 세배를 드리는 것도 쑥스럽다. 그럴 때 초대를 해주고 여러 동문이 모인다면 그것만큼 좋을 수 없을 것이다. (중략)
날짜나 시간은 설날 다음 주 토요일 저녁 6시로 정해졌으니 다들 그렇게 알고 시간을 비워 놓는다. 이 날짜가 가장 좋은 것은 설이 지난 지 2주가 되지 않아 세배를 받기에 어색하지 않고 지방에서 올라오는 교통도 막히지 않기 때문이다. 끝나는 시간을 새벽 한 시로 하니 행여 아홉 시쯤 오려는 제자가 판이 끝났을까 걱정을 안 하고 와도 된다.
— 「사랑하는 제자들」

그는 30년을 의사로 살아왔다. 의사이면서 가르치는 교수이니 제자도 많다. 그런데 그의 신년하례식은 좀 특이하다. 젊었을 때는 인사를 드리러 가야 했지만 지금은 수많은 제자를 거느린 입장이라 받는 인사가 더 많다. 십여 명이 제각각 인사를 온다 해도 번거로움은 둘째치고 감당할 수가 없을 것이다. 그래서 그가 택한 방법은 설날 다음 주 토요일 저녁 6시부터 새벽 한 시까지를 신년하례식 날로 정한 것이다.
15년째 그리 해오고 있단다. 그는 이날을 가장 좋아한다는데 그 이유가 '요즘 신세대들은 설날에 번거롭게 세배를 드리러 가는 것이 귀찮기도 하겠지만 거꾸로 생각하면 인사를 드릴 선생님이 없다는 것도 서글픈 일이다. 어느 선생님을 딱 정해서 찾아가고 혼자 세배를 드리는 것도 쑥스럽다. 그럴 때 초대를 해주어 여러 동문이 모인다면 그것만큼 좋을 수는 없을 것이다.'라고 했다.

인사란 우리 문화에서 대단히 중시되는 삶의 한 방식이다. 이걸 잘해야 성공도 출세도 한다. 그러나 그게 많은 부조리도 만든다. 조우신은 그만의 독특함으로 그런 모든 문제를 해결하며 인간관계를 가장 아름답고 자연스러운 관계로 만든다. 누구나 할 수 있는 방법은 아니다. 그니까 가능한 방법이다. 아내와 자식을 호텔방으로 보내고 음식은 시켜다 놓고 허심탄회하게 즐길 수 있는 잔치마당, 생각만 해도 흐뭇하고 기분이 좋아진다.

의사로서의 그의 진료도 수필 같다. 불안과 두려움으로 찾는 병원이요 진단 결과를 기다리는 환자의 심정은 초긴장 상태일 수밖에 없다. 환자는 의사의 표정이나 말 한 마디로 자신의 병 상태를 짐작하려 한다. 그런 환자에게 그가 던지는 유머러스한 한 마디는 분위기를 바꾸고도 남는다.

어떤 환자는 결과를 보러 내 앞에 앉았을 때 혹시 나쁜 이야기를 듣지 않을까 심장이 벌떡벌떡 뛴다는 사람도 있다. 특히 내가 주로 진료를 하는 할아버지 할머니는 더욱 그렇다. 그런 사람을 앞에 두고 진료를 하려면 대화가 제대로 이루어지지 않아 답답하기 그지없다. 그래서 "할머니! 심장이 안 뛰면 죽어요"라고 이야기를 슬슬 걸기 시작하여 긴장을 풀어 주려고 노력을 한다.

이런 환자는 검사결과가 원하는 대로 나오지 않으면 더욱 안절부절이다. 아무리 설명을 해도 자기가 기대한 말이 나오지 않으면 귀에 들어오지 않으니 진찰 시간만 지연된다. 이런 때 우스갯소리라도 하면 긴장이 풀어져 의사와 환자와의 관계가 훨씬 수월해진다.

—「심장이 벌떡벌떡 뛰어요」

그런데 의사인 그가 환자가 되었다. 그것도 정형외과 의사가 정형외과 환자가 된 것이다. 진료를 하고 수술을 하던 그가 진료를 받고 수술을 받게 된 것이다. 환자를 안심시키고 수술을 하던 그, 수술할 때마다 느끼던 긴장과 두려움을 알고 있는 그가 다른 의사로부터 수술을 받아야 하는 심정이 어떻겠는가.

정형외과 선생이 정형외과 수술을 받으려 하니 그 불안함은 이루 말할 수 없었다. 수술의 합병증을 하나에서부터 열까지를 속속들이 다 알고 있으니 더욱 그랬다. 마취를 하고 나서 이 세상의 모든 인연과 단절이 될 수 있다는 생각에서부터 수술 도중 신경을 잘못 건드려 반신불구가 되거나 대소변을 가리지 못할 수도 있고, 수술은 잘되었지만 염증이 생기거나 수술 후 과정이 잘못되어 재수술이 필요하거나 증상이 그냥 남아 있을 수도 있을 것이다.

수술 전 이런 걱정을 하느라 며칠 밤을 뜬눈으로 보내곤 하였다. 특히 의사들이 이야기하는 소위 VIP증후군(매우 중요한 사람에게 더 빈번히 발생하는 합병증)이 나에게 나타날까 봐 두려웠다. 내가 받기로 한 수술은 척추 수술치고는 맹장 수술 같은 간단한 것이었지만 수술을 하실 선생님이 나보다 더 긴장을 하는 것 같았으니 그런 걱정을 안 할 수가 없었다. 실제로 이전에 맹장 수술을 받았을 때 보통 사람은 이틀만 입원하면 되는데 나는 염증이 생겨 보름 동안을 입원한 경험이 있어서 더욱 초조하였다.

    —「의사가 환자가 되어보니」

사람이 어떤 상황에선 좋게 생각되는 것보다 잘못 될 경우의 생각이 앞서기 마련이다. 6천 번의 수술 또는 시술을 했다. 세계적 권위의 정형외과 의사인데 큰 수술도 아닌 작은 정형외과 수술에 긴장을 하는 것은 너무 잘 해 주려다 잘못되는 VIP증후군만 생각해서가 아니다. 하기야 세상에 어떤 수술이 작은 수술이고 쉬운 수술이 있겠는가. 더구나 내가 운전할 때는 몰라도 남이 운전하는 차에 타면 불안해서 못 견디는 것처럼 삶 또한 내 주관적 생각에서 판단하기 때문이다. 수많은 수술을 했던 그였기에 의사로서 가졌던 혹시라도 실수하면 어떡하나 하는 우려가 더 큰 것일까. 의사가 환자가 되어 겪는 마음까지 알게 된 그는 분명 더욱 훌륭한 의사로 살 것이다.

직장 생활에서 즐거울 수도 있고 가장 힘들 수도 있는 것이 망년회다. 글자 그대로 한 해 동안의 힘든 일들은 모두 잊고 싶은 마음들이다. 그러나 그게 한 번 두 번이 아니라 12월 한 달 내내 계속된다면 문제가 아닐 수 없다. 밤늦게까지 붙들려 있다 다음 날 출근해야 하는 되풀이는 고역이 아닐 수 없다. 조우신도 예외는 아니었다. 그런데 어느 해부터 뭔가 달라진 것이다. 조우신은 여기서 한 현상을 발견한다.

12월 한 달 중 이틀을 제외하고 회식에 불려 다니곤 했는데 그게 한 번도 다른 회식과 중복이 되지 않았다. 알고 보니 모두 그의 시간에 맞춰 스케줄이 조정된 것이었다. 그런데 어느 해부터 회식 날짜가 중복이 되는 거였다. 바로 보직 소위 감투가 있느냐 없느냐의 차이였던 것이다. 감투가 있을 때는 항상 주빈이 되었지만 감투를 벗는 순간부터 바로 상황이 바뀐 것이다. 세상 사는 것이 내게 유익이 되어야 초청하고 인사도 하는 것 그게 어찌 간사한 마음이라 할 것인가. '그것도 감투라고?' 하는 말이 있지만 아무리 하잘 것 없는 감투라도 감투 값을 하는 게 우리의 현실이 아닌가.

　　지위가 더 높아지면 중복되는 날이 거의 없어 망년회 기간 내내 피곤하다. 그래서 나의 전성기 때는 주말을 제외하고는 12월 한 달 중 이틀을 제외하고 매일 회식에 참석해야만 했다. 처음에는 왜 중복이 되지 않을까 좀 의아하게 생각되었지만 알고보니 거기에는 그럴만한 이유가 있다. 한창 잘 나갈 때는 망년회 날짜를 나를 중심으로 잡기 때문이다. 즉 내가 주빈이니 내 스케줄에 맞추어야 되고 그러다 보니 중복이 되는 날을 피하는 것이다.
　　그러다가 언제부터인가 회식의 날짜가 중복되기 시작하였다. 그 횟수는 감투와 밀접한 관련이 있었다. 감투가 하나 둘씩 떨어지는 해부터, 그리고 있다고 해도 실직적인 권한이 없는 감투일 경우는 오라고 하는 기회도 서서히 줄어드는 것이었다. 마지못해 참석을 해도 달라진 분위기에 섭섭함을 금할 수 없다. 주빈으로서 인사말을 하면서 참석하는 것만으로도 자리를 빛내 주던 위치에 있을 때는 내 자신의 힘을 느낄 수 있었는데 감투에서 떨어지니 의전상 예우를 해주나 흥이 나지 않는다. 어떤 때는 불렀다고 눈치없이 와서 분위기 망친다는 묘한 인상을 받는다. 물론 자격지심이지만 이쯤되면 불러도 참석하기가 싫다.
　　—「얼굴이 좋아 보이십니다」

조우신의 수필들에선 바로 이런 시대적 현상들이 아주 리얼하게 표현된다. 그러면서도 그걸 자성의 기회로 삼는다. 그래서 읽는 이가 자연스레 공감하게 된다.

〔고향 그리고 친구〕

세상에서 변하지 않는 것이 있다면 그래도 고향 인심이요 물맛이라고들 말한다. 그러나 현대인에게도 고향이 그런 의미가 있을까. 아마 10년이나 20년만 지나도 고향이란 말이 우리의 입에서 흘러나오지 않게 될지도 모른다. 그러나 지금 50세가 넘는 나이만 되어도 고향은 슬플 때나 기쁠 때나 위로가 되어주고 힘이 되어주던 곳이다. 조우신에게 고향은 중학교 때까지 살던 곳이다. 그러나 그때까지의 기억만으로도 고향은 늘 힘이 되고 마음의 의지가 되었다. 그런데 그고향의 중심에 부모님이 계신다. 부모님이 아니 계신 고향은 고향의 의미가 반감된다.

부모님이 살아 계실 때에는 그래도 한두 달에 한 번쯤은 모이던 형제간들이다. 부모님 생신, 어버이날, 명절, 그리고 6남매의 자식들에게 한두 번쯤 대소사가 있게 마련이어서 못해도 일 년에 10여 회는 만났었다. 그러나 부모님이 안계시니 우선 생신 때와 어버이날의 만남이 없어졌고, 명절과 제사 때엔 남자 형제간으로 차례만 지내고 끝이 난다. 집안의 좋은 일도 결혼 같은 큰일이 아니면 전화로 통보를 받고 말로만 축하하게 되었다. (중략)

살아가는 데는 문제가 없다 하더라도 어떤 때는 마음을 의지할 곳이 없어 가슴이 비어 있기도 하다. 부모님은 자식이 아무리 잘못해도 내리사랑으로 자식을 보듬어 주신다. 그리고 자식들은 그것이 너무나 당연한 것처럼 고마운 줄은 모르고 지낸다.

계절의 여왕인 오월에 따스한 햇살이 온 세상을 비추어도 부모님이 살아계시지 않으니 아무리 어버이날이 와도 편안하고 포근한 오월을 느낄 수가 없다.

　—「오월의 햇살이 따사로워도」

5월은 어버이날이 있는 달이다. 부모님은 5월의 햇살 같다. 그래서 따스한 5월이라도 부모님이 안 계시면 그런 따사로움이 느껴지지 않는다. 구심점인 부모님이 살아계셔야 자녀들도 모여들지 그 구심점이 없어지면 제각기 바쁜 생활을 핑계 삼아 모이기도 피한다.

또 하나 고향에 정을 붙이게 하는 것이 친구다. 어려서부터 볼 것 못 볼 것, 알 것 모를 것 다 알고 같이 자란 친구기에 만나면 정답고 부모님처럼 따스함이 느껴진다. 형제보다 가까운 것이 고향 친구라는 말이 틀린 말이 아니다. 고향에 친구가 없다면 그 또한 고향이 아니다.

참으로 이상한 것은 고향을 떠난 지 어언 50년이 가까워졌지만 고향에 가까워질수록 옛날의 향수가 점점 진해지는 느낌을 가지게 된다. 봄이 다가오면 어느 순간 봄기운이 내 몸을 감싸고 도는 것처럼……

짐승들처럼 무슨 흔적을 남겨두고 떠나온 것도 아닐진데 용케도 일 년에 한두 번은 제자리로 돌아온다. 어쩌면 친구가 그 흔적의 하나일 수 있다. 그가 있어 고향이 더 아름답고 편안하다. 내가 시간이 날 때만 연락을 하는데도 그는 항상 부처님처럼 넉넉한 모습으로 나를 대해준다.

삶이 달라 요즘 살아가는 이야기는 허공에 맴돌지만 막걸리를 한 잔 앞에 두고 옛날 이야기를 하다보면 친근감을 느낀다. 안타까운 것은 그 기억마저도 가물가물해진다는 것이다. 이야기를 나누다 보면 가끔씩 옛 모습을 찾을 수 있어서 다행이다. 그게 믿음이고 우정인가 보다.

고향 친구의 이마와 눈가에 주름이 잡혀 있다. 고향을 떠날 때 친구는 겨우 철이 들어가는 까까머리 중학생이었는데 이제는 철모르는 손주를 두고 있다.

그의 말대로 그는 하나도 변하지 않는 답답한 고향에서 살고 있다. 떠나지 못해서 그대로 머무르고 있는지 모르지만 나는 그가 떠날 수 있었지만 고향을 지키고 있다고 믿고 싶다.

고향이 친구고 친구가 고향이다. 그는 자기 자신도 늙어 가는 외모를 빼고는 하나도 안 변했다고 생각할지 모르지만 나는 고향처럼 그도 참 많이 변했다고 생각한다. 하기야 이렇게 오랜 세월 동안 변하지 않기를 바라는 것은 욕심이고 억지일 것이다. 어찌 그 옛날의 동심이기를 바라겠는가?

그렇지만 그에게 나는 타향임에 틀림 없을 것이다. 어디 한군데 정 붙일 곳이 없고 옛 모습을 찾아 보기 힘들 터이니까. 그럼에도 고향에 내려올 때 만이라도 고향으로 맞이해 주어서 고마울 뿐이다.

타향으로 다시 떠나올 때 친구의 인사말이 정겹다.

"어이! 이 담에 내려오면 또 연락해."

—「고향 그리고 친구」

그러나 고향 친구라고 다 정겹고 따뜻한 것은 아니다. 더러는 고향 친구라는 것을 내세워 자기 편익만을 취하려하기 때문이다.

특히 과시용 부탁을 받을 때는 더 화가 난다. 십여 년 이상 아무 소식이 없던 동창이 자기 딸도 아닌 친구의 딸이 어디가 아픈데 치료를 잘 받게 해달라는 부탁도 한다. 동창의 친구라는 사람도 동창과 친한 사이가 아니고 어쩌다 술자리 한 번 같이 한 사이라는 것을 알면 기가 막힌다. 이런 사람들은 자기가 누굴 알고 있다는 것을 과시하고 싶은 것이다.

들어주지 못할 부탁을 하는 경우도 있다. 치료비를 깎아 달라고도 한다. 개인병원이라면 몰라도 종합병원은 진료와 경영이 분리되어 원천적으로 불가능하다. 이리저리 부탁하여 겨우 입원실을 마련해 주었더니 1인실 말고 다인실로 입원시켜 달라고 한다. 다인실이 없어 어쩔 수 없이 1인실에 잠시 입원해 있는 환자들이 순번을 기다리며 이제나저제나 다인실에 자리가 나기를 눈을 시퍼렇게 뜨고 지켜보는데 다른 사람이 바로 다인실에 입원하면 순번을 어겼다고 난리가 난다.

가장 흔한 부탁은 외래 진료나 수술 날짜를 빨리 잡아 달라는 것이다. 물론 서너 달 후에 잡힌 날짜를 한 달쯤 당겨 줄 수는 있어도 일이 주 이내로 당기는 것은 힘이 든다. 이건 수술하는 선생님의 희생 없이는 불가능하여 아주 각별한 사이가 아니면 부탁을 할 수 없다. 어쩌다 다른 환자의 수술이 취소되어 일찍 일정이 잡히면 그래서 빽이 중요하다며 엉뚱한 소리를 한다. 어떤 사람은 다음 주 수술이 잡혔는데 내일이나 모레로 할 수 있게 해달라고 한다. 이런 부탁은 염치가 없어 입 밖에 꺼낼 수도 없다.

—「고향 친구 좋다는 게 뭔데」

'고향 친구 좋다는 게 뭔데?' 참 정겨운 말 같지만 그 속에 들어있는 부탁의 내용들은 너무 일방적일 때가 있다. 부탁이란 자기 신상에 관한 걸로 어쩔 수 없이 도움을 받아야 할 때 하는 것인데 자기 과시용으로 남을 괴롭히는 사람도 적지 않은 게 현실이다.

십여 년 이상 아무 소식도 없던 동창이 어쩌다 술자리 한 번 했던

이의 딸이 어디가 아픈데 치료를 잘 받게 해달라고 부탁을 해오는가
하면 도저히 들어줄 수 없는 부탁도 하는데 모두 자기가 이런 사람을
알고 있다는 과시로 그러는 것임을 알게 될 때 참 속이 상한다.

아프면 제정신이 아니기 마련이다. 그런 때 대학병원에 아는 사람
이 있다는 것은 큰 백이 될 수 있다. 그 아는 사람이 의사라면 말 해
무엇 하랴. 그런데 자기 일도 아닌 남의 것까지 다 부탁한다는 것은
시간이 생명인 환자를 담당하는 의사의 손을 그 시간 동안 묶어놓는
것이니 간접살인이 될 수도 있다. 상대 입장을 전혀 생각지 않고 그
저 이용할 수 있는 끈으로만 친구를 생각하는 허세부리기 좋아하는
사람들의 전형적인 모습이다. 조우신의 수필에선 이런 사회적 부조
리들도 가감 없이 펼쳐진다. 그래서 조우신의 수필은 재미가 있다.
시원한가 하면 구수한 누룽지 맛이 느껴진다. 투박하면서도 정감이
넘친다. 해서 따스하고 포근하다.

4. 떠남에서 만남으로 다시 화해와 화합

조우신의 수필들은 떠남에서 만남으로 돌아온다. 과거에 대한 기
억에서 현재를 찾는 것이 아니라 그 과거적 사실에서 떠남으로 현실
의 만남을 시도한다. 그래서 화해와 화합이 가능해 진다. 수필집 한
권을 펴낸다는 것은 자신을 송두리째 내놓는 일이다.

조우신의 수필들이 재미가 있어서 쉽게 페이지가 넘어가는 것은
이야기를 엮어가는 그의 입담이 남달라서다. 같은 이야기도 어떤 사
람이 하면 재미가 없고 어떤 사람이 하면 아주 재미가 있는 것처럼

그냥 읽을 수 있는 이야기들인데도 조우신의 손에 잡힌 것들은 재미있게 읽혀진다.

또 하나는 제목이다. 제목들이 우선 읽고 싶게 만든다. 이야기의 내용이 환히 짐작 되는데도 내 예측이 맞는지 아닌지를 확인하고 싶어서라도 읽어봐야겠다는 생각이 들게 하는 마력이 있다. 그리고 의사이면서 어려운 의학적인 것이 아니라 우리도 쉽게 접할 수 있는 이야기들을 수필화시켰다는 점이다. 호기심을 끌 수 있는 의창 이야기도 한 권의 책으로 다 묶이면 싫증이 난다. 그런데 조우신의 이번 수필집에는 오히려 의사만 쓸 수 있는 이야기의 비중보다 그렇지 않은 것의 비중이 더 크다. 그만큼 다양한 소재를 글감으로 취했다는 것이다.

이러한 면에서 조우신이 이야기꾼이라는 것이요 또 그것을 문장화해 내는 능력이 만만치 않다는 것이다. 제목인 '바람들이 마을'과 '편지' 또한 친근감을 갖게 해줄 뿐 아니라 그 수신인이 내가 되고 싶게 한다. 어떻든 다양한 삶의 이야기에 의학적 이야기 그리고 잊어져 가는 고향과 친구 이야기까지 어우러지게 하여 한마당 멋지고 즐거운 수필마당을 연출한 조우신 수필가의 세 번째 수필집 출간에 큰 박수로 축하를 보낸다.

표지 및 본문그림 : 이남숙 화백(nslee1012@naver.com)

홍익대학교 미술대학원 회화전공. 백석대대학원 기독교미술학과 석사.
American Orientalism University 예술대학장.
개인전 37회(New York , 동경, 예술의 전당, 아산병원갤러리, 종로갤러리,
이형갤러리, SETEC, 한전프라자갤러리 등).
단체전 및 초대전 580회(청와대 초대전, 2011 루브르 박물관 초대전, 프랑
스 파리 한국문화원 초대전, 독일 바스바덴 갤러리 포럼 초대전, 독일 괴테
문화원 초대전 등)
대한민국 미술대전, 대한민국회화대전 특선, Wave Art Fair 최우수작가상,
New York Korea Art Festival 초대작가상 등 공모전 35회 수상.

현재 갤러리 엘 대표
주소 서울시 종로구 경운동 47-4 1층 갤러리엘. 010-9102-9639

바람들이 마을에서 띄우는 편지

1쇄 발행일 | 2013년 10월 30일

지은이 | 조우신
펴낸이 | 정화숙
펴낸곳 | 개미

출판등록 | 제313 – 2001 – 61호 1992. 2. 18
주소 | (121 – 736) 서울시 마포구 마포동 136 – 1 한신빌딩 B-109호
전화 | (02)704 – 2546, 704 – 2235
팩스 | (02)714 – 2365
E-mail | lily12140@hanmail.net

ⓒ 조우신. 2013
ISBN 978 – 89 – 94459 – 29 – 5 03810

값 12,000원